大語符紋路：歿世第一日

《大語符紋路：歿世第一日》
作者：台嶼符紋籙

電書朝代特別版本（第二版）

　　本書作者「台嶼符紋籙」（筆名）曾任職於台灣知名電子遊戲製作公司多年，經歷多款遊戲製作。由於家族歷史曾經歷數百年台灣衝突與動亂，因此一直希望做出以台灣為主體的 RPG 風格，卻以嶄新觀點看待各族群文化的故事。

　　適逢妻子癌症治療期間，有著不可思議之體驗。一晚夢中有紅衣女仙提議將庇護妻子，而要本人為一流傳世間近三百年的拼音法做出拼音文字。待妻子痊癒後，取出家傳字譜。果然做出以台語為主體之拼音文字。本人於是將之命名：「大語符紋」。

　　也利用公開網路等管道，進行「大語符紋：萬字對照表」的編輯作業，並將之融入原先的故事構想中，最後誕生「大語符紋路」系列。創作重點：(1) 加入神鬼惡魔等奇幻元素，使台灣過往例如「漢、番（原住民）」或是「閩、客」等歷史衝突不至於過度尖銳。(2) 有感於台灣一地，自古以來漢番雜處，又處於東瀛與西洋航道要衝，因此在創作時將不以中華民族史觀為基礎，但絕對尊重歷史。(3) 將「大語符紋」融入其中，初期為女主角所用咒語，並提供傳統「台語十五音」的相關資訊，以期這流傳三百多年的知識能再有嶄新的傳承。

目錄

《大語符紋路：歿世第一日》

序章　有關最初旅程的故事

隨著一聲嬌叱，明明沒有燈光或火炬，地道內卻忽然明亮起來。

剛剛出聲使出法術的紅衣女子，正在適應永遠失去左臂的不便、以非常不習慣的姿勢、緩緩地撐起身體觀察四周。

地道還算寬敞，但已見老舊。破碎的電子儀器已失去運作能源，但鋼筋與碳化素材仍穩穩支撐著結構。

這位紅衣女子年紀看外表應在十五到二十歲之間，氣質卻散發出只有飽經風雨波折、一生際遇不凡的人才有的沉穩與自信。一頭自然卷的金髮與白皙的肌膚沾滿汗水與砂土、衣角上有燒焦痕跡，彷彿剛經歷一場激烈戰鬥，臉上一對青碧色的眼睛卻冷靜地觀察著周圍。

她轉頭看著身後的小孩們，算了一下，一共是六十六人，年紀約五到七歲。三十三個男生，三十三個女生，都穿著這時代的幼年校服，膚色、髮色、眼睛顏色與人種也各異。想到自己剛到這島上的情形，女子不禁笑了出來。

「這裡果然曾是國際大都會，亞太的中心。對吧?」

南方的漢語方言，是這島上自古以來最普遍的語言，也是這時代的通用語，但這女子說起來卻帶著厚厚的外國腔調。

只不過，語言雖通，這群小孩卻沒有辦法理解她的冷笑話。紅衣女子這才想到，這些小孩在今天經歷了幾乎是人類歷史……不……不是幾乎，而確定是人類歷史的最後一場劫難了，現在難免驚魂未定。她只好莞爾自嘲：

「歹謝了，阿姐年紀大，講話七十、八十滴（嘮叨）。你們是哪來的呢？」

大家不發一語。一名小男孩直勾勾盯著雙眼，張著嘴巴，伸手指著紅衣女子。

紅衣女子低頭一看，不禁笑了出來。原來自己幾番戰鬥，紅衣早嚴重破損，一身白皙的身材完全展現出來。

「教皇血，這些小孩是看不懂，但你也不遮一下？」

怪了？這紅衣女子竟對著自己的衣服說話？

她一站起來，身上的紅衣竟似有生命般自行鼓動，各個破損之處也自行「融合」起來。紅衣女子微笑想道：「看來最後只有『教皇血』還在幫我了。」

看這群小孩還是沒有回答。紅衣女子想：「我得打破籓籬，取得信任才行。」

於是一伸手，抱起落在最後的黑髮小女孩。紅衣女子身手矯健，小女孩還未反應，已被抱在懷中。

紅衣女子笑道：「來讓阿姐抱著！妳好可愛，叫什麼名字？」

小女孩：「我是二棚 14 號，姐姐，妳是仙女嗎？」

小女孩的回答引得紅衣女子哈哈大笑

紅衣女子：「哈！我不是仙女啦，魔女還差不多。妳怎麼知道仙女？是媽媽告訴妳的？」

小女孩：「我沒有媽媽，試管出生就養在二棚。有個管理員姐姐會在晚上說故事給我聽，她上個月被『處理』了。」

這回答讓紅衣女子一陣反胃，一會兒之後才回答：

「對不起，我不知道……這樣吧，妳的眼睛像星星一樣，肯定祖先血緣是在地的古老民族『阿美族』，以後就叫妳阿美吧。」

「阿美？」女孩問。

紅衣女子：「是啊，阿美，不是別人給妳的編排號碼喔，是妳自己的名字，阿美。」

紅衣女子已好多年沒和天真無邪的小孩說話了，自己也樂得開心。再抬頭問其他人道：「你們呢？你們是哪裡來的？」

一個年幼的金髮小男孩站出來說：「我們是十一農場幼年三棚的，她們……」手指著女孩子們說：「是幼年二棚的。」

紅衣女子點點頭：「你們這一代都是由試管出生的吧？不過……從現在起別再說『農場』和『種棚』好嗎？你們是人類啊，不是畜生。」

看這群小孩似懂非懂，紅衣女子儘量讓自己的態度沉穩，因為依照過去的經驗，保持自信是可以感染別人的。

　　紅衣女子：「這條走道是你們的祖先『蛇將』還在時就開鑿的，剛剛的地震也無法摧毀，另一端有個大廳，之前反抗軍在那裡有存糧，我們可以去休息一下。」

　　說完先放阿美下來，手一揮，以意識指揮名為「教皇血」的袖子伸長並扭轉成一根短棒，在地上畫出魔法陣。

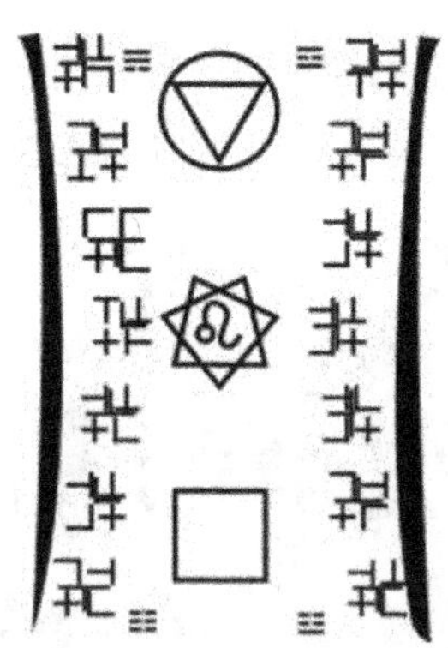

　　看著地上自己畫的魔法陣，紅衣女子不由得就笑了出來。

　　這魔法符紋不東不西，首先就違反西方魔法陣圓形的基本，而接近東方「符令」的格式。左、右兩排是以南方漢語方言為基礎的文字，用來與此地的地神「地基主」溝通的咒文。上方傳統為「符頭」的地方是代表火元素的倒三角形和代表風元素的圓形，用來呼應右排咒文所需，下方「符尾」的位置則是代表地元素的方形，用來呼應左排咒文所需。符紋中央以倒七芒星召喚獅子座的力量與守護，上下邊則以「風火鼎」和「雷地豫」的易經掛像給予同心協力與樂觀。

　　一式綜合東西方文化與在地語言。

　　如此獨樹一格的法術，也等於見證自己的成長歷史。

　　一個黑髮小男孩湊了過來，小心的拼著音：

　　「土……偶……生……瑩……火……」

　　紅衣女子：「這和通用文字的拼法一樣。你們有學過寫字嗎？」

　　那黑髮小男孩搔了搔頭：「有學一點點。這是只有方向記號而沒有數字的符音？」

　　紅衣女子點點頭：

「對！這是古早的原型符音，這也是你的直系祖先流傳最久的語言。人們以偉大的語言來讚頌，稱此語言為⋯⋯

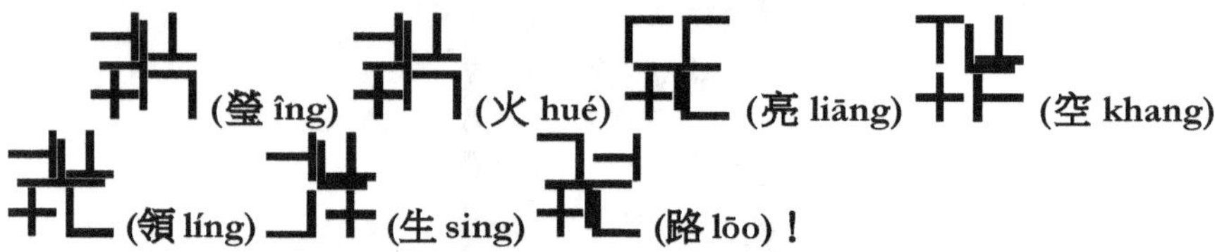

你們一定要好好珍惜、把這語言傳承下去。」

黑髮小男孩不明所以，紅衣女子已指著左排文字唱道：

最後的動作並非畫在符紋上，而是在眼前用意志凝聚的虛像方陣點出所需符音：

隨著一聲「點」，地上的符紋忽地急速震動，振起一點灰塵，在半空聚集。

然後「砰」地一炸，嚇了所有小朋友一跳。眼前炸得煙霧瀰漫，爆炸點卻出現了一股柔和而溫暖的螢光。

紅衣女子沒有停下動作，繼續指著右排文字唱道：

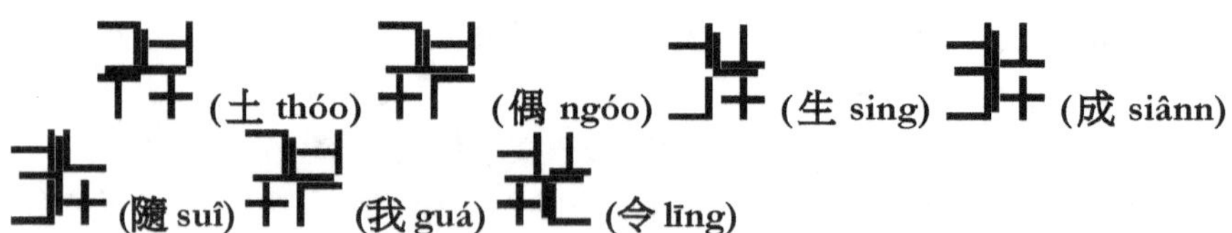

再一次點出所需符音：

這次，地面的符紋震動更大，終於「砰」地一聲，整個符文陷成一個洞。接著洞內彈出泥土，泥土逐漸塑型，最後成為一個泥土人形，沒有五官、但胸前有著剛剛符紋所刻的「命」字。

紅衣女子：「這麼大不實用，還嚇人啊！你自己分成六個好了。」

才說完，泥土人立刻分成六個和小朋友差不多高的小土人，每一個的胸前都有個命字。小朋友用手指去戳，結果真是泥土做的。

紅衣女子：「小心不要畫到它們的『命』字符紋，一旦毀壞，泥人就會死喔。」

小朋友急忙縮手。這時空中的螢光忽然開始飛舞，但……這股螢光卻忽而急速，忽而停滯，就像是有生命一樣。

紅衣女子手掌一張，這螢光立刻緩緩降落在手上。

紅衣女子：「現在用地神之力賜你短暫的生命，為我們帶來光明與溫暖、帶領我們到要去的地方吧。」

螢光聽罷，立刻衝到地道頂上急速盤旋，還不時發出「嗶嗶」聲作為回應。

紅衣女子：「我總是迷路，所以你身負重責大任。以後就叫你螢火蟲阿勇好了。」

螢火蟲阿勇在半空猛然明暗閃爍了幾次。接著在地道的一端靜止，似乎靜靜地等待眾人跟上。

紅衣女子轉頭對小朋友們說：

「各位小朋友，阿姐我的名字叫做『魔神雅』。你們可能聽過『魔神仔』（漢語方言發音一致）的故事，有些是真的，但大部份都是錯誤的。總之，阿姐我現在要帶你們到安全的地方去，你們不要害怕，姐姐我會一面說故事給你們聽。等一下大家先排好隊伍，泥人土偶會前後看著隊伍。如果有走不動的，可以先讓泥人土偶揹一下。大家一個跟著一個，手牽手也可以。小心別讓小朋友掉隊。」

魔神雅說完就指揮小朋友整隊，看到阿美排在前面，笑著問一聲：

「阿美。要姐姐抱妳嗎？」

阿美回答：「不用了，姐姐。阿美可以走……但是……」

「啊？」

「可以牽著阿美的手嗎？」

魔神雅笑著握住阿美的手。她抬頭看著這些小朋友，暗暗運用自己能窺視未來的天賦「魔瞳神眼」，卻發現自己的能力已在界限以下，無法確實知道這些小孩的命運如何。但令自己意外的是，她現在毫不擔心未來會發生的事，只顧著安撫眼前的小孩。

自從自己十五歲被教廷負以重任，便在這海島以活祭品的身份與地神訂約，成為囚禁萬魔之首的不死獄卒。

期間經歷帝國兩百年的族群戰爭，來自大海的侵略者與隨後無休止的專制與自由戰鬥。這海島一開始只不過是世界的邊緣，在一段時間中卻曾是世界最富庶之地。其曾是世界信仰的重鎮，也經歷各種對人性與尊嚴的殘酷踐踏。

這裡曾有世界第二高的人口密度……但眼前這些小孩恐怕不只是這個海島，而且可能是地球上最後的人類了。

魔神雅牽著這六十六個小孩子。

心裡卻沒有一絲恐懼或猶豫，反而充滿面對未知的勇氣。

眼看隊伍已排好，魔神雅深深吸了一口氣：「我們出發吧！」

同時伸手畫出一字令：

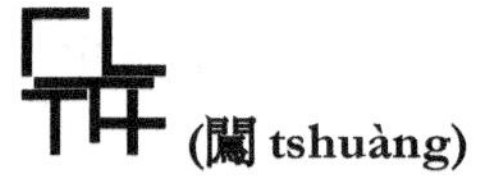

於是……

國家滅亡了，

歷史結束了，

文明也消失了……

但這絕非人類旅程的終點。

在此將隨著魔神雅說給小朋友們聽的故事，回到旅程的起點……

很久很久以前，在遙遠世界的邊緣，大海的盡頭，
有一個小島讓西方探險家忍不住以「美麗」來讚頌，
但之後，這裡卻成了惡魔的籠牢……

傳說在慘烈的犧牲之後，
西方世界終於逮捕自古造成災難和戰亂的萬魔之首。
教皇根據先知的預言，知道人類將出現文明鼎盛燦爛的黃金年代。
為了不阻礙西方世界的發展，
命令將萬魔之首帶到世界的邊緣，大海的盡頭，
在美麗小島之上，永遠封印……囚禁……

回到魔神雅的旅程起點，
西元 1661 年的熱蘭遮城。

附註

本文中之大語符紋，以台語十五音為啟發，拼音出漢語的閩南方言語音。

程序為：

- 用母音讀音、找出對應聲調的讀音
- 再和子音混音、得出正確的讀音

以序章第一個符紋「明」這個字為例：

(明 bîng) 為母音（ㄧㄥ）下平音（ㄧ）子音（ㄧㄥ）

上方的符紋母音標

符紋母音標	方陣對數	漢字參考	羅馬台語讀音	注音台語讀音
╪⊥	62	經	king	ㄍㆤ

依照聲調方陣圖得知是下平音

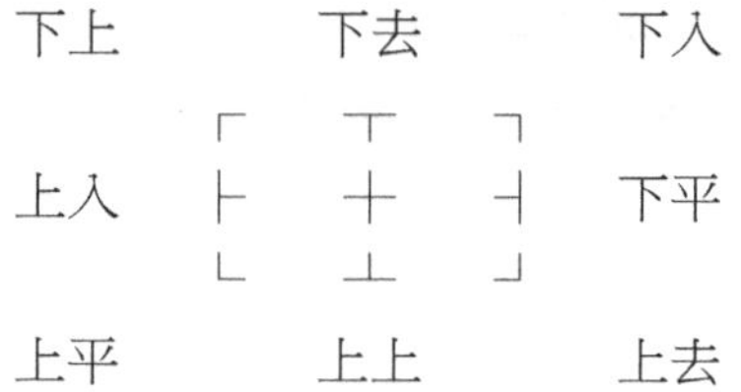

依照筆者整理的母音音調取下平音 (Gím/ kím) 為

符紋音標	音階	漢字參考	羅馬台語讀音
╪⊥	上平	經	kenn/kinn/ king
	上上	景	king
	上去	敬	king
	上入	格	keh/ kik
	下平	錦	Gím/ kím
	下上	景	King
	下去	梗	kénn
	下入	極	kik

和子音

符紋子音標	方陣對數	漢字參考	羅馬台語讀音	注音台語讀音
╪	58	門	bûn/ mn̂g	ㄅˋㄨㄣ

組合起來便是

符紋	注音台語讀音	大語讀作	漢字考
	ㄇㄝˊ	bîng	明

熱蘭遮城　范無如區　地基主　初戰　殉教
章之一

傳說在慘烈的犧牲之後，
西方世界終於逮捕自古造成災難和戰亂的萬魔之首。
教皇根據先知的預言，知道人類將出現文明鼎盛燦爛的黃金年代。
為了不阻礙西方世界的發展，
命令將萬魔之首帶到世界的邊緣，大海的盡頭，
在美麗小島之上，永遠封印……囚禁……

1661 年的熱蘭遮城 (Zeelandia) 外

鄭成功站在制高點的虎仔山上，看著士兵如螞蟻般進攻熱蘭遮城。

只見背上繡著斗大「明」字標示的明軍士兵成波狀列隊進攻城牆，支援火炮在後方轟擊城內。

但在城牆上，除了前方洋兵用弓箭與零星火槍抵抗外，掩體後方其實有士兵在看不到的死角中來回匍匐前進，並運來一把把火繩槍，放在守軍腳下。

眼看攻牆梯一架起，明軍將領爆喝一聲：「殺！」

明軍士兵立刻爭先恐後爬上攻城梯，衝向城牆。

但在此時，城內卻傳出一聲丹氣十足的號令。

城牆上原本防守的洋兵與在暗處支援的伏兵同時虎吼回應，同時取過手邊的火槍就打。槍已上膛，打過急換槍，無須再裝填，霎時火力倍增。

火彈威力無匹，明軍的鎧甲盾牌被打出點點彈孔，攻城梯上的士兵立刻被打下。此時城牆上以及屋簷上也出現數個小隊，以輪射的方式對明軍開火，城上城下士兵一時之間死傷無數。眼見情勢失利，明軍將領立時指示弓箭手支援，但洋兵立時伏低在城牆掩體之後，箭矢難傷。

只聽熱蘭遮城後方火炮霹靂一響，一發砲彈精準地落在明軍的兩門銅砲中間，讓兩門砲都震得歪斜一邊。第二彈卻直接打在彈藥桶上，一

陣煙火隨著砲兵殘骸爆炸沖天，一門千斤銅臼砲扭曲變形，往前翻撞數圈，幸好前方區域早已淨空。但火炮營已去了兩門砲，士兵傷亡一時無法計算。

「黃安！林鳳！」鄭成功大叫。

「末將在！」兩名身披黃銅甲的將軍小跑步過來領命。

鄭成功說：「收兵吧！打旗號讓兄弟們撤退，守好圍城陣地。」

看到明軍退兵、熱蘭遮城爆出震天的歡呼聲，所有人都興奮地振臂大叫，還對明軍擺出不雅手勢。

此時卻聽到熱蘭遮城內再度傳出一聲丹氣十足且極具威嚴的喝斥。只一聲間，回音四處，剛剛滿城的歡呼士兵立刻閉嘴噤聲，伏於掩體之後。

鄭成功訝異之餘，立刻取過千里鏡觀察，只見剛剛鼎沸的人群就如幻象，看不到任何人影，沒有一絲聲響氣息。幾隻雀鳥飛到城牆上停歇，配上剛剛激戰的破損，整座城竟猶如廢墟鬼域。

鄭成功背脊一涼，將手上千里鏡放下，喃喃道：「治軍嚴謹，能將全軍殺機隱藏於暗處。這守將厲害。」

回到軍帳內召集諸將。

「何斌，」鄭成功命令道。「分析一下目前情勢、熱蘭遮城有多少人！」

一位矮小肥胖儒生應道：「遵命！我們抓住『巴薩維亞』（今日的雅加達，荷蘭東印度公司總部）正在支持馬尼拉北部華人叛亂、以及季風不利航行的時機，在此除了兩千常務兵外，平民約兩三千。由之前的俘虜口供、除去普羅民遮城的兩千多俘虜計算，熱蘭遮城守將『揆一』在我軍到前移入城內的應有士兵九百多名、平民約千人。」

在一陣沉默後……

「各位將軍！」鄭成功正容道。「我們打了個爛仗！」

眾將領慚愧地低下了頭。

鄭成功續罵道：「熱蘭遮城內最多不過一千士兵，一千老百姓吧！我們多少人？兩萬五千人！二萬……五千……士兵！普羅民遮城幾天就攻下來，為何熱蘭遮打到現在？真是軍人之恥！」

沉默後，一名將領抬頭道：「爾等難辭其罪，還請容許戴罪立功，驅逐紅毛！」

　　眾將領立時熱血沸騰、同聲附和。

　　其中一位將領道：「把普羅民遮城投降的兩千俘虜全綁到熱蘭遮城城下，若不投降就一個個砍！」

　　另一人道：「對啊！其中不是還有紅毛守將的親戚？那個洋人道士和他女兒？把他們綁到城牆外，紅毛應該就崩潰了。」

　　一干將令大聲附和，邀請再戰。

　　鄭成功正要點頭同意時，一名三十來歲的布衣儒生出面制止：「以百姓婦孺要脅？各位的武人之魂放哪去了！」

　　布衣儒生環視諸將續道：「洋人最崇拜上帝，洋人傳教士就是上帝與教會的使者。胡亂殺辱傳教士必激起洋人同仇敵愾之心。萬萬不可、還請三思。」

　　說完，向鄭成功行禮後，退至一旁。

　　「陳永華！」

　　一名體魄強健的將領大罵：「你這膽小鬼，洋人不過火器厲害，就怕成這樣！」

　　面對同伴怒罵，陳永華向著發怒的將軍說道：

　　「謝永常（註一）將軍英勇過人，眾所周知，小弟景仰萬分。」

　　說完向謝永常拱手行禮，也不待回禮即道：「如有無理之處，還請各位原諒。但洋人火器犀利且決心堅守城池，若我軍強攻，傷亡必眾。我軍原想速戰速決，只準備三個月糧草。再打下去，須先解決全軍兩萬多兵馬糧食的問題。」

　　眾將不由得靜聲沉思。

　　過了好一會兒，一名將領道：「缺糧有什麼問題？就此地徵收不就得了？」

　　此言一出，立刻有二人呼應稱是。

　　陳永華回道：「楊朝棟將軍與吳豪、祝敬三位將軍（註二）所言雖不失為一個方法，但徵收其實與搶劫其實所差無幾。此地漢、番雜處。打著正宗的朝廷王旗，漢人也許支持，土番的反應卻令人擔憂，萬一處理不好，極可能演變成與中部的『大肚王國』對峙衝突的局面。」

　　「我呸！」

另一人怒氣沖沖道：「一群土番也敢稱王？看我領兵，打到他們回家！」

陳永華忙道：「楊祖將軍（註三）請息怒。大肚番國經歷南蠻（西班牙）人、紅毛（荷蘭）人的征討而屹立不搖，現在若啓戰端，並非短時間可結束。」

陳永華雖然面對楊祖，卻轉頭看著鄭成功續道：「現我軍渡海，已引起不少國姓爺要放棄中土的流言。若戰事曠日廢時，繼續拖延……」

還未說完，楊朝棟已經怒不可遏：「懦夫！你從一開始就反對！告訴你，這是我……」

「夠了！」

鄭成功大聲喝止：「渡海征討紅毛是我的決定！還有誰不服嗎？」

看著諸位將領，只見所有人，連陳永華都低著頭不再言語。

鄭成功道：「今天大伙先休息吧。」

轉身正要走出軍帳時又停步。

「剛剛說普羅民遮城的俘虜內有紅毛守將的親戚？請他們到我軍帳內談談。」

在主帥軍帳內，鄭成功正坐在白虎紋軍椅上慢慢喝著烈酒。

桌上除了中原帶來的美酒之外，還要伙伕煎了一條由附近平民送上的魚。這怪魚刺雖多，肉質倒鮮美。只是當時鄭成功傳令去問當地平民，這是什麼魚？得到的回答卻說，這魚就叫做「什麼」魚？（註四）真是奇哉怪也。

其實，自從宣佈要征討紅毛之後、就引起不少鄭家軍要放棄中原的流言與批評。目前還留守廈門的將領中，對自己有疑慮的並不少。更害怕的是，如果戰事一直不順，組織衝突表面化，士氣可能瓦解殆盡。

「啟稟王爺，俘虜帶到！」帳口的親兵呼叫道。

「請他們進來吧，」鄭成功說。

軍帳門前出現的親兵領著一位黑衣教士與一位紅衣少女進來。

只見此黑衣教士趨步上前，拱手一拜，卻用道地的南方漢語方言：

「荷蘭基督教士 Anthonius Hambroek 與小女一同拜見國姓爺。」

說完曲腰一拜，後方的紅衣女子則伏地跪拜。只見這名黑衣教士年約五十左右，中等身材，紅毛人特色的赤金色卷髮，蜷曲的鬍鬚遮住嘴唇，淡青藍色的眼睛流露出一種慈祥的神色，讓人感到一絲親切。

鄭成功沉默片刻，伸手示意黑衣教士上前，開口道：

「您和熱蘭遮城的守將揆一是麼關係？」

黑衣教士道：「失禮了。在下漢名『范無如區』（註五），弗德瑞克・揆一 (Frederick Coyett) 是我女婿，大女兒 Coenella 的丈夫。」

鄭成功放下酒杯，正色道：「先恭喜你找到一個好女婿，熱蘭遮城守得很好。但總歸一句話：我這有十倍多兵力，他再厲害，又能撐到幾時？」

范無如區：「……」

鄭成功：「我想請您去告訴揆一，只需開城投降，本人保證所有人的生命財產安全，軍隊可不必繳械，風光離去。帶著我的公文與手信，作為承諾的證據。」

鄭成功指了指桌上書信，嚴正說道：

「還請說服揆一看清楚情勢。不然未來一旦城破，將不留情面！」

范無如區躬身道：「先謝過國姓爺的寬大，但我女婿可能是世界上最頑固的人，估計不會接受。此外還請大人見諒，因為上帝註定本人將死在大人之手，而大人的命運也將影響未來世世代代，因此有些事還需讓大人先了解。」

聽到這話，紅衣女子也全身一震！

鄭成功頭一偏，用奇怪的眼神看著范無如區：「你怕我會殺了你？還是怕揆一不接受，我會惱羞成怒亂殺人？或是揆一敢對你不利？」

范無如區不急不徐說道：「在下一定會傳達大人的要求。不知揆一是否會接受，但上帝給我的命運已定，所以希望大人能答應一件事。」

鄭成功抬頭皺眉看著范無如區，只聽他說道：「在我死後，照顧我這小女兒。」

鄭成功忽覺坐立不安，揮手摒退親兵侍衛，在帳內來回踱步數圈，才轉身對范無如區和紅衣女子說道：「你們應該是聽到了什麼流言。」

看著鄭成功浮躁的模樣，兩人都沒有出聲回應。

鄭成功嘆了一口氣後坐下：「我因為部下施琅的背叛，殺了他的父親與兄長，但我並非喜歡殺人立威，只是必須維持軍紀，逼不得已。」

喘了一口氣，續道：「我不希望讓部屬知道這一點。帶領軍隊需要威嚴才能令士兵懼怕，但希望你們別誤會我的人格。」

范無如區：「陣前殺人立威是戰爭常態。願主安息無辜者的靈魂。但大人會放在心裡、表示這人與大人或大人家族的命運糾結。」

鄭成功抬頭看著范無如區，聽他說：「雖然凡人不知自己的命運，但對於會影響命運的人與事，自己必是有一份感應，也是東方人所說的『緣份』。」

現在鄭成功有點懷疑這傳教士的精神狀況了：「說得太玄了。如不願去熱蘭遮城，亦不勉強。在下可保證你身家安全。」

范無如區道：「大人如讓其他人送信，只怕給揆一殺了。我也希望所有人都能回家。還是讓我走這一趟吧。」

紅衣女子忽然站起叫道：「爸爸！」

范無如區向女兒點頭道：「雅，每個人都有命運，此乃上帝賜與我的任務。」

這位名為「雅」的女子緊閉嘴唇不語，卻全身發抖。

范無如區又向鄭成功拜倒道：「大人，我小女兒乃教廷聖女，未來還請大人多多照顧了。」

鄭成功點頭道：「我也沒時間在這繼續耗下去了，還希望先生能夠成功。」

五月底，梅雨季將盡，天色陰暗還飄著濛濛細雨。鄭成功與兩名親兵站在高處，看著熱蘭遮城開門，迎接范無如區一行數人進入。

鄭成功心想：「希望能順利結束這一戰，實在拖得太久了。」

轉頭看著不遠處的范無如區之女也看著這一幕，忽然心有所感，范無如區所談緣份之說在心中一閃而過，這時才仔細看這位少女「雅」。此女約莫十五、六歲年紀，五尺（155公分）身高，有著洋人特有的白皙肌膚和長過肩膀的蜷曲金髮，但神韻、臉頰卻又有股說不出的東方人味道。

雖然有著少女發育的特徵，卻過於瘦小纖細，尖瓜子臉龐、緊閉的細唇和綠色眼眸又讓人感到一股堅毅性格。一襲紅袍布衣在雨天因風吹拂而飄揚，鄭成功更注意到此女手腳上都帶有細金鐲。腳雖赤足踩地、卻像是深閨女子般纖細柔嫩，更甚者、在這細雨天，腳上卻沒沾上一點泥水。

鄭成功心想：「就像是東方女子有著綠色眼珠，又將卷髮染成洋人的金色一樣。是『混血兒』嗎？」

雖覺奇特，但鄭成功仍與親兵走近女子身前，安慰道：「雅小姐，我知道妳聽得懂我們說的話，看來妳姐夫揆一也以禮接待妳父親。這談判要不破裂，揆一殺掉我的人，留下妳父親在城內；或是談判成功，妳父親無事歸來，我也承諾會善待他的，請不用擔心。」

「揆一姐夫絕對會保護父親的。」

雅說道：「所擔心的是……城堡內有惡魔。」

「惡魔？」

鄭成功眼皮一跳，急站到雅面前說道：「小姐，在下不想無禮，請妳老實說，城堡內是否還有我不知道的伏兵？」

雅抬頭正眼看著鄭成功，眼中卻隱隱閃過一絲綠光。一剎那間……

鄭成功似乎看到一絲虛影，是有人著急地來拜訪的樣子。

只一剎那，虛影隨即消失。鄭成功搖了搖頭，不確定剛剛是否是自己太累了。定睛一看，眼前的雅眉頭微皺，眼神也變得銳利：「如果大人以為有更多的士兵在城內，那是多慮了。」

「只是……」

鄭成功真急了，又上前半步：「只是什麼？」

卻見雅忽然轉頭，抱住鄭成功深深一吻。慣於出入生死沙場，面對任何攻擊都能反應，但對這女子忽然的舉動，鄭成功與親兵三人卻一下不知反應。雅這一吻甚深，連舌頭亦伸入，不久終於鬆口分開。鄭成功雖覺回味，但想開口詢問時，卻發現雅的青碧色眼中泛起可謂火焰般的鬥志。

「我和爸不一樣。」

雅舔唇說道：「就算命運已註定，但我絕不放棄。」

說完便頭也不回地離去。鄭成功心裡雖奇怪、卻也沒攔阻。只好叫道：「妳這洋女真不要臉！」

回頭見親兵正以奇怪的眼神看著自己，忙道：「洋女沒有節操，你們別說出去。」

　　走回軍營時，鄭成功見到軍營角落擺置了五個飯碗、內有菜餚、米飯、水果等，其中一碗內有液體，傳來酒香。一旁土裡插著幾柱香，似有人祭拜卻又不見神像。再走不久，又見到另一營帳角落有同樣佈置。

　　鄭成功不禁奇怪，遂向親兵問道：「這是什麼？有人在祭拜或悼念死者嗎？」

　　一名親兵回答：「啟稟將軍，這是最近士兵為求平安而設的祭壇，似乎拜的是土地神一類。」

　　另一名親兵道：「我聽到的透過此地土地神來安撫死者的祭拜，好像叫『地基主』還是什麼的？」

　　鄭成功問道：「『地基主』？類似土地公或是灶神嗎？」

　　親兵回答：「好像是，又好像不是。」

　　鄭成功還想追問，卻見一名傳令兵急忙跑過來：「啟稟將軍，剛剛傳教士范無如區與通譯軍官馬大已出熱蘭遮城了。」

　　「這麼快？」

　　鄭成功訝異道：「不但時間出乎意料，而且只有兩人回來，是怎麼回事？」

　　這時另一名傳令臉帶驚恐的跑來：「報……報告將軍……軍，洋人傳教士自己到主帥帳中等您了！馬大……馬大他……」

　　「鎮定！」

　　鄭成功怒斥：「馬大到底如何了？」

　　「他……他死了！」

　　所有人大吃一驚！只聽傳令兵顫抖說道：「他剛剛回到軍營時就一直喃喃說什麼惡魔……惡魔的，要問細節時，馬大忽然發狂似的跑回自己的營帳。等追到時、他已用小刀刺心自裁了。」

　　「惡魔？」

　　情勢詭譎異常，鄭成功急召士兵到主帥帳一探究竟。一進主帥帳，只見范無如區孤身一人背對帳門垂手而立。鄭成功一邊抽出長劍，一邊指示士兵左右散開包圍范無如區，小心問道：

　　「先生怎麼這麼早回來？揆一將軍接受在下的條件嗎？」

　　只見范無如區仰頭向天，卻用一種嘶啞、蒼老、低沉的聲音說：「Frederick Coyett 果然厲害，他不會接受你的條件的。要打下去，我賭你一定輸掉這場戰爭。而且……」

　　只見范無如區轉頭面對眾人，原本祥和的臉龐現在卻充滿猙獰，嘴角一抹殘忍的笑容，更可怕的是眼睛竟然黑色一片，完全看不清楚瞳孔與眼白。眾人都渾身發毛。

　　惡魔！惡魔！

　　這次鄭成功真的寒毛都豎起來了。

　　只聽范無如區說：「現在我有興趣的是，大人也應該為自己的未來打算一下了。」

附註

註一：謝永常與下屬一千零六十七位士兵於 1661 年在台南衛（今台南市安平區）陣亡。1962 年在台南中山國中挖出遺骨，現與日本軍官吉原小造一同奉於慶隆廟。

註二：楊朝棟、吳豪、祝敬等三人後因強奪平民財物而遭鄭成功處決。

註三：楊祖於 1661 年與黃安討伐大肚王國、中山豬標身亡。

註四：據說當鄭成功回問時。當地漁民誤以為鄭成功意在為此魚命名。於是將問句「什麼 (tsih-bak)」直接轉化成「虱目 (sat-bak)」，並將此魚稱為虱目魚。

註五：范無如區於 1648 年起在台傳教，期間致力於用羅馬文字轉述平埔族語，翻譯新約聖經以利傳教工作，後世人稱為「新港文書」，是今天平埔族語言的最早記錄。

　　1661 年，范無如區被鄭軍俘虜，並被威脅前往熱蘭遮城招降。在正史中。范無如區雖依要求入城，卻以對抗魔鬼之名號激勵守軍，出城後遭鄭成功誅殺。過程被改編為詩 (Antonious Hambroek of de belegering Van Formosa)，於 1770 年發表，並多次改編為歌劇。

　　據傳范無如區的一個女兒後被鄭成功收納為妾。

熱蘭遮城　范無如區　地基主　初戰　殉教
章之二

鄭成功只覺恐怖至極、喝道：「拿下他！」

眾士兵立時抽刀向前，范無如區卻徐退半步，雙手交叉胸前，待士兵們攻到身前一步時，忽然雙手左右大張。

頓時在左側的士兵頭顱如被無形的巨人扭擰，不由自主的向左轉，右方士兵則不由自主的頭向右轉。只聽「喀！」地一大響，左右所有士兵的頸部竟同時被扭斷。

就在范無如區獰笑著欣賞眼前將倒未倒的士兵時，兩支長劍卻由士兵身體間疾穿而至，一中左腹一中心口，范無如區倒退一步仍被洞穿。原來兩名近衛身經百戰，此刻利用士兵身體掩護，一擊得手。

「好！」

范無如區不理傷勢，仰頭大笑，雙手一伸，反抓住兩名近衛手腕，同時似張口狂吼，卻只聽到一陣低沉的聲音。在范無如區口前的空氣有如聚成一股無形的膠稠波浪，將兩名近衛的頭顱包覆其中，兩人立即頭顱爆破，雙眼七孔噴血而亡。

此刻鄭成功也膽戰心驚，只不斷退向帳門，想逃出求救。

「過來！」

范無如區左手拔出插在身上的長劍，右手向鄭成功虛抓。鄭成功立時被一股無形氣流包圍，猛想站穩，卻只能腳跟擦地向范無如區前去。

在此千鈞一髮時刻，鄭成功想到之前近衛的刀不起作用，立時拋棄長劍，抽出藏於斗篷內的隨身二尺倭刀「虎葵紋鬼斬」反身一劈：「妖孽！看我的！」

「虎葵紋鬼斬」劈至范無如區頭頂，卻在距離寸處如同劈中了無形黏土，刀就定在半空進退不得。

「好刀！」

范無如區讚道：「用聖人遺骨煉製的寶刀，若被劈中，我也難逃厄運。」

　　說完雙手虛抬，鄭成功立時身不由己浮在半空，「虎葵紋鬼斬」也脫手飛出。

　　但慌亂的鄭成功卻因為范無如區的一句話而安靜下來：

　　「你想當皇帝嗎？」

　　范無如區：「奮鬥這麼多年，你不想當皇帝嗎？」

　　語音似有無限的誘惑，引得鄭成功腦際又是混亂，又是興奮！

　　范無如區笑著說道：「打下這個海島？有我們的幫助，你可以俘虜天下！」

　　鄭成功不由得迷惑了，這是一項天大的誘惑。

　　「我來讓你的願望成真吧。」

　　范無如區說著便拉近鄭成功懸浮的身體，一張口，竟噴出一股污黑濁氣，如有生命般直衝鄭成功口內。此刻鄭成功已完全無力抵抗。

　　但濁氣在鄭成功的喉頭卻遇到障礙，不一會兒，鄭成功喉頭竟噴出青白色火焰，不但焚燒不少濁氣，連帶解除無形枷鎖限制。只見鄭成功張口跌坐地上，舌頭上卻隱現一個方陣圖符紋。

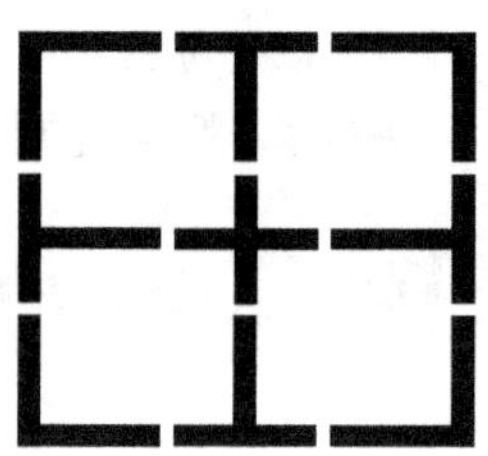

　　正是雅之前深吻鄭成功時做的手腳。

　　范無如區不料有此變化，也是驚惶倒退。此時雅卻忽然無聲無息出現在身後！

　　卻見雅右手一揚，身上的紅袍衣袖竟離奇似地伸長，將范無如區整個纏繞起來。接著左手不斷虛劃十字，口念拉丁文驅魔咒，范無如區似乎失去力量，跪倒地上，但仍不斷掙扎。

　　鄭成功坐在地上看著這一幕，只想呼救，卻喉頭麻痺而發不出聲。瞥眼間看到「虎葵紋鬼斬」插在身旁不遠處，便轉身向刀爬去。

　　卻聽范無如區怪叫一聲，一聲震天乍響，音波撞擊地面再反彈，充

斥四周，不但眼前地毯被炸出一個大洞，連纏身紅布也被震碎，雅也被
震波拋飛後摔。

　　見范無如區又轉頭看著自己，鄭成功只嚇得魂飛魄散，死命快爬，
想取刀自保，但手只差刀柄一寸，又被抓住，整個人掀翻在地上。

　　范無如區右手叉住鄭成功下巴，讓嘴張開，獰笑道：「別想逃！」

　　他再度張口狂吼，這次音浪籠罩，鄭成功只覺得自己好似被人丟入
水中，又被猛力拍擊。卻見原本在舌頭上的方陣符紋冒出陣陣青焰，化
為白煙消失。

　　就在范無如區口中又泛出污黑濁氣時，後方的雅忽然取出小白瓷瓶
猛甩，一抹清水灑到兩人頭上。

　　清水對鄭成功沒作用，范無如區卻皮膚冒出白煙，掩面痛苦嚎叫，
右手卻沒放開，只差點沒夾碎鄭成功的下巴。

　　雅再次灑出清水，一面左手虛劃十字，口中又唸驅魔咒。連續三次
將清水灑在范無如區身上，都讓他白煙直冒，腳步浪嗆，痛苦萬分，卻
一直沒放開鄭成功。

　　再次灑出清水，范無如區高聲怪叫，卻猛地將鄭成功丟向雅。

　　這一著奇兵奏效！

　　果然讓雅必須停下驅魔咒以閃避鄭成功。一抬頭，卻見范無如區已
等在前方，厲聲怪叫如鬼哭神號，遂不及防，只能勉強交叉雙手抵抗，
白瓷瓶摔落碎裂，整個人被音波彈飛至軍帳另一頭，撞碎主帥大桌。

　　范無如區得意地咧嘴一笑，看來沒有擾亂者了。鄭成功被猛摔在地，
正想掙扎起身，卻見范無如區又朝自己而來，大驚之下，立刻彈起欲逃。

　　但范無如區手一揮：「來！」

　　鄭成功又四肢離地「飄」回范無如區面前。

　　與此同時、帳門外出現騷動，一隊士兵衝進軍帳護駕，范無如區卻
不慌不忙，接住鄭成功，頭猛然一轉，又是一陣鬼哭神號。只見領頭的
幾位士兵立時鎧甲碎裂，七孔爆血，所有來援的士兵一個不剩，皆被音
浪衝擊得倒飛退出軍帳。

　　雅躺在地上暗暗檢查傷勢，不知是音波撞擊或是撞到書桌所致，左
手骨折，頭上傷口也正在淌血。

　　雅心中想著：「心……還在跳！還沒打輸！」

震退一班援軍後，范無如區一手拉近鄭成功：「要來的！」

同時，另一手五指凌空彈張，鄭成功的嘴巴又不由自主地張成一個大圓：「你走不掉！」

說完口中又泛出黑氣，要朝鄭成功口中湧去。

在這千鈞一髮之際，雅深深吐氣，引導自身心跳與天地之聲同步，緩緩道：「以吾之意念……」

聲音雖低、大地卻傳回嗡嗡共鳴！

魔化的范無如區也大驚回頭！

「拜請地基主神履行火焰的契約！」

雅右手虛舉，眼前浮現以意念形成具體形象的大語符紋方陣：

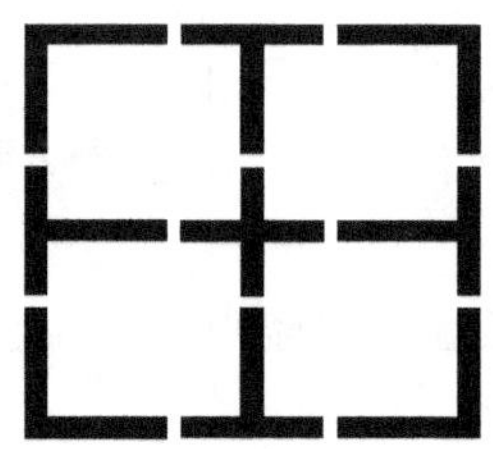

就在范無如區急忙阻止時，雅已食指輕彈，由大語符紋方陣中心向八方連點五下，取得所需音符，將手中符紋提前一步擲向魔化的范無如區，大聲喝道：

四周空氣應聲震動，雅前方的火字符紋發光一閃而逝。范無如區全身肌膚竟無故發火、燒得他一聲慘叫，丟開鄭成功，跪倒在地。這火燒得他皮膚通紅，口吐白煙，但詭異地無損衣物。

「哈！」

雅見狀喜溢於表，這是法術首次實戰，果然一舉成功。

見到范無如區逐漸回復完好狀態，雅也掙扎起身，再次舉手由大語符紋方陣中取得所需音符、將手中符紋擲出：

　　時機剛好，隨著這一聲斥喝，正想反擊的范無如區又再次被怪火吞噬哀號。鄭成功在旁看著這一幕，忽然發現身邊地上冒出十數個高不過三至六寸、形如幼兒的人形黑影，其中一個還有如好奇的小孩，與鄭成功面對互看。

　　雅信心大增，舉步踏前伸指再畫出：

　　范無如區再次被燒得跪倒地上。之前的優勢已完全蕩然無存。

　　「魔鬼！」

　　雅垂著骨折左手，站到跟前，用荷蘭語厲聲說道：「這是爹爹專為你做的！」

　　接著卻用漢語的南方方言爆喝！因為這是唯一能正確傳達這咒語名稱的方法：

「大 (tuā) 語 (gú) 符 (Hû) 紋 (bûn)！」

　　再次右手急揮：

　　一聲呵叱竟引得半空行雷，閃電直直擊破鄭成功帳頂，打在魔化的范無如區身上。范無如區被雷擊得雙手一軟，幾乎趴倒在地上，而且烈焰焚身，體內有如洪爐，連眼、耳、嘴都冒出烈焰。

雅正要再次攻擊。

范無如區忽然抬頭說道：「殺了我，他也會死！」（荷蘭語）

雅望著范無如區身上的劍傷，不由得當場呆住。這給了敵人寶貴的時間，只見范無如區又重新站起、就要面對自己使出絕招。

雅忙重整旗鼓，五指輕點，打出契令：

一令祭出，影響所及，全場立刻鴉雀無聲。但雅卻覺不妙！

果然！雖然封住聲音，魔化的范無如區的震波仍然將雅直直打得陷入地面。一時之間地毯破片，碎石四飛，卻詭異地聽不到一點聲音。

可憐的雅被震波壓得只能閉眼承受，連舉手防衛都辦不到。直到震波過去，吐出嘴中鮮血時，四周聲音才回復。

魔化的范無如區一招得手也大感意外，滿意地獰笑道：「我用來傷人的，不只是聲音！」

眼看對手又要張口鬼叫，雅這下子是連根手指都動彈不得了。

但千鈞一髮之際，鄭成功已重拾「虎葵紋鬼斬」，自後方一刀疾砍劃過范無如區頸部。只見范無如區的脖子切斷處爆出一陣黑氣，一會兒後，他才頭斷落地，身體也無力倒下。

雅只能無力地看著這一幕，眼前一黑，人已昏過去了。

地道　神明墳場

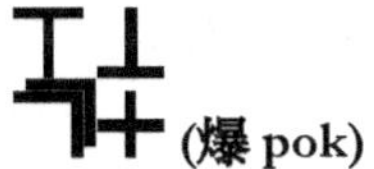

魔神雅一路打破通道，還要小心別讓碎石打到躲在身後的阿美。

領著六十六個小孩，六個泥人，一隻螢火蟲？

走過這殘破不堪的地道，魔神雅才覺得自己竟然度過了多麼悠久的歲月。就算當初蓋得堅固，但在這地震頻繁的海島。能抵抗核子攻擊、堅固不壞的「蛇道」，最後還是不免損毀。

「到了！」魔神雅說。

終於到了走道盡頭，前面是一塊黑色巨石封路。巨石上刻了一個鬼頭浮雕，並用黃銅線纏繞成繩狀環繞，似是將某物綑綁囚禁在內。

阿美怕得縮在魔神雅之後：「姐姐、我怕！」

魔神雅注視著眼前的巨石，心中也感慨萬分：「終於走到這裡！」

低聲對阿美說：「別怕，那鬼頭虛有其表，妳過去一推就倒！」

阿美：「是嗎？」

魔神雅：「別怕、姐姐就在妳背後支持妳。」

阿美直走到鬼頭巨岩前，膽怯地伸手推去。

魔神雅暗暗伸手在身後畫出：

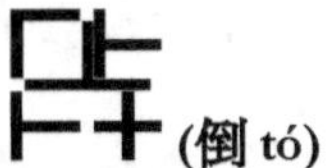

阿美不過伸手一觸，整塊鬼頭巨岩便向後轟然倒下，聲勢駭人，回音四盪。可見巨石後方是一個空蕩的大空間。雖然如此，阿美卻沒被嚇到，反而回頭高舉雙手，露出笑容。

「耶！」

這下子逗得眾人哈哈大笑。

魔神雅笑道：「阿美好棒！現在看姐姐的。」

走到漆黑的走道盡頭，伸掌虛按空中，抓取所需音符：

$$T山$$
$$十ㄥ_{(光\ kong)}$$

一聲喝斥，在半空游移的螢火蟲阿勇回到魔神雅身前。

「月出之光！ 庭燎之光 ！」

魔神雅一邊吟唱，一邊伸手在半空順時針畫圓，螢火蟲阿勇也越來越亮，成為一團光球。手一揮：「去吧！幫我照到整面光光！」

光球忽地飛到空間的上方爆開照亮，最後照亮全場。所有人看著眼前景像都不由得呆了。

這是一個可以容納近萬人、數層樓高的地下廣場，卻推得滿滿地都是大小不一、材質各異的各式雕像。

「各位小朋友，」魔神雅聲音平淡到沒有一絲感情：

「歡迎來到神明墳場！」

帶著孩子們走下階梯，魔神雅說道：「在這片土地上，曾有世界上最堅定的信仰，以及最盛大的宗教活動，但最後出現了『蛇將軍』這個獨裁者，將自己造成唯一的神。在幾代的洗腦與摧毀後，差不多所有的神像都落到了這個下場。」

四周望去，大大小小的各式神像「殘骸」堆疊整個空間，幾乎所有的神像臉部都被破壞。魔神雅領著大家在殘骸的小山間攀越而過。

「這是關帝君，那是菩薩，施洗者約翰……還有……」

魔神雅嘆了一聲：「算了，也不需要知道這麼多。以後有空再告訴你們吧。」

一個黑髮削瘦的小男孩問道：「這裡好多神啊！為什麼這個『蛇將軍』能做到這種事？」

魔神雅一邊幫著其他小朋友，一邊回答：「因為我在幫他啊！」

回答讓小男孩沉思了一陣子，隨即快步跟上大家的腳步。

魔神雅心想：「眼前先解決超過半天的飢渴是最重要的事情。」

眾人走到一處神像堆成的小丘上。一尊無臉神像端正屹立在殘骸之上，雖然臉部被削掉，魔神雅馬上就知道是誰：「反叛軍會將還算完好的神像立起來當記號。各位小朋友，這就是延平郡王國姓爺鄭成功。」

看了看眼前的結構。魔神雅只有心懷歉意，先向鄭成功行個禮。幾個小朋友不明其理，也照樣學著敬禮。

魔神雅一舉手：

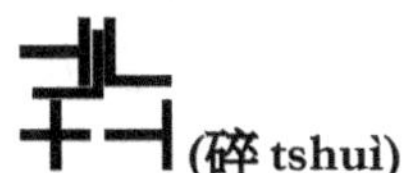

鄭成功像的下半身與腳下的諸多神像立刻被擊成粉碎。一陣粉塵飛揚後，下方出現三個一人高、這時代軍隊運送物資用的推車。魔神雅打開其中一個，裡面裝了滿滿的物資，有衣物、裝備、食物與飲水。指揮六個泥人取出手提燈，同時在四周點起。在一陣歡呼聲中，魔神雅將食水分發給孩子們，並將法力收起。

火球回復成螢火蟲阿勇，來回游移在小朋友之間，還主動逗一些孩子玩耍。在一陣動作後，魔神雅看到只剩一小塊頭部且又無臉的鄭成功像，霎時一陣感傷，小心地捧起頭像。

阿美在旁問道：「這就是姐姐剛剛說的故事裡的鄭成功？他人很好嗎？」

魔神雅莞爾：「他對我不錯，但是不是好人，讓世人去評判吧。」

這時泥人卻捧著一個小盒子過來。

魔神雅心想：「可別是詭雷！」

在戰場上設置詭雷以防止敵人搶奪物資是正規作法。

這盒子不知為何卻散發出一種知識的氣息。本來安全作法是指揮泥人檢查，魔神雅卻直接打開了蓋子。

盒子之內卻是……一本一本的小型印刷書。

印刷文件在電子化的時代就已淘汰，後來統治者利用管制電子訊息的手段控制人民，才又有違法的印刷小本流傳。眼前就是這種手掌大小的違法印刷本，裡面竟有原文版的聖經、可蘭經、漢語版的論語、甚至日語版的萬葉集，以及相關的字典等工具書。

這盒子藏書的程度遠超過一般反叛軍的知識程度。魔神雅正奇怪有誰能看得懂這些書時，盒子底層卻另有一個小布包。

　　看這布包大小卻不是小本印刷，而是在電腦世紀前，人類辦公所用的紙張大小。魔神雅心念一動，急忙打開布包，卻是一疊防火防水的複印紙……瘋子作家家傳字譜的複印。必定是蕭約翰！瘋子作家的後裔，是他將這些書放在這裡了。再翻過其他的小本印刷書，果然連「大語符紋—漢文註譯」以及「萬字對照表」都在其中。

　　魔神雅苦笑了一下。瘋子作家一族擅長「藏法」，有可能逃過一劫而躲在哪裡。不論他和族人是否逃過此劫，未來除非主動現身，否則以現在極為衰弱的魔瞳也無法找到他或他們的蹤跡。

　　此舉卻是將人類舊歷史的精華以及延續的責任都託付給魔神雅了。

　　阿美看著這些書上的文字大都不認識，便問道：「姐姐、這些書寫的是什麼字啊？」

　　魔神雅笑了笑，在地上畫出一道符紋：

　　之後問阿美：「妳認得字嗎？」

　　阿美：「認得一點點。」

　　魔神雅：「那這個字知道怎麼念嗎？」

　　阿美：「ㄏㄡˋ (hó) ……」

　　魔神雅：「是的。在這時代是這樣念的。但在很久以前。這個字的原型是：

好

要念作『ㄏㄠˇ』。」

　　阿美：「字會變嗎？」

　　魔神雅：「都是人類的小心眼和對權力的控制慾所造成的災禍。這島上的主要族群是由大海對岸過來的移民，他們第一次做這種事是在千禧年之前，在對岸的中原。千禧年之後又發生了一次。那次連帶這裡的文化也受到極大的衝擊。最後一次……是我……」

魔神雅喉頭一陣哽咽，再也沒說下去了。

這歷史上最後一次文化災難。自己也助紂為虐……

「會下地獄吧……」魔神雅心想。

黑髮瘦男孩卻在一旁起鬨道：「姐姐剛剛的故事還沒說完啊！那個鄭成功打敗惡魔了嗎？最後熱蘭遮城被打下來了嗎？」

魔神雅笑道：「好吧！我繼續說故事，但你們聽完故事要試著睡一下喔。今天大家都走太多路了。」

「好……」

小朋友咬著乾糧喝著水回答。

魔神雅也緩緩續道……

援軍　三虎　未來　大力神　初之夜
章之一

距離熱蘭遮城約三日航程的大海上。

被任命為新任總督的柯蘭克正帶著援軍前來。偵查小艇早一步帶回了鄭成功軍隊的情資，此刻正在向柯蘭克會報。

「明軍的人數雖多，但是平底的『沙船』佔多數，速度不及我們的卡拉維爾帆船。如果持續用游擊戰術，把他們的船引到大海上，我們就有機會送補給或士兵給熱蘭遮，這場戰就可以打下去。」

這名偵查船長極度認真地分析眼前的情勢：

「揆一（熱蘭遮城守將）似乎還能堅守。末將建議轉進北部的『北荷蘭城』（現今基隆），作為據點，並強勢攻擊守在雞籠山（今基隆和平島）的明軍。若明軍分散兵力來救，對熱蘭遮城的防守就更為有利。敵人一來，我們就退到大海，來回攻擊，一定能拖垮他們的體力。」

柯蘭克看著眼前這個認真的偵查船長，冷冷一笑說道：

「你知道為什麼揆一在軍力如此懸殊的狀況下還堅守不退嗎？」

也不等對方回答，忽然一伸手握住偵查船長的喉嚨，對方還沒來得及反應，氣管骨節已被一手扭斷。在殺人的同時。柯蘭克的眼睛卻變成漆黑一片，就像是魔化的范無如區一般。

柯蘭克一臉獰笑：「因為揆一身負教皇的密令，要封印惡魔……也就是我們。」

這時幾個親兵走了進來，眼睛也是黑漆漆的像墨一樣。

柯蘭克：「把屍體丟到海裡。一個來接手柯蘭克的身體，把援軍船隊帶到東瀛去。其他的趁夜上岸。如果明軍能除掉揆一，那就最好。如果不行，我們要設法援救萬魔之首。」

在明月之下，幾條散發詭異氣息的黑煙由艦隊捲向天際，目標是陷入戰亂命運的小島。假柯蘭克將以避風、缺水、欠糧食等理由把救援艦隊帶到東瀛，八月抵達長崎，接受荷蘭在長崎的商館館長 Hendrick Indijk 的招待，並以颱風期為由，在日本逗留至十二月二日才返抵巴達維亞。虛耗共一百六十三天。

援軍無望、熱蘭遮城唯有自求多福。

是夜，鄭成功的大軍之中。

雖然下了禁口令，但鄭軍內的驚恐氣氛還是瀰漫在每個角落。在中原對抗十萬韃靼大軍也未曾畏懼，但這是第一次面對非人之物，又在這遠離家鄉的小島，恐懼乃是人之常情。

鄭成功招集陳永華、黃安、楊朝棟、謝永常等眾將軍於中帳。現在必須解決眼前的問題，並決定全軍的方向。

「撤兵！」

陳永華大喊：「這座海島詭異至極，熱蘭遮城久攻不下，洋人在城內可能有可怕的伏兵，糧食已開始缺乏，中原的部眾已開始懷疑我軍驅逐韃靼的承諾，士兵們的士氣也已動搖。還要我再繼續說下去嗎？」

不同於上次對於退兵之議眾說紛紜，這次將領們沉默不語，連鄭成功都無法決定下一步要如何走。

靠著鹿耳門的大潮，鄭家軍打下普羅民遮城（現今台南赤崁樓），更以十倍的兵力圍攻熱蘭遮城。但隨著戰事膠著，現在軍糧問題首先浮上檯面，紅毛援軍何時會到也是一個隱憂。隔海，滿清新帝（康熙）即位即位)後，對於還在福建沿岸的留守將領採取分化與圍剿並行之計，人心浮動，日漸緊張。但即使帶兵全力回攻，又無法對抗滿清兵勢強大。此刻走錯一步、只怕落得屍沉黑水溝（台灣海峽）的下場。

這時守衛來報：「啟稟王爺！馮錫範將軍，劉國軒將軍，在帳外求見。」

馮錫範和劉國軒？這兩人為何這時過來？眾將軍面面相覷，連鄭成功也嚇了一跳，但不啻是一大助力。陳永華、馮錫範、劉國軒號稱鄭成功的三大親信，素有「三虎」之稱，在這多事之秋可說是最好的幫助。

護衛後鎮劉國軒肥碩身材，身揹一把長刀重八十斤，比起關公的青龍掩月刀八十二斤也所差無幾。年約三十出頭的人卻意外地頭頂光禿、僅剩耳際還留著幾片鬢毛。一隻長年酗酒才會有的酒糟紅鼻再加上微微的暴牙，難怪士兵常在私下戲稱他為「劉怪子」。

馮錫範此刻年約三十，身高幾近六尺，緊閉而細薄的嘴唇與方正的國字臉讓人感到他堅定的意志。此人在鄭家軍中還未擔任正式軍職，或者說正式職務的話就是「護衛」。主要工作是幫鄭成功處理所有檯面上見不得光的事物。

鄭成功於是摒退眾人，單留陳永華，在軍帳中接見馮、劉。

「見過王爺！」

馮錫範和劉國軒一入軍帳先行軍禮，鄭成功卻忽然如遭雷擊，甚至站起離座。三人不知發生何事？陳永華忙問道：「王爺！有問題嗎？」

鄭成功臉色鐵青，嘴上卻強硬說道：「……不！沒什麼！」

回過一口氣後，重新坐下，問馮錫範和劉國軒道：「你們一個鎮守北方，一個在中原辦事，為何同時過來？」

馮錫範回道：「啟稟王爺：卑職在中原奔波時，有一日遇到仙人托夢……」

鄭成功：「……？」

馮錫範：「數日前，卑職在夢中遇到一身著青衫的中年男子，四十歲左右，卻自稱為『老人瑞』，乃在夢中示警，要卑職緊急來這海島支援王爺降妖除魔。」

聽到「降妖除魔」，鄭成功眼皮一跳。卻聽得劉國軒也說：「末將在前日喝完紅露，才小酌幾口高粱後……哦！」

說話間卻一口酒氣呼了出來，眾人無不掩鼻。卻聽劉國軒道：「末將也是看到這樣的一個男子，自稱是什麼金金什麼人瑞的，說是將軍有難，要我過來護駕……也不知是否高粱太烈、下次喝點燒酒就好了。」

這劉國軒雖然整日醉醺醺，在衝鋒陷陣時卻是勇猛無匹。

陳永華插話道：「你們見到的可能是同一人嗎？」

馮錫範道：「我們在大鯤身（今台南大員）相遇時交談，才知道對方也有同樣的夢境，我們夢到的應是同一人無誤。」

鄭成功聽著兩人所說，面色卻越來越沉重，只是先要陳永華向兩人報告日前軍營內發生的事。得知軍營發生的不可思議事件，兩人都訝異不已。

劉國軒拿出隨身酒瓶小喝一口笑道：「看來我們要來殺魔鬼啦？不知魔鬼和韃靼哪個厲害？」

馮錫範卻發現鄭成功的臉色不善，於是出聲詢問：「王爺是否有心事？」

鄭成功嘴唇蠕動一陣，最後還是說出：「你們回來助我這事⋯⋯我看過！」

這語法有點奇怪⋯⋯一般應該是「我知道」，雖然不清楚是怎麼知道的。但所謂看過？是怎麼看的？

只聽鄭成功說道：「之前與那個洋人女子『雅』在山坡上相談時，她的眼睛似有魔力一樣，讓我看到幻影一樣的影像。那時我就看到你們來找我的時候。」

其餘三人這下真可用呆若木雞來形容了。

鄭成功想了想，問陳永華道：「雅小姐呢？你們有好好待她？沒有不禮貌吧？」

陳永華回道：「聽說是救命恩人，我們當然不敢怠慢。現在人在普羅民遮城的房間內軟禁。」

在普羅民遮城內，雅正緩緩調整呼吸，坐起身來。

雖然只有半日，左手骨折與身上傷勢卻幾乎復原，「契約鎖」正發揮力量，逐漸改變自己的體質，疼痛卻仍與常人無異，雅現在也是咬緊牙關才能坐起來。

但這是必須的。

眼前三步不到，正有一靈體緩緩凝聚成型。雖然感覺不到任何惡意，但連日戰鬥卻使得雅不敢大意。

只見這靈氣最後形成一個半透明、身著青衫的中年人。

看了雅一眼之後，露出無比感動的神情，才環抱雙手，深深躬身向雅行了一禮。雅感覺不到邪惡的氣息，便問道：「來者何人？」

這人以誠懇的語氣說道：「在下張采，世人皆稱在下為金聖嘆（註一），拜見雅小姐。請恕在下用離魂之術前來拜訪，只因本尊正在金陵（現今南京）監獄之中，不日便要處斬，只好乘此圓月之時先施秘法，以求在死前能拜見魔神之獄卒與末世紀的守護者，死而無憾，不亦快哉。」

雅：「你被關，我也無能為力。如果你想向萬魔之首求助，那是不可能的。」

金聖嘆：「請小姐不要誤會。在下自小有異能，可看到未來與自己的命運……」

雅笑道：「那我們算同類。預言者金聖嘆，你好。」

金聖嘆一拜到地，微笑道：「小姐請別說笑，在下雖是井底之蛙，也知道一般預言者與真正的先知有何分別。何況自幼便知道生命會在此時終結，也沒有留下遺憾，但在下的異能所看到的時間也比在廟前占卜扶乩的術士更久，甚至看到歷史的結束。」

「什麼？」

雅驚訝道：「雖然我也可以看到未來的虛影，卻是斷斷續續，就像殘影或回音……為何你能看得那麼清晰？」

金聖嘆笑而不語，也不回答雅的疑問：「在下真的只是想看看未來的傳奇，絕無其他意思，也順手幫小姐找了一些幫手，其中將有人與小姐的未來有關，請記住這一點……」

金聖嘆看到雅的碧綠色瞳仁內有微弱綠光閃爍不定，笑著說：「小姐還需要多多修行才能控制自己的天賦。現在，雅小姐請記住這句話：就算看得到未來，答案還是需要妳自己去尋找，而且精準的預言都有騙子的心血存在。」

雅本來想試著控制自己的「神眼」來認清狀況，但注意力總是無法集中。以往總是在靜坐清修數天之後才能奏效，現在也無法隨時隨心運用。

還想直接問金聖嘆為何出現在此？金聖嘆卻微笑著消失了。

深吸一口氣，雅下床站起，此時侍衛正好開門，讓鄭成功等四人進來。

附註

註一：金聖嘆（1608 年－1661 年）又被稱為「白話文先驅」，曾對多本重要著作進行批註，包含「推背圖」。

援軍　三虎　未來　大力神　初之夜
章之二

「該死！」雅心想。

原想找機會打昏警衛逃掉，但現在眼前這四人都是高手，看來只有伺機而動了。相較之下，鄭成功等四人發現雅不但已能行動，而且連骨折也似乎痊癒，訝異不已。

鄭成功：「雅小姐，妳的傷勢好得真快，實在讓人吃驚。」

雅眼皮一翻：「怎麼？將軍希望本人受傷嗎？」

鄭成功一臉嚴肅，語氣剛硬地問道：「一般人若受妳這種傷，起碼在床上躺一個月。雅小姐半天就復原了，是洋人的身體結構特別嗎？還是……」

說話間臉色越見嚴峻：「妳到底是什麼人？或者說，妳是什麼怪物嗎？」

陳永華等人聽到這哩，也不禁將手放在刀柄上，如臨大敵。

雅看到這情況也不禁愕然，隨即擺出無辜的表情道：「好兇啊！我可是救過你一命呢。」

這點倒是事實，加上一副柔弱少女的「偽裝」，鄭成功的戒心也減低不少，緩了緩呼吸後，已可用平和的語氣說道：「我相信小姐沒有惡意，但可以告訴我們所有的事嗎？」

雅：「請問吧，我知無不言。」

鄭成功：「妳父親，范無如區先生發生了什麼事？」

雅：「他被惡魔附身了，那是遠古的惡魔，沒有形體，但可以侵入人體，控制其軀體。時間一久，被附身者連靈魂也會被消滅。」

雅露出悲傷的表情，鄭成功才想到，自己砍掉范無如區的頭時，他本人還有意識嗎？雖然當時是自我防衛，但心中總有一點疙瘩，於是轉變話題：「看來這些『惡魔』也是你們的敵人，為何在這海島上？」

雅笑道：「你問錯問題了，應該先問我們在這做什麼？」

這一回答頗有禪機，鄭成功也一時語塞。

看到這情況，陳永華接話回問：「你們紅毛（當時漢人對荷蘭人的稱呼）佔據這海島，無非是為了作為與東瀛 Nagasaki（長琦）交易的中據站（荷蘭乃日本鎖國時期的特許交易對象）。還有其他的陰謀嗎？」

雅笑著說：「說陰謀也太嚴重了吧？」

馮錫範卻接口了，以陰沉的聲音問道：「妳在這裡，惡魔就找到這裡。紅毛動武打退南蠻（當時漢人對西班牙人的稱呼，西班牙於 1642 年戰敗退出）是為了把妳放到這島上？」

雅聽得微笑不語，其餘四人卻是一陣悚然。這女子是什麼人？居然讓兩個國家大動干戈？鄭成功忽然想起：「妳父親說妳是教廷的聖女。是因為這樣而被惡魔追殺嗎？」

雅搖搖頭，收斂表情，認真說道：「這事也沒有什麼好隱瞞的，你們應該有知道的權利。我就直接說明一切吧。在數十年前，西方的聖堂戰士在經過莫大犧牲後，抓到了自古以來引起戰亂與災禍的萬魔之首。由於萬魔之首無法殺死，教皇通告全世界的探險家，要找一個位在世界邊緣、大海盡頭的海島，將之永遠封印。」

四人聽得一愣一愣，鄭成功最快回過神來：「照妳說……那就是選定這島，把那個……萬魔之首關在這裡啦？」

雅點點頭。

陳永華問道：「那小姐呢？妳擔任什麼任務？」

雅：「魔神的獄卒！這萬魔之首由我看守！」

讓一個女子擔任這種職務？稍早她表現出的魔法卻讓人不得不信。

陳永華：「想問小姐一件事，妳告訴我們的名字不是全名吧？一般單音節的洋人名字很少見。」

雅笑道：「沒錯，雅 (Yar) 是我父親叫我的小名，但是我沒有必要把本名告訴你。首先，這與法術有關，『真名』最好不要被人知道。再來、隨便問女孩子姓名是你們東方的傳統嗎？」

陳永華一時語塞。鄭成功忽然想到：「妳之前用的那個魔法，好像是用我們的語言？那個小小的黑人影又是什麼？」

雅側著頭想了一下才回應：「這一點要解釋比較麻煩。先說那些小黑人好了，那是這裡的地靈『地基主』。」

鄭成功：「之前有看到士兵在拜，原來是這麼強大的神靈？」

雅搖搖頭：「不、地基主的位階算是最基本的地靈，但因為身在底層，所以直接連結這海島的自然元素，配合我父親用你們的語言所創造的『大語符紋』……」

鄭成功：「大語符紋？」

陳永華：「用我們的語言？」

雅看著兩人的反應，得意地說：「為了能與在地的『地基主』訂定契約並做溝通，我父親使用了『將會』在這島上流傳最久的語言，製作了能驅動地基主的法術，命名為『大語符紋』，能夠用讀音拼出你們所用的漢語南方方言，並用鍥型文字的方式表現。就如同之前所說，地基主是直接連結『地、水、火、風』等基本元素的神靈，因此在這島上使用大語符紋的話，能夠在利用這些自然能量的同時，也剝奪敵人對於自然能量的補給。理論上……」

說到這裡，雅卻搔了搔頭：「在這海島上使用應該會所向無敵，至少在理論上……但我還不夠功力。」

劉國軒打了一個酒嗝才問道：「那個……叫做萬魔之首的，是怎樣的惡魔？是不是像唐三藏一樣吃了會增加五百年功力？」

雅聽得忍不住笑：「我不知道唐三藏是誰？好不好吃我也不知道。但這萬魔之首的能力之強，足以改變國家民族甚至歷史的進程，但所求的願望實現，總會在未來付出代價。一千七百年前在西方的埃及，皇后克利奧佩脫拉與萬魔之首訂下契約，祈求更高的權力，結果她雖然如了願，但最後還是被推翻，連兒子都被殺。」

鄭成功心中一跳，魔化的范無如區那句「你想當皇帝嗎？」此刻竟在心頭圍繞。

「鬼鬼神神！妖言惑眾！」

卻聽得馮錫範哼了一聲：「這妖女說的實在是一派胡言！王爺千萬不可相信！隨便舉一個破綻吧：我們漢人才剛到這海島沒多久，何以知道語言會在這裡流傳？而且如果漢語會在這流傳，那不就代表我們會打贏？那個揆一還在熱蘭遮城抵抗幹嘛？」

對啊！這話打中要害，也是雅現在的說法互相矛盾之處。

但鄭成功靈光一閃，明白了其中關鍵。

雅也是臉露笑容，簡單直接地說道：「要回答這問題倒簡單，我的眼睛能讓我或其他人看到未來的影像，雖然是殘缺不全的影像，而且並不穩定……儘管這大部份是我自己修行功力的問題，卻還是可以大略明白未來的狀況。」

馮錫範又哼了一聲：「狡辯！這類江湖技倆見得多了，說的和真的一樣，等到要展示時就推說時機不對、人有毛病等等……」

說話被質疑、雅一下子脹紅了臉，在場卻有聲援的人。

鄭成功：「她說的是實情，我的確在她眼中看到你們來找我。」

既有主帥作證，其他人也不再說下去。

但鄭成功心有他想：「雅小姐，在下先相信妳沒有惡意，卻還是希望能看到實證。如妳所知，現在我們中原被北方的滿清韃靼入侵、漢人王朝搖搖欲墜，只能靠在下領一隊殘兵掙扎求存。如果妳能指點一條明路，在下可以立刻領兵離開這海島，並與貴國定下永不侵犯的誓約。」

這話說得重！陳永華、馮錫範忙出聲制止。

連雅也這樣說：「給你看到沒問題，反正歷史本來就會這樣走，然而你若真的離開這海島，反而不對了。你的子孫會佔據這海島稱王，而且這裡的後人將會世世代代建廟供奉你。」

這話……說得太直接了。

四人眼睛瞪得直直的，一臉不敢置信的模樣。

鄭成功：「妳說什麼？這裡的後人會世世代代建廟供奉我？」

雅點頭道：「是啊！對於這島上的後世子孫而言，你也算是神……嗯……用大語符紋來寫的話是……巾(ㄒㄒ)下平聲(ㄣ)時(ㄐㄣ)」

一面說，一面在床邊用手指畫出：

四人皆不可置信。做皇帝還不夠、竟要做神？

陳永華忽然醒悟，向鄭成功拱手道：「王爺!切不可相信她，這可能是詐術，或是這女子會幻術！」

雖然有過一次經驗，鄭成功也是將信將疑，忙吩咐道：「雅姑娘，妳說能讓我看到，就展示給我看吧。你們三個在旁邊看著，有問題就殺了她！」

三人同聲答應。

雅隨即用手捧起鄭成功的臉，四目相接、不但鄭成功有些不自在，其實雅也不適應。原本自己的「魔瞳神眼」都是在清修數日、精神到達頂峰之後才能運用自如。像現在這樣急就章地上場，其實會有很多不穩定的狀況。

不過雅還是凝聚精神，凝視著鄭成功，逐漸透過眼眸深處，將上天給每一個人訂定的、稱為「命運」的片段，慢慢轉成影像，展現出來。

凡是人類，看到自己命運時，都會立刻認知那就是屬於自己的必然過程。原因未知，但就像是一種奇異的共鳴，在人與命運間交互震盪。

雖然模糊不清，鄭成功還是看到了自己的神像被豎立在一個陌生、居民服飾特異、周遭充滿怪異建築與機械的世界，雖然民風大異、但對於自己神像的祭祀卻虔誠無比，終年香火不斷。

看到這一幕、鄭成功驚得呆了。

沒發現在普羅民遮城內傳來士兵的驚呼聲與打鬥聲。

鄭成功與雅正在「神遊」，走廊另一端忽然傳來巨大的聲響，就像是牆壁被巨石猛力撞碎一般。

劉國軒立時大叫：「是投石機一類的攻擊！」

陳永華、馮錫範二人互望一眼，同時想到：「有人劫獄！」

卻聽敵人的交戰聲一路由走廊盡頭直衝房門而來，速度極快，可見一般士兵都非敵手。馮錫範的武功乃是三人之中最高，立刻一拔長劍，拉著劉國軒喊道：「我們先去擋著！陳永華，你把王爺叫醒！」

說完，兩人取出兵器就奔出房間。陳永華著急得在鄭成功與雅之間大喊，或用手在兩人眼前急揮，但兩人就是視若無睹，沒有反應。現在兩人動也不動的狀況有些類似冥想，陳永華因此犯了躊躇：如果立即將兩人打醒，可能會出現「走火入魔」的狀況。正猶豫時，走廊間忽然響起重兵器交戰之聲。

陳永華心想：「劉國軒將軍與敵人動手了。」

忽然一聲霹靂巨響夾雜劉國軒的叫聲，同時整棟樓微微晃動。接著聽到馮錫範的喝斥聲。

陳永華心中大駭：「來者何人，竟連馮錫範、劉國軒都不敵？」

情急之下，只有直接拉開雅（畢竟不敢直接去拉鄭成功）。

雅原本正集中精神施法，被這一打擾便身不由已地軟倒下去。

頭一偏，卻正好與陳永華四目交接。

法術的根源被干擾、鄭成功打了一個冷顫，隨即驚醒，只見眼前兩人一左一右狼狽地倒在地上，正要開口詢問、卻聽到走廊間一陣交戰聲響。身經百戰的經驗讓他立刻就明白原委，忙叫道：「陳永華去呼叫衛兵，我去會會這對手。」

陳永華答應一聲，就是無法起身，卻聽雅大叫起來：「是揆一姐夫，你們別出手。」

鄭成功兩人大吃一驚，忙問道：「妳怎麼確定？」

雅回應道：「這裡另外兩位將軍應該已經上前迎敵了，但加上城內的守軍都無法阻止敵人，這樣的武藝只有揆一姐夫才辦得到。」

頓了一頓說道：「建議你們先不要出手。即使這裡所有人都上陣，也不是姐夫的對手。」

嘴上這麼說、雅的心中卻暗覺不妙：「在熱蘭遮城內的魔法陣應該還沒完成，為何姐夫要冒險過來救我？要出個萬一，被惡魔稱虛而入，可不得了！」

雅的提醒是好意，鄭成功卻是不快之至：「揆一就算武術再高，膽敢感直接殺到本將軍的地盤內救人，實在也太過托大了。就讓本將軍來會會這位紅毛英雄吧。」

說完取刀開門而出，眼前狀況卻讓他不由得一呆。

援軍　三虎　未來　大力神　初之夜
章之三

　　原本預計會看到一位西洋將軍，開門卻驚見一位魁梧的番族戰士。此人身高七尺有餘，肌肉雄偉糾結似鐵，身穿生番常見的白短罩衣，黝黑的臉上有紅色條紋刺青代表著戰士或獵人。頸上掛著山豬獠牙項鍊，是獵人狩獵山豬的標示，雙肩上像護肩似的卻是帶爪熊掌，而且比一般所見黑熊更大三倍。

　　但更讓鄭成功驚訝的是，這番族戰士抓著劉國軒的關刀刀頭，將劉國軒連著八十斤重的長關刀當作流星槌一般揮動，和馮錫範交手。這下子簡直驚天動地，不但眾士兵害怕傷到劉國軒而不敢出手，馮錫範也被迫得左支右絀。

　　然而馮錫範不愧為三虎之首，面對這樣壓倒性的力量攻擊，憑著靈巧身法尋隙進攻，看準番族戰士將劉國軒砸向自己，卻不逃避，反而挺身迎上，劍刺敵人手腕，意圖迫使對方放手。

　　人加刀超過兩百多斤的重量，這番族武士卻是猶如抓小雞般，揮臂動作中居然一轉手，僅用腕力改變方向，將直砍力轉成橫劈。這下子明確顯示超人的力量，也同時顯示其反應迅速且戰鬥經驗豐富。馮錫範見狀，身形一縮堪堪避過。劉國軒在半空被扭轉方向，承受極大壓力，卻有一股傻勁，就是不放手。

　　征戰大江南北，從沒看過這等怪力。所有人都不知所措。

　　卻沒有人發現，雅看清來者之後，臉色鐵青，嘴唇緊閉，稍微定一定神，隨即躲在士兵身後，一把拉住鄭成功說：「這是『大肚王國』的第一勇士 Ngarux Utux……你們漢人又叫他做『熊之力神』。你帶士兵先走，讓我和他談談好嗎？」

　　首先這要求有些不合理，其次，要女人幫忙？這太傷男人自尊了。鄭成功哼了一聲，踏步上前，步伐不快，卻奇異地切入馮錫範與熊之力神中間。眼前出現新敵人，熊之力神本能地就用手上的人直接「搥」向鄭成功。

　　鄭成功不閃不避，眼看就要砸中時大喝一聲：

「劉國軒！放手！」

剛剛死命不放的劉國軒聽命果然鬆手，身體卻仍循著軌道撞向鄭成功。眼見來勢急勁，鄭成功雙掌迎上，卻非直線推向劉國軒，而是掌走弧線，將身體放軟到一個極致，承受劉國軒衝擊時便讓自身跟著旋轉半圈抵銷力道，果然讓劉國軒安全落地，沒受到傷害。

鄭成功這一手武技乃是師傳武當太極拳的正宗，運勁成圓，借力打力，實為東方武術的精髓。他在遇到惡魔時毫無機會施展的功夫至此表露無遺，不但獲得眾將士喝采，熊之力神也大為意外，立刻丟去關刀，退開半步，嚴加戒備。

但……在場中真正被震撼、被影響最深的……卻是雅。

這下子誤打誤撞，有如禪宗開悟般，啟發了雅在武術修鍊上的另一個方向。

但有關詳情還將在後續解說。

在這當下，只見劉國軒一站穩就忙不迭道謝：「謝王爺救命，末將丟臉丟……」

丟臉還未丟到家，鄭成功推手陰力一送，劉國軒竟直飛而起，撞向熊之力神。

奇招突起，猝不及防。

但熊之力神憑經驗猜想鄭成功必是偷襲，於是不接下劉國軒，反而側身避過，同時鉤拳橫出，繞過劉國軒，想打擊藏在敵人軀體後方的敵人，一拳打出卻撲了個空。原來鄭成功以劉國軒誘敵，自己卻趁機施展「壁虎遊牆功」，由牆面爬到熊之力神頭上，施展奇襲。待熊之力神發現、短刀「虎葵紋鬼斬」已離後頸不足一寸。

雅看到這一幕，驚慌地尖叫出來。

其實多擔憂了。熊之力神的反射動作比野生動物更敏銳，在千鈞一髮之際緊急向前彎腰，連頭都往地上撞去。這姿勢非常不雅，力量卻天崩地裂，一撞之下，石板地面被撞得碎裂凹陷，連整個普羅民遮城都搖晃不已。

沒想到對手如此強悍。

鄭成功落地時也無法站穩，忙打個滾，先狼狽地避開一旁，還未起身，一股壓力已籠罩全身，熊之力神一拳夾雜風雷之聲猛然襲至。對方赤手空拳，鄭成功於是抽出長劍上挑，攔截熊之力神的重拳。

「不！快躲開！」

馮錫範高聲示警，但晚了一步，長劍與肉拳一觸，立即被打得爆出火花，斷裂數截。原來這熊之力神不但力大無窮，而且刀槍不入。剛剛鄭成功沒有看到他與眾士兵交戰的經過，這下子麻煩大了。

幸虧鄭成功也是身經百戰，一招失利，忙用另一隻手上的「虎葵紋鬼斬」擋格。熊之力神明顯對「虎葵紋鬼斬」忌憚，拳頭收發自如，看到寶刀阻擋便立刻轉換方向，正拳變成了搥擊，打得鄭成功前方的地面碎石亂飛，連所在的地板也撬起，身形一下子失去平衡，眼見熊之力神重拳又到。

鄭成功不畏怪力，反而伸出掌背「撫」在敵人手腕。這下子妙到顛毫，強大力量立刻傳來，鄭成功於是放軟全身，讓熊之力神的力量托起自己的身體。敵人主力的拳頭離胸膛數寸，但就是無法打中自己。

能夠這樣全身「黏」在敵人手臂上，不僅是熊之力神，連鄭成功自己也大感意外。

太極拳由張三丰所創，至今流傳已超過數百年，講究捨己隨人，以柔克剛，如此以撫掌搭上對手，更可用「聽勁」確認對方的動向。鄭成功在這技術上浸淫二十多年，深知箇中訣竅。

但現在……此刻鄭成功的聽勁……

卻發現熊之力神內在的巨大力量遠遠超過人類的界限，甚至超越獅虎熊豹等野獸級數，竟感到有如山崩洪流或巨大颱風一般，洶湧澎拜，無窮無盡，一瞬間就讓鄭成功認知，以渺小人類對抗天地之力是如何微不足道，愚不可及。

這樣的力量差距可讓任何人類心生畏懼。明知違背太極要旨，鄭成功仍是以「虎葵紋鬼斬」一揮，砍向敵人的手臂，對方要嘛罷手後退，要不就要失去一隻手。

但熊之力神有一股狠勁，竟不理會自己的斷臂之危，反掄起另一拳往鄭成功頭上打來。

不幸的是，鄭成功已到極限，全身功力去盡，無法轉動「虎葵紋鬼斬」防禦，也無法將敵人或自己推開。馮錫範與陳永華大駭，急往救援已來不及，眼見兩人一爆頭一斷臂，已成定局。

中間的地上卻忽然印出一個黑影般的符紋：

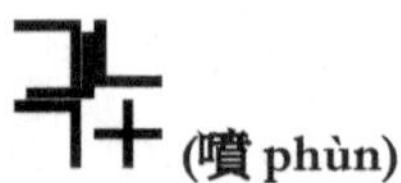

地上被打碎的一團亂石立刻夾著氣流噴射而出。

突如其來的外力讓兩人動作一窒。熊之力神手腕一收，後退的同時也餘力一吐，把鄭成功丟向牆壁。沒有敵人怪力牽制，鄭成功一個翻身穩穩落下，好在沒失了威風。定睛一看，原來是雅在後方發大語符紋支援。死裡逃生，鄭成功不禁心頭狂跳。

「雅！」

熊之力神一看到雅、竟不顧周遭敵人就要往前迎接。馮錫範與一眾士兵見狀立刻上前護駕，層層包圍熊之力神。眼看有人擋著，熊之力神無匹怒氣立刻爆發，全身肌肉糾結奮起，一聲長嘯震得整個普羅民遮城沙塵簌簌落下。

劍拔弩張，看來惡戰一觸即發。

陳永華忙趁機走到鄭成功身旁，小聲地說：「大肚王國統治這海島中部，根據情報，與紅毛人相處得也不好。這戰士看來只是想救人，不如就讓他去。如果此刻造成流血誤會，可能會形成紅毛與大肚王國聯手的局面。」（註一）

鄭成功點了點頭。

正要開口說話，雅卻快步上前，一把抱住鄭成功又吻了下去！

先別說艷福不淺了，熊之力神看到這一幕竟全身僵硬，面色如土，嘴唇蠕動著想說什麼，卻沒發出聲音。

在眾目睽睽之下，雅不理會其他人，把臉也埋進鄭成功懷中。

鄭成功這下子才回過神來，想推開這女子，卻發現胸前衣襟一熱。雅埋住臉竟是為了掩飾自己的眼淚。

現在把這女子扶起來，一定會讓她的哭臉整個曝露人前。

連一生在沙場上出生入死的鄭成功此時也一時不知所措，好不容易開了口，卻是：

「你……熊之力神……能過一陣子再來嗎？」

真的是……完全牛頭不對馬嘴的對話。

但不知何時，熊之力神的氣勢竟然消失殆盡，無言站立有如塑像。只見熊之力神轉身大步跨出，直至走廊盡頭，那裡一面牆壁已被打破，看來熊之力神就是由此進來。只見他縱身一跳，立刻被一隻碩大如龍的異獸接走。

摒退眾人，將雅帶入房內，鄭成功立刻拿起隨身的手巾遞給雅。但由於漢人的文教傳統，他轉過身去，將手與手巾由斜後方伸過去，而不面向雅。

「謝謝！」

雅道了謝，卻沒接過手巾。鄭成功對於這種男女之事向來不擅長，見雅沒有互動，就收回手說道：「總之、謝謝雅小姐幾次搭救在下。妳可以隨時離去了。要去和揆一會合？或是要去哪裡？在下可以安排船隻護送。」

頓了一下，又說：「如果要去大肚王國找熊之力神，我也可令士兵護送妳去。」

「我不會再見他！」

正要走出房間的鄭成功，聽到雅這樣說得堅決，不禁回過頭來。

還想說教幾句、卻看到雅不徐不緩地拉開自己的紅袍，第三次抱住鄭成功……

附註

註一：據蘇格蘭人大衛・萊特 (David Wright) 的記載，在十七世紀中期的臺灣中部，有一由臺灣原住民組成的多族群、跨部落王國，統治範圍遍及今日的彰化、台中、嘉義、南投。在文件中，以大肚王國或大肚番王稱呼。

1731 年（雍正八年）爆發大甲西社抗清事件。

1732 年（雍正九年）清廷派臺灣鎮總兵王郡聯合親和部落征討，大肚兵敗投降。

誤打誤撞傳真功　沒事別惹魔神女
章之一

「果然男追女隔層山，女追男隔層紗。」

鄭成功躺在床上喃喃自語說道。

在床前的小桌上，雅卻先一步爬起來，用要來的文房四寶不知在寫什麼？

聽到鄭成功說話，頭也不回，語氣冰冷地說：

「有時候真覺得你們漢人的文化扭扭捏捏。不是說我們的文化不注重禮教或貞潔，但這與我的感情是全然無關的。」

居然被嗆？一向大男人慣了，能指揮十萬大軍縱橫沙場的鄭成功當然不能容忍，臉色一變，立刻起身和衣便要離去。人到門前，卻還是停步，一陣沉默後說道：「居然面對妳的男人也這樣倔強？好吧！在下也不勉強。還是那句話，如果妳要走，可以自由離去了。要去熊之力神那邊……」

說到這，雅全身顫動了一下。鄭成功眼尖，心想：「說不定本來是情侶吧？」

卻不點破，繼續說道：「或者要去熱蘭遮城？在下可派人護送。但如果想留下的話……」

鄭成功頓了頓，說道：「想留下的話。我們的文化裡有句話是『一夜夫妻百日恩』，跟我一起，絕對不會虧待妳。如果說不喜歡，只想留在這裡的話，妳那種奇特的天賦與法術也對我們很有用。不管如何，我都以人格保證妳與家人的安全……」

說完忽然想到，上次自己說這句話之後，就斬了范無如區。這下子一時語塞。

看雅仍在寫東西，沒有反應，鄭成功於是說道：「請好好考慮，再告訴我吧。」便轉身離去。

在門外，卻是馮錫範在走廊一側等著。

看到鄭成功從雅的房間走出，馮錫範用一種比平常更嚴肅的神情走過來行禮。鄭成功反而有些心虛，於是也用比平常更嚴肅的神情作為掩飾：「有什麼事情嗎？」

馮錫範忙抱拳說道：「王爺切不可對此女子心軟！」

說得聲色俱厲，鄭成功也不禁一呆，側眼看著馮錫範。

即使被質疑，馮錫範也毫不退縮：「這洋女不是一般的神棍之流，而是真有道行的巫師，如果願意協助我們，那當然是一大助力，否則定要限制她的行動，絕不可讓她與熱蘭遮城的守軍或大肚王國番王聯手，不然可能對我軍會極為不利。請王爺切不可婦人之仁，必要時，一定要下定決心。」

所謂下定決心指的當然就是痛下殺手。鄭成功嘴唇蠕動一下說道：

「本王自有分寸，這你別擔心。」

做完日常的練習、雅把筆一丟就趴在桌上。先前聽到熊之力神時，自己差一點又哭出來。這混蛋漢人將軍，居然提到自己最心痛的地方。他大概以為自己和熊之力神是一對因為雙方國家交戰而被拆散的苦命情人吧。

「雖然他想的也沒有錯……」雅喃喃自語說道。

只是，整個事實比鄭成功所想的要複雜百倍。如果這漢人王爺知道真相，嗯……鄭成功如果知道事實真相，只怕會嚇得夾著尾巴逃回對岸去……不然，說不定會跳海或上吊自殺，那對上天註定的命運與歷史可不太妙。

雅想了一下、不由得笑了出來。這樣想想，心情也好得多了。就這樣讓腦子胡思亂想，雅忽然想到昨日鄭成功與熊之力神交戰的一幕。

這下子卻開始認真了，雅睜開眼，坐起身仔細思考。因為任務的需求，雅自幼被要求進行嚴格的武術訓練。除了自己最擅長、也是西方女子較常見的劍術與弓術外，對於西方自羅馬時代傳下的三大空手搏擊武術——摔角、角力與拳擊——也有很深刻的鍛鍊。

搏擊武術在當時的西方世間流傳，大部份都不允許女子加入，但還是有少數流派有女性武師存在。在教皇的號召下，這些女性傳人聚集一堂，將歐洲千年的武術精華傳授給雅。

也可以說，十五歲的雅身上匯集了歐洲兩千多年搏擊發展的精粹。

但……卻沒有看過昨天在鄭成功手上展現的技術。

熊之力神嚴格說已不是人類，而是半人半神的「肉身人神」，力量之強可以正面打下火炮砲彈。被鄭家軍炮火轟擊多日也打不壞的熱蘭遮城城牆，再早也曾被他一拳擊穿。

鄭成功可能不知道他昨天的武術成就其實堪稱奇蹟。

但⋯⋯怎麼辦到的？

一般人只要被熊之力神的拳頭稍稍擦到一下、只怕就要被衝擊力打得內臟破裂，吐血而亡了。像鄭成功那樣竟能將身體「黏」在熊之力神的拳頭上，簡直是不可思議。在正常情況下應該會連身體也被打穿，落個穿膛破腹、死無全屍的下場。

雅托著下巴仔細思考這個問題。

其實鄭成功也不只一次如此。在他接下那個酒槽鼻胖子（劉國軒，這時雅不知道名字）時，也用了相同的技術。雖然那時熊之力神似無傷人之意，沒用上全力，鄭成功卻是穩穩地接住一個比自己更重、以高速撞來的成年人。

摔角與角力的共通基礎之一，是利用人體施行槓桿原理應用。

希臘時期阿基米德發現的槓桿原理，說明用一根棍子抵著大石頭、而且中間有支點，在支點後面施力的棍子、也就是力矩越長時，抬起大石頭就可以越省力。

羅馬的武術家以此原理應用在搏擊技術，發展出用身體形成槓桿一端之力矩、以及用旋轉運動引導敵人力量的技術。在面對面實戰中，配合以上兩點，並攻擊敵人的關節弱點，往往可戰勝比自己更高大強壯的敵人。

基礎上應是和鄭成功展現的武術有異曲同工之處，內部卻有明顯的不同。

即使運用這類技術，敵我雙方的力量差距還是不能太大。有句西方俗話是「螞蟻不能彎曲鐵條」。簡單地說，差距太大時，做不到就是做不到。

但鄭成功與熊之力神之間的力量差距，偏偏就是螞蟻與鐵條這樣的對比。「力量差距太大了啊！」

雅一面想得頭昏腦脹，一面喃喃自語：「對啊！差距太大了啊⋯⋯力量⋯⋯」

想到這裡，忽然像是被雷打到一樣！雅猛然坐了起來。

「力量差距太大！對啊！萬一沒有力量呢？」

對照鄭成功的展示，雅忽然發現一個從未想像過的世界。太極拳的要旨正是以柔克剛，以靜制動，在運用上必須做到至鬆至柔，捨己隨人。此刻雅依靠自己的天才去推敲，當然只能略窺皮毛而已，但單是這一點點皮毛，也受惠良多。雅坐不住了，站起身來，一面模擬當時鄭成功的動作，一面思考，良久，不由得驚訝地出了一身冷汗：

「這是一種在實戰中將自己放鬆到幾乎無力的狀態，被動地跟著敵人的動作，卻能反客為主、克敵致勝的武術……東方武學果然深奧。」

還待研究下去，卻見得房門忽然被推開，參議軍師陳永華只微微點頭就走了進來。

「你們的文化是進女士的房間不用敲門嗎？」

雅的語氣與臉色極端不友善，陳永華見狀，忙擺出一副友好微笑，還微微躬身拱手為禮，笑道：「很抱歉打擾小姐，但自從昨天在下親身體驗小姐不可思議的魔法之後，非得將問題釐清不可！」

「哼！」

雅冷哼一聲。上次對鄭成功施法時，意外地讓陳永華看到自己未來命運的一部份。雖然眼前這傢伙不是壞人，但在窺探他未來所為之後，雅對這人非常反感。她心中暗想：「找到機會，一定要狠狠整他！」

但陳永華不知道自己惹到一個麻煩人物，繼續自顧自地說道：「在下無意中看到的……那影像是不可能的事，與在下的身份太不相符，然而在下卻感覺到……那就是我的命運！妳告訴我！那是我的命運嗎？」

好煩啊！

雅搔了搔頭。反正預定計畫是要打昏警衛，逃出這裡，基本上要對付哪個都是一樣。給眼前這隻蟑螂一招「大語符紋」？或者是……

想定主意，於是雅擺出招牌的少女笑容，慢慢走近陳永華。陳永華見狀也放低戒心，吞了吞口水，以顫抖的聲音問道：「小姐……不……仙姑，那是真的嗎？我的未來……太不可思議了！我……我是某種宗教的教祖嗎？是……是因為恭奉誰？是王爺嗎？是妳嗎？」

雅笑了笑，一面走近一面道：「那倒不是，那是你自己。」

看著陳永華一臉愕然，於是再小心踏近一步。

　　陳永華忽然滿臉通紅，激動地說道：「我……當時我就知道這是真的，所以我的未來確實類似六祖慧能（禪宗祖師）或是張天師（道教宗師）一類啦？」

　　雅笑道：「這點就不瞞你了。陳先生，你對於未來歷史的影響絕不下於國姓爺，甚至比你提到的任何人還要重要。」

　　一面保持笑容說著，已進入攻擊範圍了，而眼前之人熱血沸騰，全沒注意到眼前的危機。

　　陳永華卻忽然退了半步。

　　糟糕！被發現了嗎？雅不由得緊張起來。

　　卻見陳永華恭敬地彎腰低頭，拱手一拜，幾乎觸地，語氣誠懇地說道：「原以為這一生註定要屈居人下，現在知道有出人頭地、自主為王的機會，即使要在下與貴國配合，制約國姓爺（鄭成功），在下也必會全力以赴。未來成功，必然為仙姑奉上金銀財寶，建生祠，分享榮華富貴，絕不食言」

　　雅不由得笑了笑。這傢伙想到哪去了？竟然連自己的主子也出賣？裝著不在意，再挪近半步，語氣就像三流算命師要指點迷津一樣：「請別那麼說，小女子也需要先生您幫……」

　　說話同時，雅伸出雙手輕輕托著陳永華拱著行禮的雙手。正當陳永華心情激動地要聆聽時……卻連幫忙的「忙」字都沒聽到。

　　雅手腕一翻，三指直扣陳永華右手腕「脈門」的部位，扭轉對手腕關節到極限，直拉過他肩膀後，同時一步上前，右腳抵著對方右腳。這是羅馬摔角的關節技絕招，奇招出襲，只待陳永華失去平衡仰天跌倒，就預定一腳把他踢昏。

　　雅在掌握主動的狀況下使用這招從未失手，但今天絕對是例外。

　　陳永華驚叫道：「妳幹什麼！」

　　即使被攻其不備，陳永華卻全身順勢轉了半圈，脫離對方掌握，翻掌抓住雅的大拇指就折下。原來陳永華修習少林小擒拿手超過十年，此刻僅靠反射神經動作仍可化險為夷。抓住拇指的招數是小擒拿手的「羅漢折枝」。一旦陳永華發力折下，在吃痛之下，雅只能全身受制於人。

　　千鈞一髮之際，雅腦際閃過之前對鄭成功技法的研究，不以腕力與對手競爭，反而身體右轉，右手提肘內旋。這下子讓自己右手腕取得較大的角度，就這樣，大拇指順利從陳永華的右手掌中脫出。

小擒拿手的正規解法會轉到身旁用手肘反擊後腦，陳永華也反射性如此防禦，一招「琵琶苦惱拳」，右手拳背往敵人方向打去。

本以為能將這女子震開，誰知雅右手迴轉成圈，吸入陳永華右拳、將力道化於無形。

這洋女竟使出類似太極纏絲勁的功夫？！

不但如此，雅竟將胸部貼著右臂往肩膀滑過來。陳永華可以感覺到少女乳尖貼著手臂移動，而且衣服隔著手臂摩擦，布料被擠得露出大半酥胸。

明明在實戰中不可發呆，這一瞬間……陳永華卻不知如何反應。

雖然當時歐洲大部份武術門派拒絕女性，但少數如角力，卻有從希臘時代就流傳的全女性流派存在。而角力自創始之初，希臘男性就抹上香油以裸體互搏，希臘人也不以裸露為恥，因此就算女性角力時有身體私密部位接觸或打到曝露，也是完全不以為意。

雅的師承更是經歷戰亂洗禮，遂要求對戰時絕不可有任何猶豫，只因一旦無法打倒敵人，女性受到的危險遠遠超過男人。

但這不是古時希臘，漢族文化更為拘謹。這一呆，讓陳永華付出慘痛代價。

雅用自學的太極勁牽引敵人，圈勁未止，已侵入守備內側至貼身。手臂一摺疊、卻是靈活的肘擊，由下往上打中對手下巴。

陳永華眼冒金星，難以反應，雅直接撲上，右手繞過頭頸，頭由對手右腋下穿過，左手則環繞過來，與自己右臂互扣，就這樣將敵人的右肩與頭頸鎖在一個三角形的結構中。這種絞殺技術又稱為肩固技或手腕三角固，能直接壓迫對手頸動脈，時間一久會造成昏迷。

但雅不等敵人昏迷，動作一氣呵成，同時右腳一勾，陳永華立刻向後倒去。

在歷史……尤其是漢人的歷史上，重要性與影響力比鄭成功有過之而無不及的陳永華也許……註定有此一劫。

在下顎受到重擊、頸動脈血液流通不順的狀況下，後腦又重重摔在地上，陳永華立時昏迷不醒。一招得手，雅反彈站起，仔細聆聽門外並無動靜，應該是沒有驚動警衛。雖然鄭成功說是「可以隨時離去」，還是靠自己較實在。

正要動身，忽然想到一件事。

「理論上成立。但還沒試過。乾脆玩玩看⋯⋯」

鄭成功在中午過後才知道雅逃脫的消息，嚴格說是鬆了一口氣。雖然覺得雅的能力對自己很重要，但現實戰爭中往往會有很複雜的狀況，也有可能需要犧牲別人。雅如果就此脫離戰亂旋渦，甚至和那大個子情人復合，那未必不是一件好事。

在視察雅的房間時，卻發現桌上有一些手繪的圖紋。

鄭成功眼皮一跳，心想：「這應是那奇異的咒文『大語符紋』，未來可能有用。」於是將這幾張紙收了起來。

陳永華卻是頭低低地縮在一旁：「末將誤中奸計，請將軍降罪。」

鄭成功手一揮：「這洋女詭計多端，你不用放在心上。」

陳永華應了一聲，慢慢倒退著向門邊移動，卻還是低著頭。

鄭成功不禁奇怪：「陳軍師，你怎麼了？把頭抬起來！」

呆了好一陣子，陳永華終於鼓起勇氣抬頭，卻是⋯⋯章魚？

只見陳永華的嘴唇外又畫了一圈、把嘴巴襯托成大大的圓形，往上連著眼睛畫出個布袋也似的頭型，眼眶周圍還很仔細地畫出老態的黑眼圈，往下二個臉頰全是觸角。章魚頭上還有一朵俗氣的小花？

雅竟然把陳永華的臉當作畫布，畫了一隻大章魚？鄭成功再也忍不住，哈哈大笑，連一眾小兵也不禁竊笑，讓又羞又怒的陳永華只想鑽到地底下去！好不容易，鄭成功勉強止住笑：「陳軍師，你這跟頭栽得難看，先下去洗掉吧。」

陳永華聽著周圍的笑聲，苦著臉說道：「啟稟王爺，剛剛試過了，但這墨水黏稠非常，洗不掉啊！」

鄭成功眉頭一皺，眼看桌面的硯台上還有一些痕跡。

仔細看去，可辨識乃是大語符紋：

但不知道是何字。

　　於是倒了點清水，化開原有積墨，用筆一沾，畫在桌上也沒有感覺奇怪之處，但在停筆一會兒後，卻隱隱覺得筆尖墨水似乎變得黏稠。一抬筆、卻連桌子也被抬起數寸，直到筆桿承受不住而斷裂，桌子才掉到地上。

　　鄭成功訝異地說道：「這墨水有古怪！」

　　但再加入些微清水磨墨後，連那符紋痕跡都不復見。再提筆沾墨試驗，就與一般墨水無異。鄭成功霎時明白：「剛剛畫在硯台裡的那個大語符紋應該是

(黏 liâm)

這洋女將符紋畫在未乾墨水中，竟能改變墨水的特性？將墨水變成黏膠也似的。」

　　居然能用咒紋改變物體的物理性質。實在是在神怪小說中才找得到的情節。這下子，鄭成功確實後悔讓雅跑掉了。

誤打誤撞傳真功　沒事別惹魔神女
章之二

時序進入夏季。

沒有雅的消息，鄭成功也沒有放鬆對熱蘭遮城的侵攻，但揆一守得極為穩固，成功抵抗所有的攻勢。五月底的一次攻防竟讓鄭成功損失近千士兵，而且熱蘭遮城的兵力幾乎沒有受到損傷。

鄭成功這下子著急起來。

這場戰爭拖得太久，軍糧與後勤物資都需要從海峽另一端支援，負擔可說極重。一次遭遇颱風，幾乎讓整個部隊面臨斷糧的危機。更糟的是，對岸的敵人開始在南方進行政治作戰，以全額補償金和燒田免罪赦免為餌，搧動農民燒去稻作，待發現這情況時，原本預期可由田中收成的稻作已損失慘重。農民們獲得免罪赦免後，立場也逐漸轉為中立，或與朝廷合作。

無法指望秋收補給，這一年秋、冬將會嚴峻無比。

「軍糧問題不解決，到了秋季，不只是還在對岸的守軍，連這裡的部隊都會出現糧食不足的問題。如果韃靼乘此機會進攻，全軍都會面臨生死關頭。」

陳永華的分析很有道理，鄭成功也知道眼前的狀況之嚴重，雖然沒有說出口，也認真開始思考撤軍後的軍事佈署。

陳永華：「面對目前的困境，末將建議，將所有還在對岸的守軍立刻遷移到這海島！」

咦？所有人看著陳永華，這人以前不是最大的撤軍論者嗎？

自雅的惡作劇後，陳永華連續洗臉數天也無法去掉那墨水，最後甚至動用酸液，弄得眉毛都掉了，臉也浸得皮膚變成一片雪白，終於弄乾淨這奇怪的墨水章魚。但臉色還是無法見人，於是在人前只好戴著面罩掩飾，裝扮有些怪異，心理也變得有些奇特。

處境艱難卻孤注一擲是為何？鄭成功於是要陳永華說明。

陳永華：「即使退回對岸，情勢上也難以再與韃靼作戰，困守的結果只是拖延滅亡時間而已。不如全軍移師這海島，面對即將來襲的紅毛援軍，再打下大肚王國，據海峽天險與韃靼對峙，如此置之死地，才有一線生機。」

馮錫範清了清喉嚨說道：「邏輯是可以說得通，但如此將同時開闢多條戰線，軍隊負擔極重。現在我們的船也無法運送所有的軍隊，而且一個弄不好，敵人聯合起來。就會陷入背腹受敵被圍剿的局面。再說，軍糧不足的問題還是無法解決。」

陳永華：「大人身上有天命！」

鄭成功不由得用側眼「瞄」陳永華。這種奇怪的精神喊話在面對一般士兵時效果不錯，但在這樣的軍事會議上，直接喊出來就有些奇怪。陳永華卻是不以為意，甚至可以感覺到他面罩下的神情充滿一股狂熱：

「軍隊無法過來跟隨大人，就丟下他們！有敵人擋在面前，就打倒他們！大人天命註定必然在這海島稱王！凡有阻擋者必然自找死路！士兵們就算餓死也要服從天命！」

這可不是軍事分析了、而且一句「士兵們就算餓死也要服從天命」可說是極端偏激言論，參加會議的諸將一陣議論紛紛。

在雅的眼中看到的神命虛像，與惡魔所說的皇帝一詞，此時又從鄭成功腦中湧出，但他搖了搖頭，還是壓下這樣無憑無據的幻影，將注意力放在解決現實問題上。

最後會議上做出與這海島當地漢民合作、協助開墾屯田以增加軍糧的決議。

「這樣還是不夠啊！」

這時海島上的漢人農產量偏低，還是無法應付所需，只能說是有所幫助，鄭成功因此苦惱不已。這一日在軍帳中假寐，卻看見一名白衣老者走到帳內：「在下東海呂仙公，見過延平郡王。」

鄭成功隱約知道自己在作夢，卻感覺又似真實，於是問道：「你是何方神聖？要找本座有何貴幹？」

卻見呂仙公拱手一拜到地：「王爺乃明朝忠臣、漢人救星，但想南面稱王，振興漢族，卻還需要找到三樣寶物，那就是出米岩、烏山柴以及……」

總覺一股不對勁！於是鄭成功打斷說話：「你到底是何方妖孽？利用這種夢寐之術也想迷惑本人？沒那麼容易！」

呂仙公卻微笑道：「很抱歉造成王爺的困擾，但請相信老夫以及自己的天命。三樣寶物的第一樣已有人幫王爺找到了，另外兩樣則需要征討此海島中部番族後才能得到，還請王爺服應天命……」

鄭成功一覺醒來，已不見那呂仙公。正好有士兵進來報告。

天色將暗。就在鄭成功為軍糧補給而苦時，往北方偵查的巡邏隊卻帶回不可思議而令人振奮的消息。

「你們說，這些米是從山洞裡冒出來的？」

黃安等將軍訝異地問道。

支援偵查北方的巡邏隊帶回十車的白米？而且一詢問，巡邏隊長卻說這些米是由山洞裂縫中一直冒出來的。

前鋒馬部先鋒謝永常急道：「你們不是偷了老百姓的穀倉吧？」

巡邏隊長：「不！不！小的怎敢擅自騷擾平民？」

參軍林鳳大罵一聲：「你可要說清楚！如果打劫百姓，我立刻請軍法斬了你！」

巡邏隊長這下子有些慌張：「小的怎敢！之前奉左先鋒將軍命令，出發到二竹圍莊（今日嘉義義竹鄉）支援樸仔腳（今日嘉義朴子）、鹿仔草（今日嘉義鹿草）到水崛頭（今日嘉義水上）之間的巡邏任務。」

鄭成功奇怪地問道：「你剛剛說，是從山洞裡冒出來的？」

巡邏隊長：「小的也覺得奇怪。明明是沿著海線走，越走卻越深入叢林。確定迷路後，我們在一個山腰上過夜，守更的阿黃忽然發起羊癲瘋，說是前面的山洞內有用不完的軍糧，是山神獻給未來皇帝的。」

皇帝！鄭成功一陣熱血衝上來。只聽得巡邏隊長繼續說道：「於是我們到前方探查，果然看到一個山洞，往內一看，洞裡面有一個足可容納百人的空間，洞上方有個裂縫一直洩出稻米。到白天時，我們找到附近居民，才知道那裡是番族『鄒族』的聖山附近。」

印證那句「另外兩樣則需要征討此海島中部番族後才能得到」的夢裡說詞，鄭成功再無懷疑。只覺得置身一股浩然正氣內。

「我……鄭成功！就是上天註定的皇帝！」

正在自我滿足時，卻聽得巡邏隊長繼續說道：「我們向附近農家借工具做成推車，那山洞真是神了！竟然是我們的車越大，它的米就洩得越快。我們裝了十車，想說這寶洞不得了！所以先回來報告。」

眾將軍還想詢問，鄭成功卻做出裁決：「這是仙人在夢中提示本座的三寶之一『出米岩』。仙人提示，另外兩寶需要討伐番族才能得到。一旦聚集三寶，就能征服韃靼，復興大明天下！」

眾將士一聽居然有神明相助，莫不高聲歡呼，誓言征討番族，取得三寶。

只有馮錫範、陳永華兩人，因為不同的理由，沒有像其他將士那樣陷入狂熱。

會議後，馮錫範快步追上鄭成功。

「啟稟王爺！」

有鑑於鄭成功目前的狀態，馮錫範頗為小心自己的修辭：「最近大家在這裡有很多的奇異體驗，但是這海島的番族畢竟沒有與我們正式交戰，也沒有幫韃靼。這樣的狀況下主動攻擊，是否合於道義？」

鄭成功完全不看馮錫範，也不停步：「你不必勸阻！我現在是天命在身！那些番族肯合作就算，不肯合作，一定征討剿滅！唯我成功！順應天命！」

竟然自己發明了精神喊話？

馮錫範也知道現在無法勸回了，正打算退下，鄭成功卻叫回：「錫範你不必擔心，現在我們是順應天命。你應該知道，我父親（鄭芝龍）與澄世伯父（馮錫範之父）都相信我們兩家有一天會成為親家。將來不論如何發展，本王絕不會忘記你的辛勞與忠誠。」

馮錫範一陣感動，躬身回道：「臣不敢妄想高攀。全心全意、達成王爺交代的任務，是臣應盡本份。」

也是命運真的註定，馮、鄭兩家最後果然結成親家。在鄭成功孫子鄭克塽於十三歲時兵敗投降，被擒到北京後，馮錫範仍不離不棄，最後將女兒也嫁與鄭克塽，並留下兩子。

一面說話間，已接近鄭成功在普羅民遮城內的臨時軍帳。離帳門尚有數步時，兩人神情一變。長期的戰爭讓人神經變得十分敏銳，即使沒聽到聲響，也知道有人在軍帳內。

馮錫範一打手勢，要士兵保護鄭成功，便直撲帳門。

但裡面的人也是機警非常，即使馮錫範沒有發出聲音，也感應到危機逼近。馮錫範剛拉起帳門，「砰」地一聲爆響，伴著濃密煙霧，掩蓋了眾人耳目。

「護駕！有奸細！護駕！」

馮錫範一面呼叫支援，一面不顧煙霧就殺進帳內。隨著呼叫而來支援的有親軍饒旗鎮的馬信、虎衛右鎮將軍黃安、參軍陳永華等，劉國軒也衝來救急。

隨著煙霧散去，卻是什麼人影也沒有，也沒發現少了東西。鄭成功於是令大軍嚴加戒備，便讓眾人散去。

職司親軍饒旗鎮的馬信將軍卻要求談話。鄭成功眉頭一皺，他知道馬信所為何來。馬信一入內，便以超越一般軍人禮儀的方式直接向鄭成功下跪道：「恭喜王爺有神明相助，但請王爺能明白，在呂宋協助的華僑們正引頸盼望王爺能解救於水火之中。」

鄭成功沉默一陣，還是上前雙手扶起馬信：「馬將軍請起。您是顏思齊先生（明朝大海盜，鄭成功之父鄭芝龍也是其部屬）的舊部，算起來還是我長輩，若一般家裡還需叫一聲『阿伯』呢，何需如此見外？」

馬信：「末將不敢高攀！但請王爺能『實現諾言』！」

這句話說得很重，鄭成功又沉默一會兒才說道：「馬將軍言重了。這次能渡海征討，也是靠著顏先生的舊部屬能騙得紅毛（荷蘭）一起在呂宋對付南蠻（西班牙），讓紅毛在這海島的守衛兵力大為減少，才能成事。本王承諾將會在驅逐紅毛後，引兵下南洋擊敗南蠻，為華僑建立漢人新國度。這誓言，本王從沒忘記。」

馬信：「感謝王爺！當地的漢人甲必丹（葡萄牙及荷蘭在殖民地任命的僑界領袖）有消息傳來，紅毛已開始懷疑我們雙方是否連繫。一旦紅毛撤走，呂宋的華僑士兵恐無法獨自面對馬尼拉的南蠻軍力。我們的動作必須加快！」（註一）

鄭成功：「知道了，你先下去吧。」

馬信正要退下，鄭成功又揮手道：「馬將軍還請注意，現階段請別洩密，以免招致眾將軍的反對。」

馬信答應後退下。

鄭成功獨自坐下，只覺頭痛不已。剛剛的滿腔熱血幾乎消失無蹤。

　　諾言是一回事，但萬萬沒想到用十倍兵力也打不下熱蘭遮城，這下子還能支援南方海外的戰爭嗎？如果以為自己什麼事想做就可以做到，那就不是自大，而是無知了。

　　同時在軍營的另一邊，陳永華帶著親兵到了一個四下無人的角落。
　　陳永華：「抄到了嗎？」
　　親兵回道：「是！最後一張來不及畫完，但基本上都有。」
　　陳永華：「好！」
　　隨著這聲好，卻是一柄匕首，從難以察覺的角度刺入親兵的後腦。小腦一旦受傷，人會立刻癱倒，別說求救，連痛極而顫動的能力也無。原來剛才就是這親兵夜闖鄭成功軍帳，事跡敗露，引動煙霧彈逃走。正好陳永華接應上來，順利脫身，但現在卻被滅口，連小命都不保。
　　陳永華看也不看倒在眼前的人，反而專注於手上的紙片。這是親兵冒著生命危險抄回來的，雅在房內練習大語符紋的片段……

　　鄭成功還在為南洋的事頭痛，又有人來求見。
　　卻是鄭家軍的戶部大總管鄭泰：「啟稟王爺，我們的軍費幾經消耗已將近見底！」
　　五短身材，細長的老鼠眼配著蟑螂鬚似的八字鬍，臘腸嘴的下巴還留著一根「智慧毛」。鄭成功一般不會以貌取人，卻實在有點討厭眼前這人。
　　鄭泰一面取出算盤計算，一面說道：「結至目前為止，本軍包含對岸守軍已有近兩萬五千人欠餉五個月，有一萬人欠餉三個月，有兩萬人欠餉兩個月……」
　　鄭成功打斷說話，直接問道：「你乾脆告訴我、還需要多少錢？」
　　鄭泰：「以基本軍餉計算，還需大約三萬兩應急，才能支持到今年底。」
　　鄭成功：「叫謝吉源（日本人，投靠鄭成功後改為漢名）聯絡長崎那邊，請幕府支援吧。」
　　鄭泰著急起來：「啟稟王爺，我軍雖然獲得東瀛的支持，但這樣一來，向他們的借款已超過三十萬兩白銀。要是情勢繼續不佳，對方追究起來，只怕……」

鄭成功按捺不住了，大吼一聲：「你以為本王是什麼人？他們要就支援！不要就拉倒！現在限你下個月籌出軍費！不然軍法處置！給我滾出去！」

可憐的鄭泰被轟出軍帳，在外面不遠處卻是謝吉源在等著他。

謝吉源用一臉看好戲的表情說道：「就告訴你吧，這筆債……要等到王爺滾得夠大……再去提醒他……」

隔日鄭成功自命為主帥，並欽點：
虎衛右鎮衛黃安領軍主將，
左先鋒楊祖副將，
參軍林鳳右翼，
游擊鄭襲（鄭成功幼弟）左翼，
加上馮錫範、陳永華、劉國軒三人，
並點算一半軍隊，將近一萬兩千大軍北上，目標海島中部山區所藏三寶。

後方則以普羅民遮城為主根據地：
前鋒馬部先鋒謝永常為留守主將，
親軍饒旗鎮馬信為留守副將，
楊朝棟、吳豪、祝敬留守並協助巡防，
留守軍隊繼續圍困熱蘭遮城，並來回調度以迷惑敵人耳目，並防止敵人突圍。

「其實揆一即使突圍逃走也可以，」鄭成功對謝永常面授機宜時說。「只要他們將這塊地留給我們就好。」

但其實……揆一不但不需要逃走，鄭家軍也是打不下來。詳情容後說明。

在夏季盛暑，這海島的中部山區卻是枝葉茂密，氣候宜人。夏季偶有的西北雨帶來豐厚的雨量，滿山滿谷的樹林將整座海島景像鋪上一片翠綠。

　　身為以農業立國的民族，鄭成功心想：「這海島的確得天獨厚，只要好好開發，未來要供養大軍反攻中原，復興漢族天下將不是夢想。」

　　巡邏隊長指著前方說道：「啟稟王爺！前方就是此地漢人與番族的交界，俗稱『番路』（今嘉義縣番路鄉），再往東北過去就是番族『鄒族』的聖山，那邊就是寶洞出米岩的所在。」

　　鄭成功點了點頭。密林遮擋視線，於是以輕功從馬背躍上樹頂。遠遠望之，整座山脈綿延南北、大小山尖縱谷層層疊疊，雖非高聳拔群，卻是雲海繚繞，難以一眼望見全貌，只讓人感覺神秘至極。

　　「山不在高，有仙則靈。」

　　這是小時候父親鄭芝龍所說的話。

　　鄭成功只覺心神一盪，現在是否能驅逐韃靼，復國雪恨，就將在眼前這片山中決定。

　　於是提氣大吼：「願佛祖保祐我，入山取得三樣寶物，恢復漢族天下。」

　　說話以內力遠遠傳送出去，也震動得在場士兵軍心振奮不已，高呼勝利回應。正沉醉在這狂熱氣氛時，鄭成功卻發現，前方數哩處的森林像是被砲彈打中或火藥爆炸般，揚起陣陣塵煙。

　　說是火藥爆炸，卻又沒有聽到爆響。塵埃中隱隱有似蛇般的長物抖動，一盞紅影卻是穿梭其中。距離太遠，不確定是何物？

　　鄭成功卻是心頭陡跳，大聲命令：「馮錫範、陳永華隨我來！黃安帶隊跟上！」

　　也不騎馬就施展輕功疾行，全軍只有馮、陳兩人有能力跟上鄭成功的速度。到半途時，忽然前方一道閃雷劈自無雲的晴空。鄭成功心想：「果然是她！」

　　奔至塵煙發生處，眼前狀況卻讓鄭成功訝異得嘴也合不攏！

　　只見數株至少數人合抱、五至十丈、高矮不一的大樹……等等……是樹嗎？這些樹竟然像章魚一樣伸長樹枝，挪動著根部追擊一名紅衣金髮的少女。

　　是「雅」！

附註

註一：華僑叛亂引發的 1662 年西班牙對華僑第三次大屠殺事件，據推測，被殺害的華僑不下兩萬五千人。

阿德克故浪　酒宴　寶劍
章之一

雅正在與一群樹妖對決。

樹妖之間，還有不少番族戰士手持弓箭與標槍射向雅。紅衣金鐲如昔，但雅此時穿著一對草鞋，似有無窮彈力，微一沾地就彈起十數丈。雅也因此能夠周旋於高大樹妖與番族戰士之間。

在彈跳間，鄭成功發現草鞋上有畫大語符紋，雖看不清楚，但鄭成功卻猜這字應是：

雅在戰場上左右彈跳，但有一番族戰士卻看準了雅落下的地點，長矛一挺，眼看就要將雅刺成肉串。鄭成功一急之下，就要拔劍介入。

人在半空無從躲避，雅卻一手運轉成圓，連著衣袖圈住長矛，輕輕巧巧借用一刺之力，將自己身體在空中轉了半圈，避開攻擊同時，將番族戰士拉得往前一衝，幾乎失去平衡。

這樣的運用雖然不屬於任何一種招式，卻是活用了太極拳原理，鄭成功對雅展現的技術也訝異不已。

敵人既然失去重心，雅一落地，就以極低角度往對手膝蓋衝去。

這是正宗摔角的突進雙手掛，抓住雙腳的同時，用身體力量頂得敵人往後仰倒。但鄭成功眼尖，發現雅在突進時右肩微微高聳，雙手抓住對方雙腳時，配合奇異草鞋的彈力，右肩也疾撞敵人要害……這番族戰士被頂得整個身體像蝦子一樣縮了起來……嘴張成一個大大的圓形，卻奇異地沒有暈過去。

雅把握時機，也用手指抓出一道符紋：

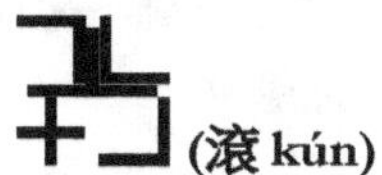

一貼在身上，這番族戰士便像停不下來的球般往後疾滾，方向剛好衝向過來進行包圍的樹妖與其他戰士。這群人與妖明顯關心同伴，一隻樹妖忙擋在前面，想將戰士「接」起來，但一接觸卻不知為何，連自己整株大樹也不由得「滾」了起來。

這下子敵人陣型紛亂，雅趁機再彈跳至半空，卻見一株高約十丈多的樹妖舉起樹枝劈將過來。

雅忙畫出另一符紋：

法力到處，壯碩樹枝立刻枯萎。

卻無法停止攻勢，已乾枯的樹枝眼看就要打中雅。

鄭成功見雅將要被擊中，緊張得第二次想出手相救，卻有人伸手阻止，轉頭一看是馮錫範。他與陳永華已趕上鄭成功，而且同樣因為眼前的狀況而訝異不已，但還是先拉著鄭成功躲在一旁。

卻見雅雙掌運走弧線，枯枝打到時，伸手先一步將雙掌輕撫在上，隨即借力將身體轉了半圈，堪堪避開攻擊。

這是雅第二次展現纏絲勁的技術，而且所用招式與當日鄭成功接住劉國軒時一樣。但雅在半空雖然避開了最壞的結果，還是跌在一個爛泥水坑中，番族武士與樹妖立時一擁而上，要撿個便宜。

雅十指輕點，在泥水中畫下符紋：

泥水無風自動，以雅為中心製造出了漩渦，強力水流加上泥漿，打斷了敵人所有攻勢。不過，雖然站在漩渦中心的位置沒有受力。雅還是被飛濺泥水濺得滿身都是，反正都已髒了，也不在乎……卻狼狽不堪。

而且泥水漩渦的作用範圍有限，雖然拒敵於外，樹妖與戰士仍團團圍住，只待機會來到，便要上前圍攻。

鄭成功眼看形成僵局，不由得和馮錫範、陳永華低聲說道：「雅小姐看來是打不過，我們製造一些狀況，聲東擊西，讓她可以脫困。即使敵人追擊，大軍正好接應上來，也是不怕！」

馮錫範卻道：「王爺別要幫助這妖女！捲入紅毛妖女和番族的戰爭對我們沒有好處，而且這是番族地盤，紅毛妖女在這生事，可能是有備而來。我們應再觀察。」

「嗯……分析得很有道理。」

一個蒼老的聲音在身旁響起，鄭成功三人嚇了一跳，忙查看聲音來處。只見一個矮小，全身裹著………鐵？的人？

這人……看身形應是身高不到四尺半的……人類，卻全身裹著一圈圈像是以生鏽的馬口鐵作成的衣服，整件鐵衣由頭到腳包得密封，完全看不出面貌。

只聽得這人以蒼老的男音說道：「在下鐵刀苦行僧，是教皇派來指導雅戰鬥與法術的導師，見過國姓爺。」

鐵刀修道士說完，鐵衣一角奇異地伸長，橫在胸前，彎腰連著彎曲的鐵衣躬身行禮，讓人覺得詭異莫名。只聽鐵刀苦行僧用沙啞的聲音說道：「這位小姐還需要多多鍛鍊，請國姓爺不要插手。讓小孩子多跌幾交、他們才會成長。」

這怪人對自己似無敵意，鄭成功也就點了點頭稱是，而且知道有人在旁看著，就比較不擔心雅的安危。

這時地上卻傳來震動，類似地震，但是隨著每一次震動增大，所有人都發現，這是由龐然大物靠近的腳步引起。

鄭成功等人臉色一變！到底是什麼怪物造成的？

鐵刀苦行僧卻用滿不在乎的語氣說：「沒想到來早了。國姓爺，給你介紹一下……」

正在說話間，前方樹林卻奇異地分開，冒出一株通體全黑、高有十五丈的巨木，緩緩踏步前來。形容樹木踏步前來實在很怪，但事實就是如此。這黑色巨木的根與其他樹妖一樣在地面上挪動，但每一步都重重壓入土中，隨即迅速長出鬚根牢抓地面。一股飄著淡紫色的霧氣籠罩著表面，難以一眼看到整株巨木的全貌。

這巨木不像其餘樹妖那樣只是異常的怪物，反而給人一股神聖感。

　　忽地一聲長嘯、聲震十里！一個身高七尺的番族壯漢跳到巨木前方的樹枝上。此人頭上裝飾著長長的鳥羽，用白巾傍著紅布帽子，胸前斜掛著紅色的編織，裸露出的肩膀肌肉卻比老榕樹的盤根更為糾結。左手持一把連著長木柄的番刀，也就是俗稱的「山豬標」。一般身材魁梧的人都會選用重裝備，這番族戰士的山豬標卻是一般尺寸，在他手上便顯得尺寸稍小。而身後背上掛著一個超大的葫蘆，一名年幼的女孩就攀在葫蘆上。這番族女孩雖是年幼，但雙眼明亮之至，即是距離還遠也讓人感覺：「這可愛的小女孩一定很聰明。」

　　鄭成功等人驚訝得合不攏嘴，鐵刀苦行僧繼續說道：「國姓爺，給你介紹一下，這就是聖山的三大樹神之一和守護者『阿德克故浪』(A Tek Kaujong) 以及他的女兒依書 (Isul)。」

　　在場中的雅則心中不斷叫苦：「對自己太有自信了！早知道就不要這麼早過來挑戰！」

　　離聖山與玉石神山還有一段距離，其實應該偷偷溜過去直取「島神玉印」。現在這樣正面挑戰實在太自大了，而且剛剛只是小兵小將就打得那麼辛苦，現在對方是神靈等級的對手，這下子要怎麼打？

　　先逃再說吧！

　　打定主意後直接畫下符紋：

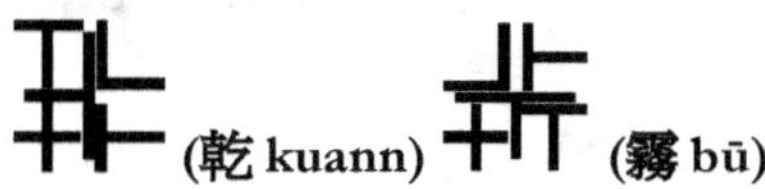

　　原本自旋的泥水忽然乾燥成為漩渦狀的硬土，接著爆開，形成一陣混濁黃霧，掩人耳目，但塵埃嗆人口鼻，讓人極為難受，身在中心的雅更是幾乎不能呼吸，又怕咳嗽會曝露位置，只好摀著臉儘快逃離現場。

　　但天空忽然一陣壓力直衝而下，黃土霧立時散開。

　　抬頭一看，卻是鐵刀苦行僧飛上半空，看來就是他驅散濃霧的。鄭成功等人完全不知道鐵刀苦行僧是何時飛走的，此時仔細一看，他的身高不到常人一半，腳下踩的卻是一顆圓圓的大鐵球，不知是何法寶？鐵球載著鐵刀苦行僧停滯半空，但這下子，雅的行蹤全部漏了，氣得大罵一聲：「你幹什麼……啊！」

　　還沒罵完，樹神巨枝伸展，竟驅動一股霧氣，聚成極大的圓蓋直搥而下。

　　「危險！」

　　鄭成功忍不住了，大叫一聲也無濟於事，反引起番族戰士的注意。上方霧氣範圍極大，雅知道自己無法用速度脫離攻擊範圍，眼看著竟要像蒼蠅被捕蟲拍劈打一樣，被打趴入地。

　　雅卻心神清明，頭腦運轉飛快，說臨危不亂還不足以形容。眼睛仔細推算敵人拍下的速度，手指卻在地上畫出一道符紋：

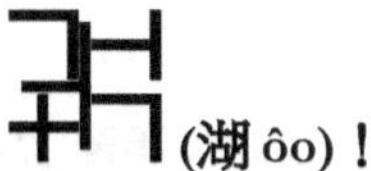

（湖 ôo）！

　　轟的一聲！巨木一拍擊下，但擊中處卻濺起高聳水花？

　　而且隨著波漣擴散，眾人腳下的實地竟然軟化，底下湧出清水。除了站在遠處的番族戰士外，其餘人與樹妖、鄭成功三人以及巨木樹神都猛然沉了下去。

　　樹神雖沉入水中，上半身還有很大部份露在水上。其他人可沒有這麼幸運。樹妖們入水踩不到底，身不由己地橫躺「浮」了起來。鄭成功三人還算是海盜出身，水上功夫不弱，當下踢水游向後方。有些番族戰士卻是不黯水性，當下呼救聲、嗆水聲亂成一團。

　　阿德克故浪猛然一聲喝斥！所有人立刻安靜下來，連還在溺水與救援的人都不敢出聲。已游到「岸邊」的鄭成功見狀才想到，雅還在這水底，這場戰也還沒結束。

　　阿德克故浪一雙虎目緊盯著水面，忽然膀臂肌肉奮起！山豬標直射而出。幾乎在同一時間，湖面卻彈起由一符紋組成的水花：

（浪 lōng）！

　　湖面無風起浪！而且高約數丈！

　　水可能是世上最無法抵抗的力量，被這波浪一衝，即使樹神也無法再保持平衡，危危顫顫地被沖得後退。其餘眾人更是只有隨波逐流、自求多福的份。

鄭成功三人運氣不錯，不但在波浪方向的反面，而且人已在岸邊，急忙爬上岸避開。

被這一衝，整個包圍網大亂，水邊紅影一閃，雅真的逃走了。

待大浪平息，鄭成功三人好不容易爬上岸，一魁梧身影從天而降，抬頭一看，是阿德克故浪與幼女依書堵住去路。阿德克故浪盯著三人，語音不高不亢地說了一句話。這海島諸多番族之間的語言都不相同，鄭成功也聽不懂阿德克故浪所說何事？心想應是詢問自己為何人吧？正想著要如何溝通時，卻聽得依書說道：

「這位是我阿爹，大肚與聖山的守護者阿德克故浪。阿爹問您堂堂漢人大將軍，國姓爺親自出征，應該是為了對付『惡魔的獄卒』而來的吧？」

三人聽得一怔……

倒不是因為阿德克故浪知道己方來歷，而是因為依書的童音說起漢語南方方言，雖雜著一股重重的鄉音，語調婉約，卻有如冬天穿絨衣般溫柔軟綿，讓人聽得心中甜甜暖暖地好不舒服。

不過……惡魔的獄卒？那不是指雅嗎？

中間可能有些誤會吧。鄭成功站直之後，整了整衣服，拱手為禮說道：「先在此拜見阿德克故浪。在下這次調兵前來是為了其他的事，但是驅趕紅毛（荷蘭）的立場，應是與貴族一致。」

用下了符紋的草鞋彈力遠離戰場，雅逃往叢林深處，確定後無追兵後，再也支撐不住，跪倒在地。撩起紅袍一看，卻見一條刀痕由胸前直切到腹下。阿德克故浪這一山豬標射得極準，若不是及時側過身去，只怕現在還被「串」在水底。

滲出的血水滿蓋著紅袍「教皇血」的下半截，但教皇血頗有靈性，竟微微吸收血腥，沒有留下給敵人追蹤的血污與氣味。只是這痛楚感受卻與一般人無異，雅憑一口氣奔到此處，已無法支持，倒在地上之後，只能任憑身體對疼痛反應而抽搐，好半個時辰，痛苦才逐漸退去。雖然心知自己因融合的魔體已成為不死之身，也知道傷口在這作用下已經癒合，但就是全身無力，爬不起來。

卻聽得一個沙啞蒼老的男聲說道：「妳只有這一點本事嗎？」

是鐵刀苦行僧？

雅第一時間罵道：「混蛋！還不是你害的？」

鐵刀苦行僧：「哼！用哪種骯髒的招式『落跑』算什麼？有本事就打倒這些雜魚，直接前進終點！」

「雜魚？」

雅真的忍不住了，勉強坐起身反駁道：「第一，那可不是一般的雜魚，是神靈等級的聖山守護者。第二，如果能打倒他們就好了，問題就是……打、不、過！最後，差點被你這全身生鏽的錫人怪娃娃害死！你到底是站在哪一邊的啊？」

被罵了，鐵刀苦行僧反而點點頭道：「嗯，用這樣的精神闖關就對了。昨天不是問妳要像沒膽的小偷一樣去『偷』島神玉印，還是要像個戰士一樣，堂堂正正地去拿屬於自己的戰利品？妳不是還說硬碰硬的是笨蛋嗎？怎麼現在改變心意了？」

雅聽到這裡不禁苦笑：「本來的確是想溜進去就算，但這群傢伙把路都堵住了，不打也沒辦法！你又說沒法飛很高，不然就半夜高飛，偷偷過去……」

還沒說完，卻被鐵刀苦行僧喝斥：「妳以為自己以後要走的是什麼樣的路？可不是取巧就行得通的。這些樹精其實不強，很適合做妳的第一戰練習。」

不強？下次真該叫你上場！

看看自己被打成這狼狽模樣，雅這下子真的是沒好氣了，想了想卻說道：「好吧，我再打一次，但要先回熱蘭遮城拿一樣東西。」

鐵刀苦行僧取出一把銀色纖細的三尺長劍：「妳是想找這個吧？」

雅這下子雙眼發光。

這一柄劍乃是西洋劍 (rapier) 的形式，劍柄部位有護腕，劍身細長而斷面呈現十字的菱形，雖然有鋒銳但構造不利於砍劈，而以點、刺為主。最特別的是鋼材表面那種耀眼的雪白，甚至因為太過於雪亮，反而給人感覺似乎帶有一絲湛藍。

這柄劍正是當初在確認雅的先知身份，並受命執行封印萬魔之首的計畫時，由前任荷蘭國王威廉二世 (William II, Prince of Orange) 所賜，乃是荷蘭第一鑄劍世家傾三代之力鑄造的最高傑作，也是當時被公認的歐陸七大神兵之末。

在劍身根部刻有兩個荷蘭文字「Uninterruptible ijspegels」，意即無法折斷的冰柱，此後將簡稱為「不斷之冰」。

一如其名，此劍被認為絕無折斷的可能。

實戰中，雅也曾用這不斷之冰硬接高盧 (Gallia) 將軍的百斤重斧，但即使被重斧擊在劍身側面弱處，不斷之冰也絲毫沒有損傷。唯一的缺點，是因為結構限制，在穿刺時無堅不摧，但在削、砍時就只與一般長劍無異，不會特別鋒利，也因此只能在歐陸七大神兵中敬陪末座。

雅看到這老戰友卻是興奮至極，一把搶過。

微微一抖，不斷之冰劍身彈性極佳，劍尖在空中劃出渾然的圓型，而且竟隱現琴瑟共鳴之聲。重拾寶劍，雅信心滿滿，隨手割下一些樹藤將寶劍綁在身上，心中便開始計畫要如何闖關，如何作戰。

鐵刀苦行僧：「妳確定妳看到的未來、也有阿德克故浪的身影？」

雅點點頭：「我確定阿德克故浪最後投降了，但現在不清楚過程，也不知道是我打贏了，還是他主動服從命運投降。」

鐵刀苦行僧忽然寂靜不語，雖然沒有動作也看不到他的表情，這異樣的氣氛卻讓雅一陣毛骨悚然，忙問道：「怎麼了？有什麼問題嗎？」

一陣沉默之後，鐵刀苦行僧開口的聲音似乎有種寒氣：

「不管命運如何，妳都只能親自去體驗了！」

場景回到鄭成功與阿德克故浪一方。

鄭成功的回答與態度表明沒有敵意，阿德克故浪還在判斷時，卻發現黃安帶領的大軍緩緩靠近。前方部隊也發現樹妖與巨木樹神，士兵一陣騷動。

鄭成功大喝一聲：「黃安帶軍後退百步！沒我呼叫，不准過來！」

聲若宏鐘！黃安立時聽命，指揮後退。聽依書翻譯之後，阿德克故浪點點頭，拔開背上葫蘆口上的木塞，一陣酒香四溢。其實葫蘆原產非洲，是人類最早種的植物之一，但奇怪的是，幾乎全世界凡有揹著葫蘆的小說角色……幾乎都是裝酒……

阿德克故浪喝了一口酒後，將葫蘆遞到鄭成功眼前，鄭成功也不猶豫，取過葫蘆灌了一口，見番族小米酒香味濃郁，不禁讚道：「好香的酒！」

阿德克故浪見狀哈哈一笑，讓依書做翻譯說道：「阿爹說你這漢人將軍很不錯，等趕走惡魔的獄卒與萬魔之首後，我們和平共存也可以，但現在還請約束軍隊待在山下，不然會引起部落族人的恐慌。」

鄭成功說道：「如有冒犯之處，還請見諒。我們的目標是前方山腰處的一個洞穴，絕不會做出打擾貴族的舉動。」

聽得依書翻譯後，阿德克故浪頷首道：「那個山洞的怪事，我也有聽說，若是和你有關，就過去吧，我會先通知族人。」

鄭成功拱手回禮道：「如此多謝了。」

阿德克故浪一揮手，轉身就要走。

陳永華卻拉住了鄭成功的衣袖說道：「這人似乎有『惡魔的獄卒』『萬魔之首』的情報，我們應先打聽出來。」

馮錫範皺眉問道：「怎麼說？要直接問嗎？」

陳永華忽然說道：「那個番王的葫蘆裡全是酒嗎？看來應該是個酒鬼……」

此話一出，三人立刻轉頭看著正協助黃安指揮軍隊的劉國軒……

阿德克故浪　酒宴　寶劍
章之二

　　雅用法術造出的大湖，到了晚上幾乎枯竭，液化的地面又恢復成乾土。鄭成功等人卻在這裡……與阿德克故浪的戰士進行酒宴，而且喝得不亦樂乎。

　　雙方一開始互相還有防備，鄭成功命部隊退後半哩，卻讓一支伏兵藏在附近待命。阿德克故浪也命戰士們退後。樹妖卻不曉得藏到哪裡去了，隱隱可感覺到似乎在暗處監視的眼神。

　　雙方都準備了萬一發生衝突時的脫身方案。

　　但酒過幾巡，劉國軒和阿德克故浪幾乎像是失散多年的兄弟一般，只差沒相擁而泣了……

　　劉國軒：「這些就是中原的四大名酒。啊……應該還不錯喝吧？

　　阿德克故浪喝得臉紅，即使還知道回話，夾著大舌頭的番語實在讓人聽得不知所云。

　　劉國軒：「對啊！你說得對！下酒菜要油膩一點才好配啊！」

　　阿德克故浪哈哈大笑聲中，一樣喝得臉紅的依書奇道：「沒想到國姓爺底下還有人懂敝族的語言，真的是能人輩出。」

　　鄭成功、陳永華和馮錫範卻是面面相覷。

　　有道是「越賭越遠，越喝越近」，但像劉國軒這樣幾乎喝到有他心通的能力實在也很反常。

　　這可不是諷刺。劉國軒曾經幾次由「酒友」身上獲得重要情報，幫助軍隊躲過數次敵襲。不知情的士兵以為是劉國軒運用間諜獲得情報，因此還送了一個綽號叫「劉怪子」。

　　連鄭成功也不知道這能力是如何運作，只聽得劉國軒邊笑邊說道：「我們漢人都說……西鳳酒一開壇啊，酒香傳十里，隔壁三家也同醉。汾酒啊……酒性剛烈，膽小鬼最好別試……而瀘州老窖啊……」

　　倒不是不相信劉國軒，而是這一場酒宴由白天持續到晚上，再下去只怕就要先醉倒了，怎麼套出情報呢？於是鄭成功猛打眼神，劉國軒卻似沒有看到一般，竟摟著阿德克故浪)唱起山歌來了。

正想和陳永華商量要如何調整方向，卻聽得依書說道：「其實大家如果都能像這樣，一起喝酒同樂，不好嗎？真不知道紅毛人為什麼要把那個惡魔關到這裡？」

聽到這裡，三人眼光一閃。依書似乎也知道原委。

老的不行，就從小的下手。不用鄭成功下令，馮錫範立刻向阿德克故浪殷勤獻酒，鄭成功和陳永華則轉向小女孩依書。

陳永華：「妳好聰明啊！小妹妹到底幾歲？竟然漢語說得這麼好。是誰教妳的啊？」

聽陳永華用這種簡直像是拐小孩的語調，鄭成功也不禁好笑。

依書卻沒心機，高興地回答：「我才十一歲啦！我外公是漢人喔。外公說年輕時被皇帝的『東廠』追殺，只好渡海到這裡來，才認識我外婆的。外公教我說漢語，他族裡的話也說得很好喔。哥哥你為什麼罩著頭？你受傷了嗎？」

依書一面笑，一面說，還一面倒了一杯酒仰頭就乾。看來這島上的人似乎從小就飲酒，也練就一身海量。

陳永華自從被雅用下了符紋的墨水畫上章魚後，就一直用面罩遮住臉，現在只好尷尬笑道：「在下其實長得不好看啦。我們漢人最懂禮貌（汗），知道自己醜就要遮起來，以免嚇到別人，不像那些紅毛人！關惡魔還要關到別人的土地上。」

話藏玄機，接到正題，伊書卻沒防備：「是喔！那些紅毛人是有毛病啊？雅姐姐很漂亮嘛，居然要她和什麼魔之首合體？」

「萬魔之首！」這下子嚇到兩人：「和惡魔合體？」

伊書：「對啊！你們剛來，不知道喔。一年多前紅毛人將那個惡魔帶到這裡的時候喔……簡直嚇死人了！天空都變成血紅一片，整天雷聲轟隆隆的，連樹木花草都枯萎，結不出果實喔！」

說著伊書發現酒杯空了，往前一伸手，鄭成功忙將酒倒滿。

伊書一飲而盡，繼續說道：「熊之力神哥哥帶了戰士去詢問，才知道他們紅毛人在城裡把那個什麼首的惡魔的靈魂抽出來，嚇死人喔！居然這樣也能活哦！外公說這惡魔的魂應該就是漢人說的原……身……」

「元神！」鄭成功說道。

伊書可能有點醉了，傻笑了一會兒才接著說：「對喔！元神啦！更可怕的是，紅毛人居然還帶了雅姐姐來，說什麼雅姐姐是能預知未來的先……先……」

「仙女？」鄭成功道。

「先知！」

伊書說著又伸手要了一杯酒，可能自己也知道喝多了，這次只一點點淺酌：「我還問奶奶……我奶奶也是能預知未來的女巫喔，但奶奶說先知是不一樣的……預言是人去偷看神所決定的命運……先知卻是……神會將所決定的未來透過先知告訴世人……」

伊書忽然停嘴，露出不屬於這年紀的表情，默默地看著手上的酒，搖了搖，酒液表面映照火光，竟被這波光搖曳迷醉了：「熊之力神哥哥是爺爺的爺爺那一代，犧牲自己成為『死神渡船』的守護者，雅姐姐也是犧牲自己成為惡魔的獄卒，其實兩人很配啊。難怪熊之力神哥哥回來後就幫著紅毛說話，如果他們兩人能在一起也很好啊……」

不知為何？這段時間似有某物，引得眾人都陷入一陣傷愁思念中。

伊書若有所思，鄭成功想起了離開東瀛前那位有緣無份的幕府將軍之女，另一旁的馮錫範也憶起許久不見的家人，只有大口灌酒解愁。劉國軒與阿德克故浪竟邊喝邊哭起來。遠處傳來鄭家軍士兵與番族戰士的歌聲，即使語言不同，方向各異，卻是同樣充塞滿腹惆悵的淒涼。不但如此、連蟲鳴鳥叫都變得悠揚。

一時之間，傷感氣氛竟奇異地籠罩天地，唯有一人……

陳永華絲毫不為所動，眼看伊書這副內心動搖、微醉的模樣，知道這時最好套話，忙跟著搭腔：「為何兩人不能在一起？有問題嗎？」

伊書看著酒入神，直接回道：「當時雅姐姐已透過法術和惡魔的肉身合體，之後唯一的路就是到大山神的玉石神山取得島神的玉印……」

這可是重要情報，鄭成功暗暗記著，卻不敢打斷伊書的說話。只聽伊書說道：「玉印是我外公的說法。外公說漢人要做官，就會有一顆官印。如果獲得大山神的認可，取得玉印，就可連惡魔的……那個……元神都封印起來。聽紅毛的說法是，如果最後沒封印那個惡魔，他會啟動世界末日，到時這世界就要毀掉了。真的……想想都好可怕喔！」

原來如此！

鄭成功與雅之前所說的相對照，到此已大致了解原委了。為了封印惡魔，洋人特地找到了這個海島作為惡魔的籠牢，而范無如區開發了大語符紋，就是為了雅能對付劫獄的敵人。那不可思議的治癒能力，也許就是雅與惡魔合體所取得的，也可能因為雅原本是神的先知，所以才能執行這項工作。

鄭成功忽然感覺不對！

自己當初是聽原荷蘭通事「何斌」的建議，才不辭辛苦渡海，想奪取此島。如果依書說的是實情，那何斌難道是什麼都不知道嗎？

陳永華也是全力分析狀況，趁著眼前氣氛，直指核心問題：「其實讓雅小姐取得島神玉印不好嗎？這樣不但可以和熊之力神配成一對，封印惡魔後也不會有世界末日啊！」

伊書聽到這裡卻是默然良久，猛然一口把手上酒乾了說道：「但是那個惡魔的力量，就算封印，還是會對周圍造成很大的影響。各族的巫師都已看到未來此島陷入戰亂⋯⋯」

說到這裡，伊書忽然站起，雖然喝得滿臉通紅，眼神卻出乎意外的清醒，看著鄭成功兩人說道：「雖然對不起雅姐姐，但我們不能讓家鄉成為血腥的戰場。伊書應該告訴你們所有想知道的事了，還請國姓爺能全力合作，如果能驅逐惡魔與紅毛，我們未來可以和平共處。」

說完模仿漢人禮節拱手一拜，隨即轉身去找阿德克故浪。鄭成功也趁機拉回馮錫範與劉國軒，便告辭離去。與黃安的部隊會合後，鄭成功招三人到軍帳內討論。

在綜合目前所得的情報後，鄭成功說道：「看來我們的選項真是兩難。如果幫助雅完成封印萬魔之首的任務，那這座海島未來勢必會多災多難，我們想以此作為反清復明的基地也成了泡影。要是最後無法封印那惡魔，不知是否會如伊書所說，會引起世界末日？」

陳永華與馮錫範陷入沉思。劉國軒卻是語出驚人：「應該先問問惡魔的意見啊⋯⋯呃！」

沒打這一酒嗝，還沒發現劉國軒一路上拿著小酒瓶繼續喝著。

鄭成功臉色不善，但還是問道：「劉國軒你怎麼看。」

劉國軒：「我聽阿德克故浪說⋯⋯」

馮錫範：「我怎麼聽不懂他說什麼？」

劉國軒：「那是你笨！別打斷我。阿德克故浪說惡魔也可買賣⋯⋯

應該說交易，可以達成人的願望……」

原本不抱期望，現在鄭成功卻是全身一震。

「你想當皇帝嗎？」

魔化的范無如區的話又盤據心頭，越來越真實了。

只聽得劉國軒邊打酒嗝邊說道：「我們應先問問看這惡魔是否能幫我們打下天下……哦……反清復明，驅逐韃靼，才決定是否要幫助哪一邊。現在決定壓寶哪邊，好像還太早了吧？」

雅在夜裡悄悄觀察著東北方。要越過鄒族聖山，才能到神山去，但阿德克故浪的樹妖將整片森林守得密不透風，想偷偷過去是不可能的。

「該死！」一方面是因為眼前面對的狀況，一方面也是因為手上把玩的『契約鎖』變形訓練又失敗了。

鐵刀苦行僧：「妳的注意力真的很不集中！」

雅聽得調氣不順，只能翻翻白眼道：「你一直看著！我緊張嘛！」

在鐵刀苦行僧的幫助下，雅開始用意志力將契約鎖變形的訓練。剛開始將手鐲變成非圓形還很容易，鐵刀苦行僧卻要求將之變成可用的武器，尤其是刀劍類。

鐵刀苦行僧：「契約鎖內融合了沾有神血的朗基努斯之槍（Longinus傳說中刺殺耶穌之槍）破片，現在又綁縛萬魔之首，可以直接提煉其力量為己用。如果能將之變形成為可用的武器，那可是惡魔的剋星，天神的惡夢，稱為有史以來最強武器也不為過。」

「知道啦！」雅好沒氣地回答。

其實這理論，之前范無如區與熱蘭遮城守將揆一都曾提出，但就因為自己（雅）雖然天資過人（？），卻是修為有限，無法有效地將之具象化，最後也就不了了之。

鐵刀苦行僧：「先摒除自己雜念，讓吐息虛緩綿長，引導自己的心進入無想的狀態，再具體想像出要變化的……」

雅：「你好吵喲！這樣我想不出來！到那邊去！」

鐵刀苦行僧：「哼！妳真的很難搞！好吧，自己好好練習！」

說完就轉身踩著鐵球，「飄」去後方。

雖知這人是為了自己好，雅就是不願領情，還吐舌頭扮鬼臉相送。

但囉嗦的人一走，雅反而思潮洶湧，在這夜裡再也無法專心練習。

「不知道 Ngarux 在想什麼？」

Ngarux 其實是這海島北部「泰雅」一族的語言，意思就是「熊」。雅所想的，也就是和自己一樣有長生之身的熊之力神。

竟在法術完成，成為不死之身時，才知道在這海島還有與自己一樣的人。雅總覺得這是命運的安排。但是……「為什麼想看的時候反而看不到啊！這討厭的能力！」雅一邊抓頭，一邊負氣地自言自語。

雖然知道這是因為窺探未來的神之眼本來就不穩定，在特定議題時如果心情起伏過大，就更不用說了，何況……自己的出現，實在是為這裡的住民帶來極大災難，兩人之間就算成為死敵，也是很正常的事。

想到此處，雅幾乎想哭，只是想到慷慨赴義的范無如區，這一搓眼淚又強自忍住。於是不由得往天空畫出符紋：

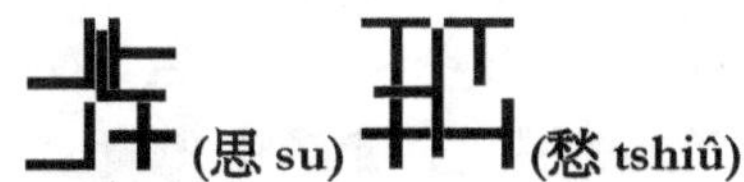

手腕一轉。不圓的斜圈與符紋映上天際。

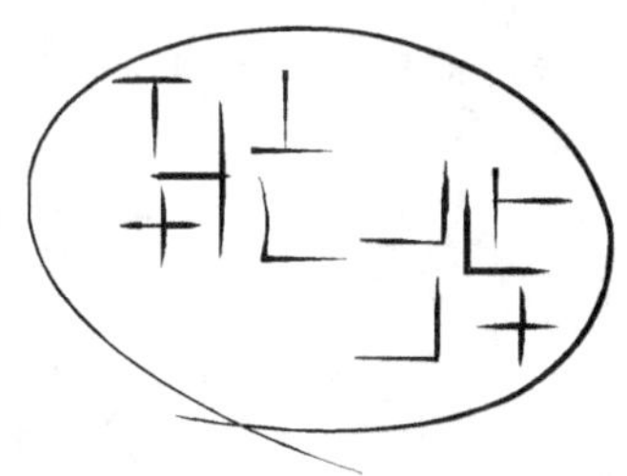

是有感而發，卻沒有特定的方向與想要達成的作用。

雅所不知道的是，這符紋的能量卻擴散全島。

這夜此時，不但鄭成功、阿德克故浪等人都在此刻心感傷愁，這兩道符紋對於之後的發展更是關鍵至極。

但還請容後說明。

在這島中，可能只有陳永華完全不為哀愁情緒所動，或者說，他現在的情緒沒有小家子氣的感傷。在自己的軍帳中，陳永華打開了家傳的寶箱。

裡面有一個裝著丹藥的琉璃瓶，與五個卷軸。

過去自己對於鬼神之說斥之以鼻，也因此，雖然依照祖訓將這寶箱隨身帶著，卻從來未曾認真過。據祖上流傳的傳說，服下在這琉璃瓶中的仙丹，若能不死，將可修練卷軸上的奇門五行仙術，甚至修煉成仙。在琉璃瓶中原有三顆丹藥，但之前有兩位長者在服用後都立刻暴斃，自此就無人敢再嘗試。

陳永華緩緩拔開瓶塞：「不成功！死也好過一生區居人下。」

遂一仰頭，便將瓶中丹藥吞下。

次日一早，鄭成功點齊官兵，便要前往夢中三寶之一「出米岩」。

「陳參軍說他吃壞肚子，無法行動？」

聽得傳令兵回報，鄭成功有些不悅。行軍打仗，敵人怎會管你肚子痛，但眼前並無立刻的危險，還是決定讓陳永華與少數士兵先留下。

大軍出發。雖然沒有與番族阿德克故浪衝突的可能，全軍仍是不放鬆戒備。先遣部隊已在前一日抵達山洞，鞏固守衛，回報的狀況……更令人驚奇。

「進不去？你說你們看得到洞內、也沒有東西阻擋，卻進不去？」

不合理嘛！眾將軍不相信的眼光盯著回報的先遣隊隊長。

先遣隊隊長只急得滿頭大汗說明：「昨晚弟兄們趕到洞口時還進去巡邏過，確實有看到米從洞內的裂縫洩出來。但昨晚不過外出去上個廁所，一回來洞口就……也不是什麼東西擋著，就像是有看不到的水或空氣阻擋一樣，總之走不進去了。」

鄭成功卻一陣心跳，「等待天命」四字在腦中一閃而過，下令道：「中軍衛隊隨我快馬先行！其餘的急行軍跟上！」

騎兵是需要長期訓練的精英，因此目前也只有中軍親衛隊是騎兵編制。這島上山勢崎嶇，馬匹能力大打折扣，但鄭成功仍是全力催趕，直奔目的地。

「出米岩！」

鄭成功回頭與跟來的馮錫範、劉國軒說道：「仙人在夢中指點我要

取得三寶才能平定天下，這就是第一寶『出米岩』！」（註一）

　　只見前方翠綠山坡中，一塊巨大灰色岩石聳立其中，下方有一勉強可供兩人通行的裂縫，一對士兵在前方守衛，應該就是入口。

　　眾人跳下馬，馮錫範與劉國軒立刻前後偵查四周，並著手編制警戒任務。鄭成功卻不理會，直直走向裂縫處，只見裂縫通道往前延伸，漆黑一片，不見五指。

　　先遣隊長忙跟上說道：「啟稟王爺，就在前方！那堵牆看不到卻過不去，連火把也丟不過去！小心……」

　　沒想到鄭成功逕自上前，也不畏洞內黑暗無光，舉步向前，更是毫無阻擋，隨後的先遣隊長與親兵卻都「砰」地一聲，撞在一股奇特的隱形牆上。

　　只能眼睜睜看著鄭成功消失在黑暗中。

附註

註一：鄭成功北伐取三寶的故事，無論由何種解釋，都有北上攻擊部落（或大肚王國領地），擴張領地或掠奪物資的事實，其中的神話極有可能是事後或後人用政戰手段掩蓋之……

　　鬼鬼神神、又翻過一頁族群衝突的歷史……

亂戰　敗戰　天命所繫

鄭成功在出米岩中尚不知結果。

隔日清晨，鄒族聖山「諸羅山」卻傳出緊張氣氛。

天空飛鳥不見蹤影，連樹林中的山豬走獸也被氣氛感染，紛紛走避躲藏。

大地傳來震動，林卻出現十數株移動的大樹，兩人立於領頭的十丈烏黑巨木之頂，竟是阿德克故浪與依書。原來一早已有哨兵回報發現雅的蹤影，鄒族戰士全員出動，阿德克故浪更是招喚所有樹妖，全山瀰漫大戰氣息。

在大軍前進方向出現兩名鄒族探子，看來是回報敵情。

兩個探子剛奔到近處站穩、還沒說話，阿德克故浪手一招，樹神一伸枝，就將探子們提到阿德克故浪前方。

兩人也是頭一次站到樹神上，只覺身體雖然隨著巨木前進而晃動，又不至於失去平衡，加上能登高望遠，感覺實在新奇。

阿德克故浪：「那妖女現在在哪？」

這一句話讓探子回過神來，忙行禮稟報：「回頭目的話，稍早在雅基尾砂娜（靠近阿里山山美）那邊，巴雅伊和依拜邦的戰士已經和那妖女動上手了，那妖女使用一把細細的長劍，把每個戰士的衣服都割得粉碎……」

聽到這裡，阿德克故浪眉頭一皺。雅基尾砂娜一地有兩條大溪交口的峽谷「達娜伊谷」以及傳說中的邪地「鬼山」。

鬼山的邪氣對於樹神以及自己的力量發揮有一定的影響，再加上峽谷地形不利圍攻，這女子的作法就像獵人設下陷阱一樣。於是打斷探子的話，問道：「有人受傷嗎？現在那邊還有誰在守著？」

另一名探子回道：「沒有人受傷，但是所有戰士都被嚇到了，現在回守庫巴（部落的政治中心），以防那妖女來襲。」

阿德克故浪嘆了口氣，也就是說，沒人再監視對方做什麼手腳了。遂下令道：「不必回守部落。叫他們拿了武器，全部到達娜伊谷集合。估計那女子是在那裡設下陷阱等我們。」

轉身道：「老鷹法師！拜託你了。」

這位被稱為老鷹法師的鄒族巫師 (yoifo) 來自聖山中老鷹的故鄉伊斯基安娜。頭戴鳥羽彩帶頭飾，肩配獸皮短披風，身穿紅色寬袖袍衣，臉上滿是皺紋，實在無法確知到底有多大年紀，但臉上最大的特徵是，兩隻眼睛內鑲填了兩塊翠玉，充當義眼使用。

他……是個瞎子。

老鷹法師手執一撮青草，抬頭向天，似在凝視某物。這法師明明沒有眼睛，但其天生異能，可以透過天上的老鷹眼睛看到地上的景像。

過了一會兒，法師說道：「頭目，那女子在達娜伊谷河流交口用石頭做了一座山，現在待在山頂沒有動作。奇怪……這達娜伊谷河面瀰漫一股奇怪的霧氣，看不到河流。」

果然設下陷阱！阿德克故浪思考整個布局後，再問道：「熊之力神還被關在冰瀑內嗎？漢人將軍還在那山洞中嗎？」

老鷹法師又看了一會兒，回答道：「熊之力神還被囚禁在高山冰瀑內，看守的守衛也在巡邏，沒有異常。漢人的部隊從昨天就有三隻老鷹在跟著他們，他們的將軍已進入那奇怪的大石頭裂縫裡面。一小撮人在昨天的營地沒動過，但應該沒問題。」

原來鄭成功昨日就被監視，但也無法知道是天上的老鷹在偵查。

阿德克故浪點點頭，喝道：「兄弟們！我們去達娜伊谷會一會傳說中的『惡魔的獄卒』！」

在奇洞「出米岩」外，眾將軍聽到士兵報告鄭成功消失在洞中，都訝異不已，想要入內，又被看不到的隱形牆擋住。現在唯有在外面加強巡邏，等待鄭成功回來，馮錫範雖然著急，也知道不能亂了陣腳，只好在出米岩周圍不斷探查是否有其他機關。略加研究這怪地方後，馮錫範只覺疑惑不已！

劉國軒也走過來：「老馮！你發現什麼嗎？」

馮錫範：「劉國軒你看！岩石這邊的水流有點怪！」

劉國軒看了眼前這淺淺的水潭，問道：「有問題嗎？」

馮錫範：「你看！這水流到岩石邊就塞住了，積成水潭，但潭底不但很淺，而且還長有小草。」

劉國軒奇道：「那有問題嗎？」

陳永華：「這灘水是這幾天才形成的，也就是說，這整塊石頭是這幾天才被搬過來的。」

陳永華忽然在身後出聲，兩人嚇了一大跳。

馮錫範：「你……你肚子好了嗎？什麼時候過來的？」

陳永華：「剛到！這……到底是什麼力量？竟可搬動萬斤巨石？」

三人登時覺得不寒而慄。

劉國軒忽然發現一件事，遂問道：「那些保護你的士兵呢？怎麼沒一起過來？」

陳永華：「他們應該還沒發現我不見了，大概還在那軍帳外吧。」

馮、劉兩人不禁心中大奇，難道陳永華是偷偷瞞著士兵過來的？為何要如此？」

在達娜伊谷內，雅所站著的石丘正立於達娜伊溪匯入另一條大川的交口（雅忘記了名字，其實是曾文溪）。這也是雅在河床上畫上符紋：

再連續注入法力後所隆起的石丘。腳上的草鞋是一早新編的，不忘先做準備：

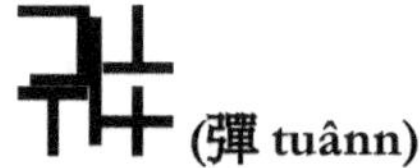

而河水流入口也下了符紋：

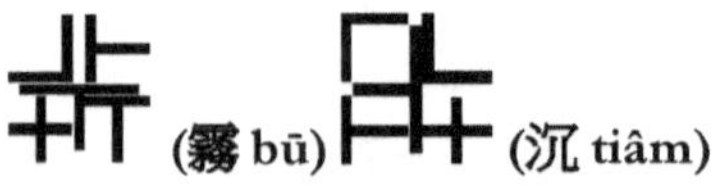

整個河谷遂被一團霧氣罩住。

前日面對一群戰士與樹妖圍攻，此去彼來讓自己措手不及，現在有寶劍「不斷之冰」在手，誓要一雪前恥，所以一早就瞞著囉嗦的「鐵刀苦行僧」，溜到這裡做足準備功夫。

但聽三方河岸戰聲隆隆，抬頭一看，番族戰士不知何時已佔據岸邊高地。看似包圍了雅，但下方河岸詭異地一片迷霧，讓所有人不敢輕易跨河交戰，只不斷在高處謾罵。雅索性閉目養神，在真正的強敵來前保持體力。地上傳來巨大重物特有的腳步震動，雅心想：「終於來了！」

樹林騷動，阿德克故浪與巨樹神帶領主力部隊佔據南面一側。阿德克故浪看得眉頭大皺：這幾日沒有下雨，河谷水流通常不會太急，憑著樹妖與樹神的體型應可渡過，但現在下方河谷卻瀰漫一片雲海也似的濃霧，瞧這模樣，說下面沒做手腳就傻了。

於是示意過後，依書依言喊話:「雅阿姐！」

雅不由苦笑，說不定要與阿德克故浪生命相搏，這下要怎麼回覆這女孩的話？只好大聲喊道：「依書妳先回去好嗎？姐姐和妳阿爸有事要談！」

依書：「爸說姐姐妳殺不死的啦！應該沒問題啦！」

嗯……雅聽得啼笑皆非，只聽得依書繼續說：「阿爸說……雅姐姐妳可否把那個惡魔帶離這裡？阿爸什麼事都可以答應！」

雅回道：「這可辦不到！而且不是說我殺不死嗎？有本事就打一場吧？你們輸了就把路讓開。」

聽完依書的翻譯，阿德克故浪哈哈大笑了一陣。

隨即吩咐依書說道：「既然這樣，就先打出勝負再說吧。來吧！」

阿德克故浪笑著下巴一擺，主隊中十一位弓箭手立刻排眾而出。

這神弓十一雄是大肚王國為了與紅毛（荷蘭）作戰而選出來的，每個都具有百步穿楊的實力，能射下天空中飛翔的大冠鷲。達娜伊谷並非很寬，十一人箭搭強弓，十一支箭立時朝雅身上射去，箭卻穿體而過？而且雅似乎完全無感？

阿德克故浪心中一動，大喝一聲，巨樹一伸樹枝，一股樹氣聚成圓形彈丸，往雅所在的石丘打去，但也和剛剛的弓箭一樣直接穿透石丘。

雅得意笑道：「依書，還記得姐姐和妳說過什麼叫做『蜃景』？」

依書點頭：「就是水折射光線的幻影，漢人說這叫『海市蜃樓』，山裡偶爾也會見到。」

雅：「這底下有符紋：

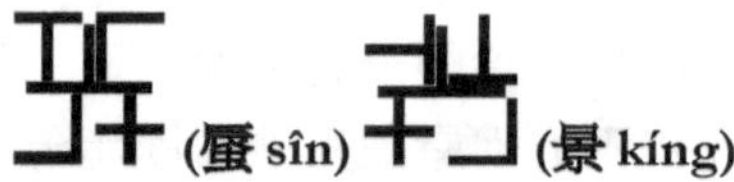

別說我詐！你們人多嘛、總要有點準備。」

　　阿德克故浪聽完，眉頭一皺：這女子的用意就是要把眾人引到河谷地面，有何陷阱卻不確定。稍微思考過後，高聲下達命令，數十名戰士立刻跳到樹妖上，高聲吆喝中，樹妖們帶著戰士衝下河谷。一進入河谷卻是另一番光景：本來樹妖應比目測的河床到霧頂還高出許多，但在踏入範圍一步時，竟伸手不見五指，連身旁同伴都看不到。

　　一隻載了五、六名戰士的樹妖進入河谷後就直線往前衝，卻一頭撞在石柱上，喊痛之餘稍往後退，卻又被另一個石柱擋住去路，這時才發覺雅在濃霧中也佈下暗樁。

　　於是大聲呼叫同伴，卻見一盞紅影帶著雪白電光出現霧中，戰士們與樹妖大吃一驚，立刻射出弓箭，並揮動長長的樹枝禦敵。跳耀而來者正是雅。

　　面對六支來箭與三根樹幹，憑著「不斷之冰」的彈性，在眼前連續劃出十二道：

但一共只打出十一道閃電，最後一道因為意念不清而失敗。

即使如此，但也足夠電得戰士們動彈不得。

樹妖不怕閃電，仍是揮動樹枝鞭來。雅閃過二根樹枝，再劃出一道符紋：

氣溫忽地急降，樹妖立時被凍結，無法動彈。

獲得初步勝利，雅側耳傾聽，左側也傳來兩組呼喚同伴的喊聲。

憑著下了符紋的彈力草鞋，雅在石柱上一點，往聲音來處飛去。

除了一開始站著、也是唯一突出霧層的石柱之外，雅一共設下了十二根隱藏在霧內的石柱。

再加上濃霧與幻影的影響，不算大的達娜伊河谷卻像是迷宮一樣，撲到出聲點附近的石柱，發現是兩支隊伍好不容易在霧中合流。

雅第一時間在河谷地劃出：

又在空中劃出：

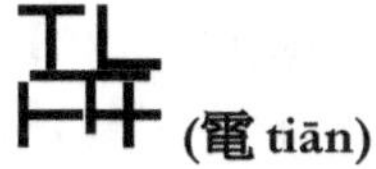

樹妖與戰士們立時被一股大力壓得陷入地上。其中一隻樹妖猛然發難，竟伸出樹枝捲起另一隻樹妖與其他戰士，拼著自己陷得更深而讓同伴們脫身。其情可嘉，但也給了雅最好的攻擊機會。再次劃出符紋：

救人的樹妖鄧時結凍，連帶著將其他人與另一隻樹妖也困住。

其中一名戰士卻抽出番刀，一刀砍斷樹枝，也不理會沉重的空氣壓力，沿著伸長的樹幹就往雅襲來。

但這樣的速度可跟不上雅，再加一道：

　　就教這戰士躺下。

　　這卻激起了士氣，所有戰士都設法脫困後向雅攻過來，還被困著的樹妖也伸出樹枝，攻擊雅的同時也做成戰士進攻的步道。

　　面對這情況，雅深吸一口氣劃出連續的

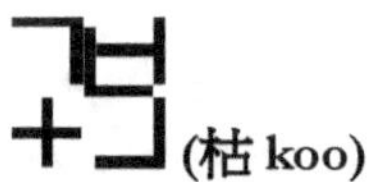

　　凡是被「枯」符紋擊中的樹枝都立刻枯萎，無法沉受戰士的重量，於是人就掉下地面被陷住，但人數一多，符紋的速度趕得上，雅的意念卻又出現空隙。最後一隻樹枝雖被貼上符紋，卻由於意念無法集中而作用稍慢，還能將戰士送入攻擊範圍，鄒族戰士立刻揮舞番刀砍下。

　　雅一劍上挑「不斷之冰」，毫無阻力地刺穿刀面，輕輕一轉，番刀立時脫手飛上半空。這戰士卻不退縮，握拳直打過來，若不收長劍，差點要串在劍上。

　　聲勢驚人，武術等級卻相差極大。雅左手牽引對方拳頭，右手連劍由戰士胯下穿過，順著來勢，肩膀一挺，一招「車肩摔」，將人重重摔在石柱上，戰士暈了過去。

　　這時忽然上方一聲悶雷似的爆響，衝擊波讓濃霧散開不少，只見周遭不少攻擊小隊還陷在石柱陣中打轉。阿德克故浪在河堤上指揮攻擊，剛剛爆炸應是巨樹神所為。

　　但霧只散開不久，又被河水製造的霧氣籠罩。

　　雅不由得笑了出來。在「鬼山」之旁，樹神的力量會受到壓抑，這反應在意料之中。再接再厲加一符紋在霧中：

　　不過⋯⋯也已夠亂的了。這符紋其實沒有作用。

　　濃霧又出現騷動，卻是黑色樹藤橫過，有些撞在石柱上，立刻長出鬚根緊抓石柱，有些就直接連結兩邊河岸，應是巨樹神所為。

雅心想::「看來是要送援軍過來。」

戰術上，將越多人困在霧中越是成功，最重要的是能在這裡打敗阿德克故浪。雅於是摒息注意上方的來敵。

但某種第六感卻讓自己毛骨悚然！頭也不回，她將不斷之冰往後直刺，沒刺中東西，卻有某種事物順著劍刺的方向退後，但……又沒有擾動周遭霧氣？雅嚇了一跳。預計在濃霧中各個擊破，現在卻有人隱身其中？忙縱身一彈，追擊敵人。

卻忽然出現一魁梧身形，接著腹部被打了一記重重悶棍，大駭之下不顧痛楚，不斷之冰如雨點般狂刺，來人卻輕鬆隔擋所有刺擊。

堪堪拉開距離，霧大得伸手不見五指，此人卻是一棍右掃，直攻雅的頭部。長劍一豎想擋開，棍擊卻半空一轉，由左側打向持劍手腕，精確迅速，雅急忙縮手，長劍才沒被打掉。來者在這霧中的戰鬥能力比自己更強，雅唯有藉鞋上彈力遠遠退開，才跳到一根石柱上，卻是寒毛一豎，感到敵人又在背後不遠處。

霧中傳出一股雄渾的聲音，卻是阿德克故浪在說話，依書翻譯的童音也穿透濃霧：「雅阿姐！阿爸說妳在霧中打不過他，不如把霧散了，他和妳直接打一場。」

阿德克故浪又說了一陣話，依書翻譯道：「其他的戰士都退下，樹精也不許參戰！」

剛剛的敵人就是他？傳聞此人能和熊之力神打成平手，果然不同凡響。但如能打敗這人，那自己到玉石神山前就再無阻擋。

艹彐（散 sàn）

符紋一劃，濃霧散開，阿德克故浪竟在身後不到五步距離？

這時雅看得清楚，剛才打中自己的卻是「山豬標」的把柄。山豬標類似一般的番刀接上長柄，阿德克故浪卻只用棍尾，頗有些手下留情的意味。阿德克故浪大聲喝斥其他人歸隊，再轉頭對雅說了一句話，依書翻譯道：「雅阿姐！阿爸說妳很厲害，他沒辦法手下留情！請見諒！」

雅擺出架式笑道：「依書妳告訴妳阿爸，可以叫巨樹神參戰啊！」

依書：「雅阿姐要小心！我阿爸比巨樹神厲害……」

語音未完、雅一劍分刺阿德克故浪周身要害，左手一道符紋：

就要發出。但白光一閃，左手劇痛，已被標刀劃傷手掌，「雷」紋也因此沒有完成。

在這一剎那間，阿德克故浪發揮了不可思議的空間掌握能力，身形稍移，避開劍尖的距離僅只數厘，同時標刀劃傷雅的手掌，阻止符紋出招。更可怕的是不可思議的快速，竟然讓雅直到中招才能反應。

體術武技不如對手，雅當機立斷，猛力一彈，拉開距離，要用符紋法術決勝，阿德克故浪卻是沿著樹藤追到身前，完全無法甩開。雅看清阿德克故浪沒有任何輔助道具，只是將身體彈力協調發揮到了極致。

「這人不似熊之力神有神力加持，不是鄭成功一類有深厚武學理論技術，而是將任何一方面的體能都鍛鍊到極限的……人類？」

雅心中越想越驚，但敵人可不給妳時間。

阿德克故浪的番刀一瞬間斬向右頸，逼得雅舉劍阻擋，兵器還未交鋒，山豬標卻忽地迴轉，立時在右手上削出一條血痕。

右手受創，雅連忙劍交左手禦敵。阿德克故浪看得真切，雅的傷口中隱現一絲絲金光，心想：「之前的情報果然沒錯！這金鐲其實是連帶金絲穿透這姑娘全身骨骼，也連起惡魔的軀體，造就不死之身！」

知道對手殺不死，阿德克故浪反而放了心，山豬標揮灑更為自如，配合在峭壁陡坡鍛鍊的身法。

一時之間攻勢……可比疾風，可比暴雨，電光石火也不足以形容其速度。說是處於下風還太簡單，稍一不慎只怕被一刀兩斷。

雅只想找出一絲空檔使出符紋法術，只需劍尖擊點五下便可打出雷擊，在開戰時曾一招內連打十數個符紋，但現在……不但辦不到，竟連應對阿德克故浪的快絕刀勢都讓體能快達極限？

雅雖是結合魔體之軀，現在卻是呼吸都來不及，只能忍受缺氧的痛苦拼命苦撐，幾分鐘內便臉色鐵青，而且心臟狂跳，幾在爆炸邊緣。難以相信，在沒有神力加持下、竟有人能將自己逼到這等程度。

阿德克故浪也驚訝眼前這女子竟能支持這麼久，同時旁觀者清，也發現雅武技上的問題，只逐步增加速度，盼能逼迫對手投降。

雅不需再加壓力便已在戰敗邊緣，防禦崩潰只是時間問題。

忽然一片紅布在眼前展開、原來是教皇血掩護主人。阿德克故浪一式兩刀，立刻在教皇血上畫了一個大叉……教皇血幾乎分屍，卻沒砍到雅。卻是金蟬脫殼之計！

雅趁著掩護跳上半空。雖赤身裸體，總算拉開距離，更在教皇血吸引敵人注意的一剎那，一招雷擊就要打出。

但負傷的右手無法動彈，左手也不爭氣的反被長劍的重量牽引垂了下去，剛剛的戰鬥竟已超越雅身體極限，肌肉一時之間不聽使喚。阿德克故浪知道自己不過是凡人，無法承受一道大語符紋，在此勝負一刻，反射神經主宰一切，一翻手上山豬標，便往空中敵人劃去。

極慘！

這一刀來得快，不偏不倚命中女性的私密處，劃開下腹，直剖到咽喉。在依書與眾人的驚呼聲中，雅重重地摔在地上，鮮血滿地！用肚破腸流實在不足以形容現在的慘況。

下場如此！連阿德克故浪也不由得萬分抱歉。

隨即發現雅的心臟雖然外露而且受傷，卻驚奇地慢慢自我復合。

仔細一看，雅的眼神雖然散亂，急促的呼吸卻是未曾減弱，與一般重傷者的狀況大不相同。

阿德克故浪領悟：「果然是不死之身！」

眼見教皇血想「飄」過去護主，忙一刀將之釘在地上。

轉頭吩咐道：「依書妳先拿一件衣服過來，不要讓雅阿姐這樣躺在這裡。先蓋上衣服，再來幾個人抬回部落去。拿個箱子把這件紅衣也裝回去！」

故事回到出米岩。

鄭成功毫無猶豫的走入漆黑的山洞，隱約覺得裡面有人在呼喚他。

不一會兒，前方出現了自稱是呂仙公的老人。

之前辱罵是邪物，鄭成功於是躬身，便想賠罪。

　　不料呂仙公卻先行拜倒：「本仙乃此地漢族土地神之代表，在此恭迎未來皇上！萬歲！萬萬歲！」

　　皇上！

　　鄭成功只覺周遭天旋地轉，至高無上的榮耀難道要加在自己身上？

　　呂仙公說道：「真武帝君與玉皇大帝已恭候多時！請接天命！」

　　玉皇大帝不用說，是漢人道教萬神之尊。

　　真武帝君又號稱「玄天上帝」，乃明朝鎮邦護國、降妖伏魔之神。

　　即使鄭成功也是首次接觸神靈世界，抬頭一看，一大一小兩道極光在半空閃耀，其中一道更是讓人感覺極為尊貴，只有黃金或閃耀的鑽石珠寶才有這等刺眼的光芒。鄭成功忙拜倒在地：

　　「凡人鄭氏！拜見真武帝君、玉皇大帝！」

　　只聽一股柔和卻極具威嚴的聲音說道：

　　「汝乃漢人的救星、天下的偉人、世道的燈塔、漢族的長城！

　　現在中原生靈塗炭，韃靼入侵，唯有汝能拯救天下！反攻中土！

　　但要能光復中原國土，解救漢人同胞，需要三件寶物……

　　一是此地出米岩，可提供軍隊源源不絕之糧食。

　　二是需要降伏此地番族，擊殺『巨樹神』，取其中心的烏山柴，彰顯權力榮耀。

　　三是要到最高峰之玉石神山，取得神山玉印，正名漢人之統治！」

　　咦！那不是要和大肚王國全面開戰了嗎？而且漢人與韃靼的戰爭卻牽連其他民族，是何道理？

　　鄭成功閃過這一念頭，卻聽得聲音變得極為柔和，極為誘惑：

　　「普天之下莫非漢土！四海之內莫非王臣！汝不必理會夷狄番族的存亡，號令天下唯有一人！凡不順從、皆為漢奸漢敵！」

　　這論調甚為極端，但此刻鄭成功不知為何心中迷迷糊糊，於是跟著說道：「是……凡不從我，都是漢奸……漢敵！」

　　誘惑的聲音再說道：

　　「去吧！征服番族！帶回烏山柴與玉印！還有……」

　　聲音忽然充滿肅殺之氣：「殺了西洋惡魔的獄卒！」

　　那不是雅嗎？鄭成功雖然心中還有一絲念頭，嘴上卻是依著複誦：「征服番族！帶回烏山柴與玉印！殺了西洋惡魔的獄卒！」

誘惑的聲音轉為滿意的語調：

「現由真武帝君加持神力於汝身，神靈相助，無往不利。驅逐韃靼後，汝將成為開國皇帝，未來將並列神祉，與河山並壽、日月同輝！」

成為皇帝！成為神！

這一意念將之前的疑慮一空，在滿心熱血的同時，一股力量注入，四肢百骸暖暖的好不舒服，隨即全身似被一股水流推送，定睛一看，已在洞口。

眾將發現鄭成功，連忙過來確認問安。唯陳永華奔到近處卻忽然停步，用一種不可置信的眼光盯著鄭成功。

鄭成功：「在我身後的出米岩將有取之不盡、用之不絕的軍糧！現在本人有玉帝與真武帝君的加持授命！全軍立刻準備，我們將征服此島番族，接著反攻中土，驅逐韃靼！反攻必勝！復國必成！」

秘密的勝負　逃亡

「被強暴還好一點……」

雅被關進達邦（阿里山鄒族部落，今仍存在）的地牢內，也沒任何掩蔽，就赤裸裸的四肢被拉開大字形，綁在地面樁上。

地牢內老鼠成群，一般人要在這裡生存必須日夜避免被鼠群咬死，但這副不死魔軀在受傷後卻發出一股兇煞之氣。別說蟲鼠野獸，就連看守牢房的守衛也遠遠地縮在一旁。不管願不願意、這軀體也不會因流血過多而昏迷，刀傷又在敏感位置，無法逃避這十級痛苦，只有長時間一面胡思亂想，一面忍受。

忽聽得一聲驚呼！睜開眼睛一看，原來是依書站在牢前。

阿德克故浪隨後過來，看到雅的模樣，臉色立刻一沉，不但大聲斥罵守衛，還重重賞了兩個巴掌！隨即打開牢門，取出一袋像是枯葉爛泥的草藥，小心地敷在傷口上。這草藥具有奇效，傷痛立時麻痺舒緩。

依書立刻拿了一塊布幫雅蓋上，一面哭一面道歉說：「雅阿姐，對不起啦！阿爸有要他們幫妳蓋上衣服的，不是故意讓妳這樣……」

雅稍微調整呼吸，反過來安慰依書道：「沒關係啦！這藥很棒！也不怎麼痛了！」

一直觀察雅狀況的阿德克故浪不由得吃驚！這女子的傷口自我復原的速度似乎越來越快！沉默一陣後，讓依書說道：「雅阿姐！」

依書說：「阿爸要和妳談一下，我做翻譯。」雅點點頭。

阿德克故浪說道：「不死身果然厲害！一般人早痛死了！」

說是讚賞，雅可不領情：「那是因為某個混蛋的刀利得要命啊！」

這句話，依書一時之間不敢翻譯，但阿德克故浪會意地大笑，繼續說道：「妳果然不同凡人！竟能跟得上我的動作！」

雅哼了一聲：「你動作好快啊！不得不服！」

阿德克故浪一時不回話、臉露微笑，看了雅好一會兒才說道：「我在戰鬥時會感覺四周的時間、敵人的動作或風的流動都變得特別緩慢，所以別人一個動作，我可以完成十個，這是天賦，兒子們也學不會。」

雅聽得入神，不由得說道：「太超過了！別人借神力或修練武功，你只是天賦？」

　　阿德克故浪笑道：「說沒修練也不是，但確實是一般人做不到……也不是所有人，例如揆一將軍，我在一年多前和他挑戰……」

　　說到這裡，不只雅驚訝地看著阿德克故浪，連依書也轉頭用眼神詢問。之前大肚王國曾派「熊之力神」率領戰士挑戰荷蘭的統治，最後由揆一單挑戰勝熊之力神。沒想到連阿德克故浪都曾和揆一打過？

　　一個是「聖山守護者」，一個號稱「歐陸最強」，不知誰勝誰負？

　　雅實在想知道誰比較厲害。

　　阿德克故浪也不隱瞞，直接說道：「我敗了！說好私下比武不告訴別人，揆一將軍沒說出去，我也遵守承諾，沒讓大肚勇士再去挑戰。不過……」表情嚴肅：「那時候我們都不知道封印『萬魔之首』的事。」

　　說到正題，雅也正色說道：「萬魔之首乃是第一個惡魔。如果魔王撒旦、也就是『路西法』(Lucifer) 能與萬魔之首結合，就會造成稱為『審判日』的世界末日。」

　　阿德克故浪沉默不語，雅繼續說道：「『萬魔之首』會對周遭的國家或生物帶來很不好的影響。很抱歉讓這裡的人們承受這一切，但如造成世界末日，那將是全人類的滅絕！」

　　沉默一陣後，阿德克故浪問道：「一定要在這裡嗎？不能將這惡魔關在其他地方？」

　　雅搖搖頭：「為了這一點，教廷找遍了全世界。這海島夠大，有異常強大的地靈能量，加上大海的屏障，又位在世界的盡頭與文明的邊緣……我不是說你們的文化不好喔！」

　　說到這裡，雅一陣歉意。當面說這是文明的邊緣，像是說這裡的人是未開化的民族一樣。但阿德克故浪不以為意，接著說道：「沒關係！那是你們的觀點！但這是我們的故鄉，即使明知對人類未來會有危險，還是必須全力守護！現在還是請雅小姐先在這裡作客一陣子，直到我們想出解決辦法吧。」

　　雅笑道：「你是說，綁在這裡吧？」

　　阿德克故浪只有尷尬地回答：「先道歉了，妳實在是太厲害，不用『巫師的樹藤』綁住，根本制不住妳。我保證會叫守衛禮貌一點，依書也每天會來看妳。等大巫師與白晝之王（指大肚國王 Lelien）討論後，再看要如何處理。我會保證妳的安全。」

雅不予評論，阿德克故浪於是轉身就要離去，又想到一件事，轉頭對雅說道：「小姐妳的攻擊太過急躁。妳比我們的巫師施法快得太多，所以可用在近身戰中，但意念不集中，也導致失敗和破綻。如果……」

阿德克故浪想了一下，繼續說道：「如果能把前日造成大湖的法術能量化成更有效的攻擊。雅小姐妳可能比揀一更可怕！更厲害！」

雅倒是放得開，就回答：「說是這樣，但和你對戰，怎樣也跟不上速度，最後也沒有用啊。」

阿德克故浪聽後……卻換上一副嚴肅的面孔說道：「妳的速度真的趕不上嗎？我在對戰時能看清對手的每一次呼吸、每一個心跳，也能感覺到對手每一條肌肉的運作。當天妳是拼命想呼吸才跟不上動作！一般人呼吸來不及會痛苦或昏倒，妳的身體卻異於常人，前一日在湖水底似乎就沒有呼吸換氣的問題。如果我想得沒錯，說不定雅小姐妳能超越一般『人』的體能界限，至少會達到我或揀一相等的級數。」

頓了一頓，阿德克故浪笑道：「我也期待能再和妳好好打一場。能放手一戰的對手太少了。」

雅笑道：「那我也回報一下。你知道我是能看到未來的先知？」

阿德克故浪點點頭，雅就直接說道：「我有看到你投降喔。」

這句話讓全場一陣沉默，阿德克故浪臉色一變，吼了一聲，便快步離去。

依書一面追上，一面說道：「我爸說，絕不！」

才走出地牢，只見老鷹法師和幾位勇士急忙過來。

（以下皆為鄒族語）

老鷹法師：「見過頭目！剛剛開始，漢人的部隊忽然散發一股強大的氣息，讓我的老鷹都不敢待在上空。」

另一名戰士也說道：「漢人的戰士也開始攻擊我們的哨兵。部隊現在應該還在番路（今嘉義縣番路鄉）附近，但已沒有人監視！」

感到一股戰爭的氣息，阿德克故浪忙下令：「加派巡邏隊！老鷹巫師擴大老鷹的範圍。現在老鷹不敢去的地方，就是他們的主力所在。」

仔細想著眼前佈署，再度下令道：「下令部落的老人小孩先沿著山路往特富野（今日阿里山特富野鄉）撤退！戰士和樹神先往這裡集中！

如果漢人有目標，想必就是魔神的獄卒！」

　　看到守衛在阿德克故浪走後又縮到一旁，雅心想：「你們會害怕就好了。」
　　綁著自己的樹藤有古怪，說是「巫師的樹藤」？從剛剛就設法呼喚「地基主」，或是使用大語符紋，都無反應。
　　但……雅還有絕招。
　　稍微動一下腳，確定傷口已復原到可以活動的地步，雅深深吸了一口氣，開始將四肢極力往身體中心收攏，直到遇到阻力，再用感覺靜靜地觀察。選定左手樹藤為目標，在四周拉緊樹藤的狀況下，用全部的力量進行了一次角度非常小的翻身。四肢被綁當然翻不過去，在巧勁之下卻將全部力量灌注在左手被綁處。
　　一般人如果做這樣的動作是沒有多大力量，但雅的武術修為讓全身肌肉足以控制自如，在這樣移動極小的動作中，也能發出很大的力量。
一次、二次、三次……幾次動作後，雅感到樹藤有些鬆動。再一次，樹藤終於鬆脫到足以拉出左手。
　　雖然手腕皮破血流，但一手自由後，很快就解開其他的樹藤束縛。發現兩個守衛還在遠處，沒有發現，雅想了一下，點劃出一符紋：

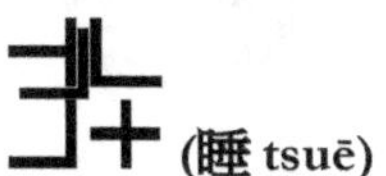

大語符紋也產生作用，兩名守衛立刻睡著。
　　雅於是坐起身。站起來後，雖然傷口還有一些疼痛，卻可以行走。將依書所蓋的布隨便綁在身上，對著牢房點劃出符紋：

木製的牢房立時腐敗。
　　雅一面探查地形，思索逃走策略，一面想著：「避開阿德克故浪好

了，不然每次都被砍成這樣。」

才想著。卻聽到外面警告聲大作，還有一片鼎沸的吵鬧聲。

雅嚇了一跳：「這麼快就發現了？」

仔細一聽，卻是有外敵來襲。雅心想：

「該不會是鄭成功吧？算了！不管是誰，先走再說！」

歪著頭想了一下：

「雖沒試過，理論上成立。玩玩看！」

幾乎同時，阿德克故浪也大吃一驚！之前回報說鄭家軍還在番路，怎麼一下子攻到這裡來了？不過事實就是事實，部落前方的哨兵不斷傳回急報。

漢人軍隊已在山腰，不用多久就會攻入部落。

阿德克故浪遂警急召集戰士，一面分派人手後送老弱婦孺，一面在前方集結。

「樹妖已在前方待命，但樹神都沒有反應！」

聽到巫師的報告、阿德克故浪心中一驚。一直以來守護這聖山的巨樹神在此時出問題，情況比想像中嚴重，同時守衛來報雅逃脫的消息，更是雪上加霜。

還待吩咐，一名哨兵急忙跑過來稟報。聽完報告，阿德克故浪拋下眾人，連跑帶攀地衝上瞭望塔，速度比猿猴還快，往四周一看，更是眉頭深鎖。

鄭家軍竟已團團圍住部落外的通路！雖說是職業軍人，但在山地行軍並非易事，何況是不熟悉此地的漢人？對照巨樹神的狀況，阿德克故浪心中有個想法，於是急忙落地下令：「要老鷹法師和其他巫師準備！敵人可能有神力巫術的加持！」

阿德克故浪猜對了!

鄭成功走出出米岩後，腦中竟奇異地浮現多種法術的符咒與咒文。

下令攻擊鄒族聖山後，鄭成功就選出其中的「神行加持，風火巽離咒」，在一張黃紙上畫出連自己都無法辨識的圖樣，再對著部隊一面念誦自己也無法聽懂的咒語，一面揮舞黃紙。

在這同時，鄭成功發現地面上浮現一層霧氣也似的黑色小人，就像之前雅在對魔化的范無如區施法一樣。

唸完咒後，引火燒化黃紙，鄭成功大叫一聲：「疾！」

只見那些黑影似的小人形立刻往自己與每一個士兵的腳竄去，溜進鞋底，隨即消失不見。情況奇異，但眾將士似無所見。

唯有陳永華低頭掩飾表情，同時也仔細觀察這一切。準備妥當後，鄭成功一聲令下，大軍起動，竟走山坡有如平地！不但健步如飛，而且毫不消耗體力！鄭成功所不知道的是，這股力量也有隱蔽軍隊行蹤與導正方向的作用。鄭家軍不但逃過老鷹法師的追蹤，而且幾乎是直線前往目的地，並出奇不意地包圍部落。

鄭家大軍過萬，以優勢人力包圍對手。鄭成功要通譯站在高處用鄒族語大喊：「裡面的人聽著！丟下武器，聽候將軍安排！我們的目的是那洋人女子，以及『妖樹』巨樹神！其他人只需要丟下武器投降，國姓爺會寬大為……哇！」

一句「寬大為懷」沒說完，一支疾箭射飛通譯的帽子，嚇得他趕快倒爬下樹，接著又是兩支快箭，一左一右命中褲子綁帶，通譯的褲子立時掉了下去，只苦了他兩手抓著樹枝無法挽救。部落爆出一陣轟笑聲。

「好準的箭！」連久經戰場的鄭成功也不禁動容，下令道：「看來是沒有妥協的餘地了。準備好就進行攻堅！」

另一方面，雅找到一小塊圓形石頭，用線綁住後在石上點劃符紋：

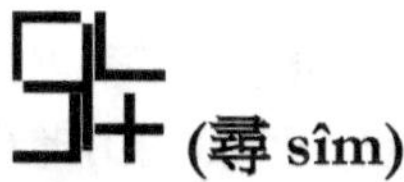

（尋 sîm）

接著用手指夾著線，讓石頭在空中像鐘擺一樣搖晃。雅小心地轉著身體，並在心中呼喚教皇血與不斷之冰。轉了一圈後，在一個特定方向時，石頭的擺動明顯較大，雅心想：「沒想到真的有用！」

於是小心地一面保持石頭擺動，一面往那方向前進，一面又要注意別被人發現，於是在番族小屋間迂迴而行，直到一間小屋前，才偷偷潛入，冷不防與一個守衛撞個正著。

面對狀況，雅直接用下半身思考，一招膝撞直打對方要害！守衛在出聲前便被擺平。

再走裡面一點，果然是倉庫！第一眼就發現不斷之冰被放在牆角。仔細尋找，一個箱子裡不斷發出聲響。破壞鎖後，教皇血猛然飛出來就包裹住雅，接著「叭啦」一聲，教皇血就直接把雅原本用來遮身體的布塊丟了出去。

這讓雅非常不高興：「那是伊書給我的呢，你真沒禮貌！」

雅一般在紅袍內不穿衣物，主因也是教皇血需要從雅的肌膚接觸獲得能量，再加上這海島氣候溫暖，通常也不在教皇血外面再罩衣物。

才裝扮妥當，外面又是一陣騷動，接著一陣兵器交伐戰鬥聲響。

雅奔出跳上屋頂一看，不禁讚道：「厲害！」

原來鄭成功發動第一波攻勢，約三百重甲兵進行攻堅。

部落卻未調派戰士直接對戰，只有阿德克故浪一夫當關，與重甲兵直接衝突，另調弓箭手壓住陣腳。

即使敵人圍攻，阿德克故浪卻是直接面對敵陣，一人腳步或敏捷或緩步地穿梭於刀網與士兵之中，二把山豬標雖是守多攻少，卻每出一刀必有一人倒下，或是砍傷腿部無鎧甲處，或是重重打擊頭盔致使昏迷。

原本是三百士兵圍攻一人的場面，在阿德克故浪不徐不緩、始終保持一定節奏的攻擊下，竟擺平整個先鋒集團！最終這番族勇士緩步走到鄭成功主營之前，更難得可貴的是，倒在地上的人雖然負傷，卻是無一陣亡。

番族戰士爆出喝采，久久不斷，鄭家軍則當場默然，原本必勝的自信熱火一下子蕩然無存。阿德克故浪也不理會地的上士兵，就站在對方弓箭的射程內對著鄭成功喊話。鄭成功忙招通譯官翻譯：

「國姓爺！我們兩邊之前都沒有過節！如果你需要糧食或酒，我們可以供應你。如果你要追捕雅小姐，我可以幫助你。請將軍隊退開，部落中有老人與小孩，先讓他們退到安全的地方好嗎？」

鄭成功也叫通譯喊話道：「全部放下武器投降，沒有商量！交出巨樹神中的『烏山柴』，並協助我軍追捕『魔神的獄卒』！歸順我漢族真命天子！不然必將全族自招毀滅！汝需自負全責！」

其實鄭成功至此也不知道所謂的「烏山柴」到底是什麼東西？

阿德克故浪卻是一清二楚，憤怒回道：「你貪圖本族聖物，侵入本族領地，卻說要我們自己付這責任！原來漢人的行事都是如此嗎？既然如此，沒話好說了！就看看你們的戰士有多厲害吧！」

說完，山豬標往地上的士兵一指，也不防備，就轉身背對敵人，回到陣地內。

全族戰士爆出陣陣喝采！

阿德克故浪憂心地傳老鷹法師商議：「漢人不知如何得知烏山柴？這次衝突無法避免！要樹妖在漢人軍隊後方待命！等我的指示！」

潛伏在暗處的雅也聽到了鄭成功的要求。以前聽過烏山柴的情報，但現在就是記不起來：「好像是什麼森林的精華？國姓爺要那幹嘛？」

想不起來，而且現在突圍風險太大，還不如藏起來靜觀其變。

雙方對峙，再無動作，到傍晚，鄭成功軍隊後方忽然一陣騷動。

「咦？什麼事？」

雅……居然睡著了？也別怪她，這一陣子實在太累了。

抬頭一看，鄭成功部隊後方出現十數個巨大黑色樹影，正是樹妖成群突襲，同時阿德克故浪也帶頭發起攻擊，直衝鄭成功大營。鄒族戰士人數不多，但各個驍勇善戰，加上樹妖突襲，出奇不意，鄭家軍一時之間略見慌亂。

雅卻發現老鷹法師帶著一部份人走向部落後方的一處……水井？

只見法師帶頭，連著依書還有一些女人、小孩與老人，一個個用繩索吊到水井內。

雅立時明瞭：「井下有逃生通道！」

眼看前方戰況激烈，無暇顧及其他，雅決定也跟著進入井中，由地道脫逃。等法師一行人走了一段時間，雅跟著溜進井裡，下方竟是一處大得嚇人、尚且暗藏河流的地底坑道。雖然沒帶火把，雅的眼睛仍在黑夜中看得一清二楚。跟著地道往前走，卻聽得前方傳出一陣慌亂騷動。

雅心想：「糟！還是被漢人軍隊堵上了！」

雖然立場不同，但雅想也不想，就拔出「不斷之冰」往前救援。地道盡頭是一處小溪谷，老鷹法師一行人被漢人軍隊團團圍住，看來是中了陷阱。

　　帶頭的三個漢人分別是馮錫範、劉國軒和……那另一名蒙面人不知是誰？卻散發出一股討厭的氣息。

　　雅也不管眼前是誰，長劍一潑溪水，濺起點點水花，點劃符紋：

水花半空立結成冰彈，第二道符紋劃出：

冰彈射得漢人士兵一陣錯愕、紛紛閃躲。

雅立刻對著依書大喊：「快走！我來斷後！」

那蒙面漢人頭領卻爆喝一聲：「奇門遁甲！土牆！」

隨著呼喝之聲，幾面土牆拔地豎起，擋住依書等人去路。

蒙面人往雅直衝而來：

「洋人小妖女！看妳這次往哪逃！這筆帳非算不可！」

聽聲音竟是……陳永華！

高手登場　無敵戰士　樹神山崁
章之一

　　眼前這怪異的蒙面男子竟是陳永華？雅忽然想到了原因，語帶嘲笑道：「怎麼把臉包得那麼緊？裡面有章魚嗎？」

　　不提則已，一提舊恨，讓陳永華怒火中燒，立刻雙手結印，右腳重重踏地大喊：「奇門遁甲！風刃！」

　　隨著喊聲，陳永華手上立刻聚起一股氣流的旋風，掌刀隔空一切，風流如刀刃砍向雅的頸項。

　　「這王八何時會法術了？」

　　雖然驚訝，雅頭一偏，已避開攻擊，同時眼觀八方，發現馮錫範和劉國軒一臉吃驚的表情，顯示連他們也不知道，而幾個士兵正接近被土牆圍困的依書等人。

　　雅心想：「如果被抓起來做人質就麻煩了！」

　　眼見陳永華又雙手結印作法，雅大喝一聲：「看你快還是我快！」

　　不斷之冰向前疾點，一口氣畫出十一道符紋：

　　炸得陳永華中斷施法逃竄，連四周士兵也被這一陣爆炸打亂陣形，但其威力⋯⋯也只比爆竹稍大⋯⋯無法爆開圍困眾人的土牆。雅只有再補一道符紋：

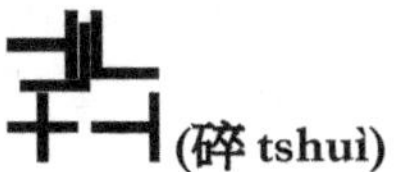

　　總算粉碎土牆，雅大喊：「伊書！你們快走！我牽制他們！」

　　語音未畢，一股壓力撲天蓋下，原來是劉國軒以八十斤關刀直攻而來！

　　重兵器的速度較慢，但劉國軒的少林春秋大刀法已爐火純青，刀訣有云「左右善護施陰刀，直衝猛劈雷霆勢」，比起一般大刀刀法，更擅長隱蔽自己於長刃之後。這一刀砍來，雅竟只見刀而不見人！一時之間只能後退。

　　回刀再砍，換招之間仍將身形隱藏在長刀之後。

　　但一閃冷光卻穿透刀面，直刺肩膀！劉國軒大吃一驚！精鐵關刀遇上雅的西洋寶劍「不斷之冰」，刺擊竟如鋼釘穿草紙般毫無阻礙！驚魂未定，另一劍刺穿刀柄與手腕，劉國軒再也抓不住關刀，「匡」地一聲大響，八十斤大刀砸在地上，幸好沒有砸到自己的腳。

　　雅一回頭，卻見陳永華取出一柄比一般長劍更為寬重的巨劍，往自己攻來。看不出這書生一樣的人物，劍招卻是有如橫行大洋的海盜霸主一樣，豪邁雄偉又帶著兇狠殺意。一般人看到這樣的大劍可能會畏縮，但雅自幼練習如何對戰維京人 (víkingr) 雙手長劍，看到這柄「巨闕劍」竟生出一絲親切感。

　　連避開兩劍後，雅心想：「就和你玩玩！」

　　不斷之冰轉了半圈，格擋重劍側面力弱處，左手卻在劍上暗中點劃符紋：

　　預定雙劍一接觸就電得他叫媽。

　　沒想到陳永華剛才也暗施「奇門遁甲紫雷咒」在巨闕劍上，雙方武器一碰，立刻爆出兩人都沒預料的強大火花。

　　雅被電得半身麻痺，狼狽而退，但法力較弱的陳永華更慘！巨闕直飛出去，手被電擊得紅腫起泡，不意一股靜電走遍全身，頭髮竟根根倒豎，連用來遮臉的面罩也掉了下來……真的很慘……為了洗掉雅下了符咒的墨汁，陳永華動用了酸液，弄得整張臉近乎發青，連眉毛都掉了。

　　雖然在交戰，雅看到這副樣子還是忍不住笑了出來。

　　陳永華氣得伸出顫抖的右手，但不知是想反擊或是想做不雅手勢，就這樣直挺挺地倒了下去。

身後傳來兵器交拼的聲音，原來是護衛依書一行人的戰士已和士兵動上了手，雖然人數懸殊，但各個驍勇，一時之間不落下風。

雅心想：「只要處理這裡的大將，應可順利突圍！」

才想著，一股勁風直襲，雅下意識回劍一擋，竟被來人的雄厚勁力震退一步，定睛一看，卻是馮錫範挺劍來攻。馮錫範踏步出招，劍尖籠罩雅上半身要害。

雅長劍硬砍硬格，要憑著不斷之冰的鋒銳克制對手。

同時手劃一道符紋，就要發出：

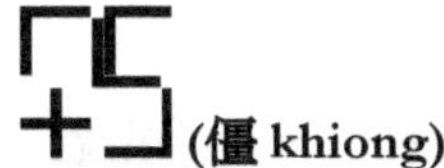

馮錫範左手卻飛出一團白圈纏繞不斷之冰，白圈生出奇異牽引力，拉得雅長劍也幾乎脫手，急忙打出符紋。但馮錫範應變能力實在驚人，危急中使出一記「鐵板橋」，全身後仰幾乎貼地避過。

這道符紋只打中後方的士兵，那人立刻向蠟像一樣僵在當場。

馮錫範左手的白圈原來是一把鐮刀，此刻一手龍形劍一手血草鐮皆是少林絕學，對雅發動快絕攻勢，不過他雖然快，比起阿德克故浪就差太遠了，雅長劍一擺，以快打快，毫不相讓。

但馮錫範不虧為三虎之首，不但接下劍招，雅連發二道大語符紋：

也都機靈避過。

馮錫範更想到：「這女子將符紋打上物體，其實有一定的範圍與軌跡，和劈空掌的大小差不多。只要沒打中，就沒有作用。」

接連避開幾道符紋，連雅重施故技暗藏一道在長劍上時，

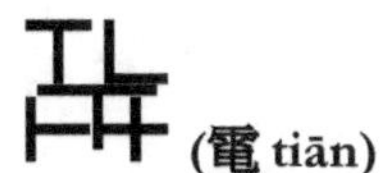

馮錫範也不硬接，但又保持距離游鬥。

雅一下子竟無法取勝？不禁心煩起來：「再打下去一定能贏！但害怕的是……」

馮錫範大吼：「我纏住這妖女！去把人抓起來當人質！」

「該死！被他想到了！」

雅不禁頓足，加緊對馮錫範的攻勢，但就是無法取勝。

鄒族護衛人數較少，又被圍困在一隅，眼看無法支持，卻一陣天搖地動，一隻樹妖出現樹叢！正是法師之前準備的援兵。樹妖揮舞樹幹就打，漢人士兵只能左逃右閃。

「奇門遁甲！火蟲！」

奇兵突起的是剛醒的陳永華，一招火蟲化為點點星火，一沾樹妖竟開始燃燒起來，樹妖登時痛苦倒退。把握機會，陳永華雙手結印，發出第二招：

「奇門遁甲！火蛇！」

腳一踏地，一條火蛇蜿蜒而出，卻將依書與法師等人圍困其中。

同時卻一聲驚呼！卻是馮錫範飛到半空！

原來雅靈機一動，一道符紋

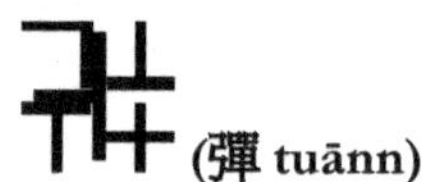

不是對付馮錫範，而是打在他所站地面，這下子子猝不及防，果然將馮錫範彈上半空。

雅立刻加上一道

打中半空中敵人。

馮錫範在無法防備的狀況下中符，只有被麻痺後由半空摔下。雅立刻上前一步，踏在馮錫範頭上，大喊：

「解除法術讓他們走！不然我一劍割下他的頭！」

雅環視敵人，忽然捕捉到陳永華眼中一絲瘋狂！忙大喊：

「住手！」

陳永華卻一聲爆喝，火蛇立時收緊，眼看依書等人就要被火焚身。

雅忙丟下馮錫範衝過去，一招大語符紋：

(熄 sit)

法力一到，立時將火蛇壓熄！但同時陳永華已拾起巨闕，一劍往雅砍去。

原來燒人是誘餌，砍人才是目的！

眼看雅已防守不及，就要吃虧，一張大網橫地飛出，將陳永華罩在網內。網一收，竟將陳永華緊緊捆住，倒在一旁。

有幫手！雅一看這網就知道是誰……即使很無奈……還是叫道：

「謝謝加酷卡悠 (Jacob Caeuw)！把這群人抓起來！」（荷蘭語）

一條黑影立時伴著豪邁笑聲飛躍而出，左手一揮，又是一張魚網向劉國軒罩去。總算劉國軒反應得快，著地一滾！樣子雖然不雅，卻也全身而退。

定睛一看，來人似火焰飛舞般捲曲蓬鬆的紅髮，和在夕陽照耀下閃閃發亮的水藍色眼睛，是一名二十來歲、身材高佻健壯的洋人青年。

此人右手魚網放在腳後，而左手一柄兩尺兩寸的西洋樣式利刃反貼在背上，挺得過直的背加上特意收窄的站姿，將身形拉成一條俊俏的直線，卻又斜斜側對著敵人，雖不是任一種武術架式，卻如高崖孤峰般讓人不敢輕犯。

不禁在心中讚一聲「帥」！但雅擔心眼前情勢，大喊：「卡悠別像鬥牛士一樣耍帥了！快殺出重圍，別讓國姓爺的部隊再派援軍過來！」（荷蘭語）

說話間上手上不停、接連打出八道符紋：

(僵 khiong)

一口氣撂倒八個士兵。

劉國軒眼看卡悠踏著碎步逼近，似乎全身都是破綻，第六感卻警告自己千萬別和這人對上。後方樹妖也已拍熄身上火焰，開始揮動樹枝驅趕士兵。

只有大叫：「與主隊合流！全軍撤退！」

一聲令下，部隊忙不迭轉身就逃，還記得抬走動彈不得的士兵與馮錫範，但……卻是無人敢靠近卡悠，去救還在漁網中的陳永華。

陳永華幾次掙扎都無法鬆脫，看到雅走過來，只好妥協道：

「能討論一下嗎？先別打……」

可憐話還沒說完，已被卡悠一腳踢昏。

卡悠：「再次為雅小姐提供服務，真是在下的榮幸！」（荷蘭語）

看卡悠一手撥動頭髮，同時又特意將臉側過一邊的舉動，真是……讓雅起了一身雞皮疙瘩！但可惜這世上能令雅必須吞下不快、放低身段來應對的人寥寥可數，眼前的卡悠就是其中之一。

或說卡悠的另一個身份讓雅必須恭敬一些，但請容後說明。

雅正要道謝，卻發現卡悠一改剛剛的故作姿態，瞪大了眼睛看著自己，同時伊書扶著老鷹法師過來。

伊書：「雅阿姐！法師說大家立場不同，但還是感謝妳的幫助。」

雅：「我們也有錯！你們先去安全的地方，我和這個帥哥……」

說話同時指著卡悠，卻發現卡悠的神情古怪，不想多生枝節，只好繼續道：「會去支援阿德克故浪，設法引開漢人的軍隊。嗯……別看這傢伙怪里怪氣，他可是很強的。」

依書沉默一陣後，開口道：「雅阿姐！我可以和你們去嗎？阿爸剛吩咐我們一直往特富野退後，和其他部落的援軍合流，他自己要去『樹神山崁』找巨樹神。巨樹神一直沒有回應，可能也有敵人出現。」

帶著一個小女孩在戰場上實在危險。

雅正猶豫間，依書說道：「你們很熟這山嗎？沒有我指路，你們沒辦法在晚上找到方向的。」

眼見太陽只剩一絲薄光，雅下決定：「好！依書妳跟來吧！但一定要答應姐姐，要注意自己安全，有狀況馬上逃走，知道嗎？」

依書點點頭。

雅轉頭和卡悠說道：「這小女孩和我們一起，她父親就是這裡的頭目阿德克故浪。我們眼前先幫阿德克故浪對抗國姓爺的軍隊，之後再找機會到『玉石神山』去取『島神玉印』……喂！你有在聽嗎？」（荷蘭語）

卻見卡悠一臉哀愁，忽然兩行清淚悚然而下，哭道：「沒想到……沒想到……」（荷蘭語）

雅嚇了一跳，忙問道：「怎麼了？有問題嘛？」（荷蘭語）

卡悠：「沒想到一段時間不見……嗚嗚……雅小姐居然已從女孩變成女人了。在下本來一直和上帝禱告要執行這項殊榮的……早知道就在耶誕節時先動手了……嗚嗚……」（荷蘭語）

依書奇道：「雅阿姐！妳的臉好紅喔！那哥哥在哭什麼？」

雅：「姐姐沒事！只是有點發怒。（荷蘭語）嗯……姐姐有點生氣而已！那哥哥在發神經！別裡他！」（南方漢語方言）

就像之前說的，卡悠的確是比較特別，雖然讓雅幾乎到爆發極限，還是特別容忍一點。

卡悠好不容易收起眼淚，一挺胸膛，又露出看來很帥氣又有點做作的笑容對雅說：「實在是太可惜了，不過雅小姐還年輕，應該多多體驗人生的樂趣，我不介意教導雅小姐……哎呀！」（荷蘭語）

……暴力鏡頭還是要避免。

是夜，在鄒族聖山中，幾條人影快速地穿梭其間。

雅問道：「卡悠！你只帶了這幾個人來嗎？」（荷蘭語）

卡悠一轉頭（先不管他鼻青臉腫）答道：「人多也沒用！這六個比一百個士兵還有用，其他的援軍在海上找機會搶灘，支援熱蘭遮城！」（荷蘭語）

雅回頭一看，身後這六個荷蘭士兵能在這黑暗中跟上自己與卡悠的速度。已顯出本領，尤其是其中兩人還帶著捧為沉重、這時代歐洲士兵的標準火繩長槍，另有一人揹著被打昏的陳永華。

依書這時在雅的背上叫道：「雅阿姐！沒有火把，你們看得到嗎？前面有一個小溪。水還很急啊！……啊！」

話還沒說完，雅已揹著依書縱身一跳，跳向小溪中央的一塊較大的石頭，輕輕一彈後，人已站上對岸。

卡悠也隨後跳過來，嘴上還不忘讚美：「雅小姐進步好多！剛剛這一跳真是美麗優雅！」（荷蘭語）

其他人陸續過溪，揹著陳永華那人第二次跳起時距離不足，卡悠手上漁網一伸，把他捲到岸邊。

依書說道：「前方有一個高地，再過去就是樹神山崁，阿爸應該會走這條路。」

雅忽然打手勢叫大家安靜，卡悠也換上嚴肅的表情，要士兵在原地待命。伏低身子爬上高處瞭望，眾人立時對眼前的狀況吃驚不已。

雅：「依書，我問妳。」

依書：「什麼？」

雅：「你們的話中『一夫當關，萬夫莫敵』要怎麼說？」

高手登場　無敵戰士　樹神山崁
章之二

真的只有「一夫當關，萬夫莫敵」才能形容。

在前方繁星也似的，是漢軍的火把，順著峭壁邊的山路綿延不絕，有如一條火蛇。在這片火陣的最前方，也是部隊最密集之處，則圍出一顆明亮的蛇頭。前方只有一人對抗整個部隊。

阿德克故浪！

僅一人在此山崖小路便能阻擋將整個鄭成功的大軍！

仔細一看！散落一地的武器碎片與血跡，其中還不乏烏銃等火器，顯示戰鬥已經進行了一段時間，但阿德克故浪看來沒有受傷，手上兩把山豬標、連身後的酒葫蘆也沒破損，之前的戰果不言自明。

眼見鄭家軍又發動另一輪攻勢，士兵排成方陣以長槍進攻，兵器的長度與人數的差距，看來註定這場戰鬥的勝敗。

但在阿德克故浪眼中，這只是另一場運動而已。他山豬標一掃，砍掉槍頭，人已直線攻進長槍範圍，這時在他左右的長槍反而無法調轉槍頭進攻，看來前排的士兵只有棄槍拔刀應戰一途。

卻聽得一連串的「砰砰」亂響！

原來後排的士兵一手持長槍，一手將短火槍藏在腰間，待敵人攻進長槍之間，移動受阻時，士兵舉槍暗施突襲。齊射煙霧過後，卻見阿德克故浪兩把山豬標豎立身前，刀上有數處破損，豪邁笑聲中又是雙刀飛舞砍斷剩下的長槍，並將士兵一一敲昏。不一會兒，來不及逃回的士兵都被打暈在地上。

阿德克故浪向漢軍高聲叫陣，依書翻譯道：「阿爸說，你們這招很有趣！再沒有更好的招數，我就要進攻了！」

進攻？眼前沒看到其他鄒族戰士啊？

但見阿德克故浪雙刀急旋，居然直衝萬人大軍，這在正常情況下稱為自殺衝鋒，但眼前狀況完全例外。

這條山路並不寬，正面可供大約十五到十八名士兵進攻，但士兵們與阿德古連照面的機會都沒有，只見前方敵影閃過，立刻就有人倒在地上，或是腳被砍傷，或是被刀背敲昏。

只見阿德克故浪在槍影火光下穿梭，頭上的紅色鳥羽隱約表明這戰士經過的痕跡，雙手白色刀芒更如白鷺展翅。

竟以一人不斷壓迫敵軍向後退去。

剛開始時，鄭家軍還一面退後，一面拔刀反擊或放箭射火槍，試圖阻擋敵人並重整陣勢，待阿德克故浪擺平過百士兵後，前排的士兵只想轉身逃跑，後方士兵也被現場氣氛感染，一股恐慌讓秩序開始崩潰。

看到眼前的狀況，雅不由自主把嘴巴張得大大地，依書卻很興奮，幾乎要替父親加油吶喊了。

卡悠吹了聲口哨：「提醒我、離開這海島前要找這傢伙打一場。」（荷蘭語）

忽然後方主軍中一陣震動，鄭成功四周士兵退開，形成一塊空地。遠遠看到鄭成功時，雅幾乎不相信自己的眼睛：他的四周出現一股紫色薄霧，有如傍晚的霞氣沉降在身體四周，這股一般人無法發現的能量，絕對是某種主神級的靈體附身，但……發生了什麼事？

雅於是問道：「卡悠！你看到那漢人將軍了嗎？那就是國姓爺鄭成功。」（荷蘭語）

卡悠：「看到了，他是魔法師或招喚士嗎？」（荷蘭語）

雅：「不！我也想知道是發生了什麼事？」（荷蘭語）

卡悠：「不管如何，那戰士要吃大虧了。我們要幫忙嗎？」（荷蘭語）

雅點頭示意，三人先爬下監視點。

阿德克故浪正打得順手，忽然一人手持長劍飛身而至，擋在士兵前面，正是鄭成功。雖然看不到散發的能量，但也感到一股奇異的壓力，於是退開一步，暗自戒備。

漢軍通譯：「阿德克故浪！現在國姓爺要向你挑戰！敗者投降，生死各安天命！」

阿德克故浪大喝一聲，當作是答應。看到主帥親征，漢人士兵軍心大振，立刻後退，讓出空間。眼前之人與前日大不相同，阿德克故浪先出一刀試探，說是試探，其實刀勁足以砍殺成年山豬，但鄭成功長劍圈轉擋格，兩件兵器交擊卻沒發出一絲聲響。

阿德克故浪更發現山豬標被一股奇異勁力牽引，急忙抽刀回防，鄭成功卻是順著山豬標動作，長劍直點向阿德克故浪手腕，遙指阿德克故浪心口。

阿德克故浪心想：「絕不能跟著他的動作！」

人隨意動，刀隨心走，一瞬間已退開兩步。眾士兵看到主帥逼退敵人，無不激勵吶喊，鄭成功卻是驚懼不已。流傳武當的太極劍術最擅於牽制敵人的兵器，這十年更無人可脫離自己劍圈，阿德克故浪卻是說走就走，快絕乾脆，完全無法掌握。

才看對手重整架勢，忽然間刀已直砍自己頸項，來得毫無前兆，鄭成功大吃一驚，身形一矮急閃，長劍狠刺對手。這樣兩敗俱傷的打法不符太極宗旨，只是下意識反射動作，但覺頸邊微痛，又看到同一把刀掃向自己小腿。

剛剛竟已回刀再出？！眼前這人速度快絕，如果不是反射性地搶攻而是對招拆解，自己的頭早就掉了！

驚訝與恐懼徒生，鄭成功心如電閃：

「東瀛有種奇術稱為『狂經脈』，是利用極度的燥怒使人類的神經透支，讓動作與反應能超越常人，眼前這人卻完全沒有一絲『發狂』的樣子！現在兩人就像身處的時間完全不同，這……要怎麼打？」

武學的立論基礎中，無法推翻的就是「唯快不破」！如果速度只差一點，還有技術可以運用，但相差太多時就難以彌補。

鄭成功的劍術融合中原少林、武當兩大門派與東瀛刀法的精華，再加上豐富的沙場血戰經驗，實可列入當代頂尖高手，但現在不論招式如何變化，對手總是能用更快的速度拆解，而且反擊刀勁雄渾，差一點都可能被一刀兩斷。

當下唯有全力和敵人比快！但就像雅一樣，隨即落入處處被動的處境。更糟的是支撐多招後才發現，敵人另一把山豬標還沒用上！發現對手的憂慮，阿德克故浪哈哈一笑，另一把山豬標加入戰鬥，這下子勝敗之勢立即明顯。

鄭成功耳邊卻傳進聲音：「王爺別擔心！我們來幫你！」

　　忽然山豬標長刀似乎撞到某個堅硬物體，被彈了回來，阿德克故浪仔細一看，卻是什麼也沒有，敵人長劍還削到自己眼前。頭一偏避過，手上山豬標連打，卻都在對手面前被彈回。

　　還未明白狀況，忽然身後一股氣流襲至，一扭身回砍，長刀似乎在半空砍中皮革，但還是無法看到敵人，隨即發現剛剛砍中皮革的地方，空氣開始像小溪一樣呈長條狀流動，而且想將自己圍繞起來。

　　阿德克故浪心想：「這兩個幫手似乎像是鬼魅一樣看不到，一個很堅硬，另一個卻很像是蛇？」

　　阿德克故浪臨危不亂！全身感覺氣流擾動，腳步敏捷，隨著蛇氣而走，避免被包圍的劣勢。這樣一來，鄭成功壓力大減，招式有攻有守，堪與阿德克故浪的快刀周旋。

　　幾回合後，阿德克故浪忽然拋下蛇氣，開始繞著鄭成功急轉，連續出刀攻擊鄭成功背部。戰況突變、鄭成功也隨著敵人轉圈，幾圈過後，阿德克故浪一刀幾乎砍中敵人肩膀，再追加一刀，卻又被看不到的盾甲彈回。

　　阿德克故浪醒悟：「堅硬那個動作不快！類似烏龜！這兩個鬼魅是蛇和龜！」

　　知道弱點，阿德克故浪開始迅速移位，不但擺脫蛇氣的糾纏，而且試探後，也找出龜氣的大概位置與速度，抓到空檔，一招冷刀砍飛鄭成功頭盔，就要趁敵人驚愕之際先取主將，蛇氣卻忽然吐出一股紅色腥臭毒霧。

　　這下猝不及防，阿德克故浪也吸入少許毒氣，一時只覺咽喉、肌膚猶似火燒，腳步一陣麻軟踉蹌。一抬頭只見鄭成功長劍已攻來，後方又一股氣流徒生，竟是有人突襲，不由得心想：「我命休矣！」

　　但聽一清脆嗓音：

　　紅影一閃而至，卻是雅飛身救援！

　　兩道符紋一到，阿德克故浪的毒性立時舒緩。一般人看不到蛇、龜兩氣，在雅的眼中卻是無所遁形，手中不斷之冰雨點般刺穿蛇龜兩氣，但只能暫時阻止對手行動，無法造成實質傷害。

這時依書在高點大叫：「阿爸！和雅阿姐走！」（鄒族語）

同一時間，兩聲爆竹也似、伴隨兩顆鐵丸碰撞硬物的火花在鄭成功面前散開，原來是揹著火槍的荷蘭兵突襲，而龜氣擋了下來。

長劍、火槍皆無功，雅大喝一聲：「吃這個！」

一道符紋

打在龜氣上，立刻聽到一聲哀號，龜氣隨即散之無形。

接著連點五道符紋，但蛇氣靈動，竟全部落空，不但如此，還噴出紅色毒霧，連鄭成功也覺不適而退開，附近士兵更是立刻倒下。趁這良機，雅立刻拉起阿德克故浪撤退，漢軍還亂成一團，只那股蛇氣在後窮追不捨。

鄭成功好不容易整理好情勢，剛想下令追擊，一名紅髮洋人手持魚網與短劍站在前方，竟是不知道此人何時又是如何過來的。

不但如此，此人散發出一股難以言喻的壓力，不但是久經戰場的鄭成功，連幫助自己的神靈（？）也動彈不得。

來人正是卡悠，此時看著對手背後那股紫氣，忽然撒出漁網攻擊。

這時鄭成功的眼中所見已非同凡人，不但看到卡悠身上散發一股金色聖靈之光，更發現漁網上也瀰漫凡人無法察覺的白色電流，立刻倒踩「七星步」就要避開，但身體一震，身後的「神靈」竟逃得更快，連帶影響自己的速度，只覺四肢一緊，已被漁網纏住，驚慌失措之下、對方已貼近面前。

但仔細端詳鄭成功一會兒，卡悠忽然大笑，魚網一甩，將鄭成功丟向漢人士兵。一陣混亂後，卡悠也不知所蹤。

雅和阿德克故浪逃向山中。

後方雖然沒有漢人士兵，那股蛇氣卻是緊追不放，雅連連反身攻擊都無法擊中。眼見前方碩大石頭橫躺一旁，雅靈機一動，拉著阿德克故浪便跳過大石，但隨手對石頭下一道符紋：

果然蛇氣「滑過」大石時，石板竟如烈火燒烤，讓蛇氣猛然跳起，且身形被熱氣襯托得無所遁形。把握這機會，雅一道符紋就要發出，身邊一道快絕刀罡卻先砍在蛇氣的「七寸」上，正是阿德克故浪出手，一招斬得蛇氣支離破碎。

雅看著阿德克故浪臉色慘白而且嘴唇發青，剛剛的蛇毒沒去乾淨。

仔細一想，伸手將阿德克故浪身後的酒葫蘆解下，一拔瓶塞，倒在著身紅袍「教皇血」的衣袖上，伸手在面前劃過十字，並念拉丁祝福文禱，隨後將衣袖伸到阿德克故浪嘴邊。

情況雖然怪異，阿德克故浪還是張口喝下了由教皇血衣袖擠出的酒液。說也奇怪，幾滴酒一入喉，蛇毒竟立刻被壓抑消解。

這時卡悠的士兵也和依書過來會合，雅於是和依書道：

「和妳阿爸說一聲，由教皇血祝福後的清水都有『聖水』的功效，能闢邪氣，解百毒……不過我還是第一次用酒……沒想到也有用。」

聽完依書的翻譯後，阿德克故浪哈哈大笑。

讓依書道：「阿爸說，他無論如何都信任雅阿姐。」

不知為何？這句話反而讓雅的內心生出一股內疚。

轉頭一看，卻發現不見了陳永華。

一問之下，竟是偷偷解開綁縛，自己逃走了。

「你到底搞什麼？先一個綁不牢？現在還放走一個？」（荷蘭語）

在發現卡悠沒照計畫俘虜鄭成功後，雅忍不住對他抱怨！

卡悠卻是一臉滿不在乎，還撩一撩頭髮，裝腔作勢說：「雅小姐生氣的模樣也很可愛，不過放走那白臉的可不能怪我。」（荷蘭語）

雅：「什麼！」（荷蘭語）

卡悠：「在下不好男色，綁男人可不是我的興趣。」

雅：「……」（此乃「腹誹」，無法翻譯）

卡悠：「當然，如果雅小姐有這種興趣……哎呀！」（荷蘭語）

忍耐總有極限，雅在拳頭上劃出符紋：

一拳敲下，果然將卡悠「搥」倒地上，頭上還撞一個大包。眼見雅又是一拳要敲下，忙替自己辯護道：「先別打了！那漢人將軍……其實沒多少時間好活了……不抓他是上帝慈悲嘛……」（荷蘭語）

雅前一秒還火冒三丈，這句話卻讓全身一震，冷靜了下來：「你確定？」（荷蘭語）

卡悠笑道：「雅小姐有先知的神眼，應該能看到吧？這人生命之火幾乎熄滅，應該再半年多就要蒙主寵召了。」（荷蘭語）

這對話卻讓雅默然以對，自己的神瞳魔眼有照遠不照近的問題，對於特定的議題設限時更不準確。之前有看到鄭成功百年後被人供俸的景像，過程卻是一無所知。

「就算看得到未來，答案還是需要你自己去尋找。」

忽然記起金聖嘆的告誡，在一陣默然後，轉身對依書還有阿德克故浪說道：「國姓爺不知為何想要你們的寶物『烏山柴』。老實說，我也需要你們傳說中的『島神玉印』。現在你們前後都有敵人，但如願意，我可以先幫你們守護巨樹神，對付漢人軍隊，之後和你一較高下，勝利的話才去取『島神玉印』，如何？」

這等於是下戰書！

阿德克故浪不由得通過依書問道：「妳確定？前日雅小姐妳敗得非常慘啊，沒想過用協助我們抵抗外敵的方式交換嗎？」

雅搖搖頭，一手直指阿德克故浪，以無比堅定的眼神與語氣說道：

「我想過了！對於要做的事，遇到困難就拐彎逃避是不行的。不論如何，我都要成長到比你更強！不然，想封印萬魔之首等於是笑話！」

看到眼前女子散發出一股頂尖戰士才有的鬥志，阿德克故浪也不禁呆了良久，才發出豪邁的笑聲道：「好！好！我們再打一場！看誰比較厲害！」

　　隨即嘆了一口氣：「雅小姐實在了不起，我族中戰士都沒有這樣的氣魄！連我兒子都無法和妳比較。妳生為女人，真是太可惜了！」

　　雅：「多謝誇獎，不過醜話說在前頭：我的確透過預知能力看見你投降了，所以贏的人，一！定！是！我！」

　　這下子阿德克故浪的競爭心也被挑起來了，一雙虎目盯著雅說道：「我不信命運！更不喜歡投降！就看看誰厲害吧！」

　　時間回到稍早的鄭家軍營內，鄭成功卻是煩亂地來回踱步。

　　剛才與敵人對陣，那自稱是「真武帝君」的神靈卻棄自己而逃，而且還發現對手非比尋常，現在又與大肚王國成為敵人，全軍更是陷於極端不利的戰略形勢。種種因素加在一起，要鄭成功不煩也難！

　　終於那聲音又在鄭成功耳邊響起。

　　「給王爺請安，剛剛好險啊……」

　　一聽這話，鄭成功怒氣完全爆發：「好險個頭！你這行為在我軍中叫做『逃兵』！如果可以，我一定將你執行軍法，在陣前砍頭！」

　　那「真武帝君」也只有苦笑：「沒想到會面對洋人的頂級神靈，那時要是沒有當機立斷，現在就慘了！……總之、玉帝已召喚天兵天將，御駕親征，現在已先一步進攻巨樹神所在之處。」

　　有過一次經驗，鄭成功小心問道：「為什麼一定要和番族人打仗？那烏山柴到底是什麼東西？」

　　真武帝君聲音客氣地回道：「當然是為了我們漢族的『生存空間』才要征服番邦，開疆拓土啊！那烏山柴可說是上好材料，拿來蓋宮殿不錯吧！」

　　總覺得有些虛偽！鄭成功哼了一聲，問道：「如果再遇到那阿德克故浪要怎麼做？現在雅……那洋女也會和他一起作戰吧。」

　　真武帝君：「上次是借王爺您的凡體施展法術，總是有一層阻隔，威力大打折扣！最好是直接佔據身軀……」

　　「附身！」

　　想起范無如區被魔化的例子，鄭成功不禁心中一驚。

　　真武帝君卻毫不在意：「在下不比魔族，必須要對方的靈波完全合適，而且真心答應才行。一旦附身，將可使出百分之一百的實力！屆時就算是魔神的獄卒也……」

鄭成功：「但還是會佔據對方的身體！」

一陣沉默，鄭成功卻感覺一股冷風。

真武帝君：「王爺不用害怕，適合本尊的對象正在前來，只須讓他和本尊面對，其餘的我會處理。」

鄭成功正猶豫間，侍衛報告，被敵人俘虜的陳永華回來了。

真武帝君：「成大事者不拘小節，小小犧牲，相對於未來登基成為中興漢室之真命天子來說，是微不足道的。王爺為何猶豫呢！」

鄭成功只覺一股胃液在喉間翻湧，苦澀酸臭！

但還是傳令陳永華前來……

「那烏山柴到底是什麼？」

和阿德克故浪、卡悠等人趕赴「樹神山崁」時。雅忍不住問了這個問題。

在阿德克故浪同意後，趴在父親背上的依書解釋道：

「烏山柴可以說是巨樹神的核心，也可以說是種子，或說是生命的泉源。每隔一段很長的時間，巨樹神會將烏山柴放在選定的山頂，那座山便會枝葉茂盛，萬物滋長。」

雅：「所以巨樹神就這樣散播生命？」

依書點頭道：「是。不過……這次可能很特別。據巫師的說法，這一代的巨樹神壽命已到盡頭了，這一次留下烏山柴後就會枯萎死去，而這一次的烏山柴也會是整個大山的生命力量精華所聚。」

雅：「那以後不會有巨樹神了嗎？」

依書：「要看以後樹妖是否能成長為巨樹神，但樹木壽命很長，我們這一代應該看不到了。」

大致明白了，但是……

雅：「那國姓爺要烏山柴幹什麼？施法要用的嗎？」

依書聳聳肩表示不知道。正想和雅討論這事情，卻發現雅、阿德克故浪和卡悠三人都面色凝重，如臨大敵。

卡悠：「前方有主神級的神靈至少兩個，其他大大小小的就不知道

有多少了？」（荷蘭語）

雅和阿德克故浪也感覺到前方不尋常的氣氛，只有依書問道：

「雅阿姐，樹神山崁還沒打開，那裡面有敵人嗎？」

雅：「打開？」

依書：「是啊。我爺爺說……其實『樹神山崁』還是他翻譯的，原來是……算了。我爺爺說樹神山崁是在不一樣的空間之中，是什麼蓬萊仙境一類？必須要由巨樹神選定的人，也就是我阿爸打開洞門，才進得去。」

說話間，眾人已接近一處土崖，仔細一看，似乎是這裡的山地常常看到、因為大雨沖刷而崩塌透出約一層樓高泥土的那種。阿德克故浪一刀直劈得崖面塵土飛揚，卻發現壁面上方三寸處有一圓形區域被塵土襯托出來，而且還不斷移動？

雅立時明白，這出入口不在任何一個實體的物件表面，而且會隨時移動改變位置，除非有阿德克故浪這樣異於常人的感應力，否則根本不可能發現。

阿德克故浪卻和依書用鄒族語不知交代什麼？讓依書大聲抗議！在幾番安撫後，依書哭喪著臉走到雅的面前：「雅阿姐！阿爸說那裡太危險，無論如何不能帶我去，要在這裡等。」

「這樣最好！！」雅說道：「畢竟妳還小，那裡的敵人非比尋常。別擔心，再說那傢伙……」

說著手指著卡悠。雖然聽不懂，但卡悠也猜到狀況，於是一拔劍，在空中虛劃半圈後置於腰間，並向依書曲腰鞠躬，一副騎士向公主行禮的模樣，加上一臉「全力以赴」的誇張表情，逗得依書破涕微笑。

雅：「別看他樣子呆，其實超強！我們和妳阿爸一定會平安歸來。」

依書也只有點頭答應。雅於是和身後士兵要了三塊布片，用刀尖小心割傷表面，劃出兩道符紋：

將布片塞入三人耳朵後，雅問道：「這樣聽得懂嗎？」

這一招奇特！卡悠與阿德克故浪竟立刻聽懂雅的漢語南方方言。

雅笑道：「之前沒玩過，但理論上成立，所以就試試看。」

卡悠隨即命令侍衛保護依書，只和阿德克故浪、雅三人穿過洞門。

同時，鄭成功也帶著陳永華與副將楊組，以及精銳士兵百人，快馬奔馳在另一條山路中。而在後方，卻是馮錫範與劉國軒施展輕功，暗暗跟隨。

原來陳永華回來後性情大變，變得像是完全看不起其他人那種傲慢過度的自大狂，鄭成功也變得有些詭異。現在這百人隊伍的挑選就有些奇怪，沒像一般狀況找齊三虎，而只有陳永華與……副將楊祖？

於是兩人商量後，決定暗中跟著鄭成功，以防萬一。

在行進中，陳永華（真武帝君？）和鄭成功說道：

「其實樹神山崁和道家中所謂的福地洞天是一樣的，都是不屬於正常世界的異空間，必須以特定的手段進入。但是我們漢族的道法何等博大精深！現在玉帝製造了一個術法的通道，就在前方。」

忽然白光一閃，一股雲氣漩渦出現前方，環繞不散，後方是河谷！

陳永華卻毫無猶豫，下馬縱身就跳入其中，也沒看到人掉下河谷。鄭成功也跟著跳了進去。

馮、劉兩人對望一眼，要跟上去嗎？

眼看楊祖和士兵一個個消失在雲漩渦中，馮錫範下定決心：「劉國軒你回去！要被王爺發現，我會說是自己獨斷獨行！」

說完緊跟著上前，在最後一個士兵進入後，抓住時機也跳入雲漩渦裡，剛好在進入後，雲霧就消散不見。

馮錫範跳入環繞在河谷上的雲霧漩渦，卻驚訝地發現下面……

還是河谷！

抬頭一看，四周竟已不是黑夜……充斥著和夏天夕陽相等亮度的柔和光線，天空卻沒有太陽……只見四周紫色雲彩連天，偶爾有一縷極光在高處閃爍。

而鄭成功和士兵們，卻被一隻浮游在半空的大烏龜接走？

這下子馮錫範只有瞪著眼……直接摔下深邃河谷……

天兵天將　東方之帝　　惡魔之眼
章之一

　　樹神山崁可說是仙境，亦可說魔域，環境特異，讓鄭成功與士兵看傻了眼。

　　真武帝君：「在這裡天地之氣充足！我的蛇、龜式神在這裡，能力也可完全發揮！」

　　這可不是說說而已，龜神在此不但能現出身形，而且成長為一長寬近二十丈的巨龜！一面口吐雲氣，一面就在雲氣中滑動龜鰭，就這樣浮游半空。

　　鄭成功與士兵們被這裡的環境與龜神所震撼，雖然有些士兵聽到後方有人摔落的慘叫聲，一回頭又沒見到什麼？

　　真武帝君：「前方就是樹神山崁的中心，也是巨樹神棲息之地。玉帝已先帶領天兵天將在這打了一天，目前還沒攻下來！」

　　鄭成功心中狐疑：「玉帝親征，加上天兵天將也打不下來？那我們這些凡人來幹嘛？對手是誰？」

　　聽得士兵驚呼連連，鄭成功由空中抬頭張望，也不禁震撼不已。

　　第一眼所見竟是一株巨大無朋的斷木，目測其由根部往上至少有一百數十丈高，誇張的是斷木截面寬約三里有餘，裡面已長出樹木植物，成為另一處小庭園，樹根往下卻沒有地面！

　　巨大斷木橫跨在一個寬有十二里多的大洞上，十數枝樹根四面延伸而深入壁面，所有的流水都灌入洞中，底下更是深不見底，只有因水氣洶湧而濺起的霧氣由洞內不斷升起，徐緩蔓延天際。

　　巨大斷木就這樣靠著樹根「懸」在這無底大洞中間，自成一個凌空之島。

　　眼光轉移到斷木中央，碩大的巨樹神此刻所有的樹枝都緊緊纏繞主幹，身旁一股五色七彩雲霧急速環繞，散發一股排拒其他外敵的力量。周圍其他十數個樹妖環繞護衛，而地上更多樹妖的斷枝殘木顯示戰況的激烈。

　　但還有一人在巨樹神上方。

凌空坐在鐵球上，身穿奇特鐵鏽外袍的……實在不知道是否是人？

鄭成功：「鐵刀苦行僧！」

雅和阿德克故浪等人穿過的洞口則在巨大樹根邊緣，剛好隔著水洞俯視全場。眼見前方狀況以及鐵刀苦行僧也在，雅不禁道：

「這鐵刀苦行僧……說是教皇派來教導我戰鬥的。看來獨自在這裡打了一場，而且守住巨樹神了，真不知是人還是怪物？不是敵人，真的太好了。」

卡悠：「咦？教皇派來的嗎？我不知道啊？」

雅：「什麼！」

卡悠：「如果教皇派任何人來，我都會知道，但……應該沒有！」

雅聽得不禁一呆，那這鐵刀苦行僧是哪來的？

正思考這問題時候，阿德克故浪示警：「有狀況！」

明明沒看到任何東西，鐵刀苦行僧的鐵衣一角卻忽然伸長，直射一里外的高空虛無處，衣角竟如利刃！刀尖似乎打中硬物般，憑空蹦出點點火花。忽然間，周圍出現大量神色猙獰、身穿東方鎧甲、手持各式武器、腳踏雲霧騰空而行的士兵。

卡悠：「東方神靈軍團？」

雅：「也稱為天兵天將！」

卻見無數天兵天將揚起兵刃就要攻擊，前方帶隊的四個彪形大漢各自手持長劍、雨傘、琵琶和一隻……貂鼠？這四神將的資料，雅以前也看過，但是……當初上課時就在打瞌睡，現在已記不得了。

可惡！書到用時方恨少！

面對眾多對手，剛剛刺出的鐵衣刀刃前端忽然延伸出重重分岔的尖刺！分岔後再生出分岔，就像是雪花結冰或是河流分支一樣，往四面八方延伸而出。進攻集團的四大神將和後方的大大小小天兵天將……無一倖免！全部中招。

不但如此，每一個神將被刺中身形之後立刻變得乾枯扁瘦。這帶著鐵鏽的尖刃似乎有吸血蝕骨的作用，不一會兒整尊神體都被銷蝕殆盡。天兵天將的攻勢，在發起線之前就全軍覆沒，而鐵刀苦行僧的招數不但詭異，更帶著一絲邪氣。

剛擊退敵人，鐵刀苦行僧忽然延伸幾道鐵衣刃往地上插入，幾乎在同時，天空忽然無故暴雷急打。雷擊威力無匹，但鐵刀苦行僧先一步用插在地上的鐵刃形成了一條導電的通道。完全將閃電的威力導入地下，自己沒受一絲傷害。

閃電無功，上空隱約可見一隻人身鳥翅、手持大槌與尖錐一類武器的怪物。卡悠：「這是東方的雷神，看來想憑藉高空與速度的優勢，讓鐵刀僧無從反擊。」

這時鐵刀僧從地上抽出幾條尖刃，卻不收回鐵袍內，就這樣留在身旁，讓自己看起來像是刺蝟一樣。

「附近有敵人嗎？」

雅還在懷疑，忽然由河面傳來巨大聲響，轉頭一看，卻是一股巨大的水龍捲風！

這股水龍捲比巨樹神所在的中央斷木還大上許多，寬闊兇猛，直通天際。沿著河岸捲過來，沿途所有植物，地形都被破壞，其中一座岩山還被捲上半空、碎裂成數個估算有千斤重的大巨石。阿德克故浪立刻將山豬標插入地面，並抓住雅和卡悠，以免被捲上天空。

水龍捲未到，幾顆被捲上半空的巨石已順著風勢砸到眼前，詭異的是，鐵刀僧所在的位置卻恰好替巨樹神擋住飛石，前頭的數顆巨石也竟然「剛好」撞在鐵刀苦行僧留在衣服外的尖刺上，角度恰好地被「彈」到半空之中。

其他的巨石以及雜物落點並未造成傷害，但巨大水龍捲眼看是無法阻擋。雅忙向卡悠使個眼神，讓他在必要時出手。

就在此刻，遠處聽得一聲悶響，同時水龍捲竟出現一陣顫動！回頭一看，響聲處出現一顆金色光球，旁邊還有一些碎石，竟是被剛剛彈到半空的巨石砸中？

距離雖遠，隱約卻見光球內有身穿長衫、頭戴頂珠方冠的男子，身上散發極尊貴的氣息，但現在被忽然而來的巨石砸中，即使沒受傷，也不免有些狼狽。這還沒完！連續幾顆巨石竟由空而降，「恰好」砸中金光男子，鐵刀苦行僧也同時一招鐵衣刀尖直刺。

但更巧的是，在金光男子凝聚出一股氣盾阻擋刀尖時，苦行僧也同時將原本插在地上的刀尖收回，天空雷神也同時打下一道更大的暴雷，於是閃電的威力這次沒有被導入地下，卻直接導向那金光男子。一陣電光亂閃之後，金光球往後撤退，水龍捲也在大洞的邊緣崩潰瓦解。

看來那個金光男子就是水龍捲法術的施法者。雷神的暴雷閃電原意可能是掩護或偕同進攻，現在卻被鐵刀僧借用，連消代打，將水龍捲也一併解決掉。

金光男子身旁出現不少天兵天將趕來護衛，此神的地位應是極為重要。眾神一陣騷動後，接著就撤退消失。

雅：「好厲害！那個金光球真倒楣！」

一回頭，發現卡悠罕見地臉色凝重：

「我知道這金球是誰，那可是東方的頂級神靈！不是輕易就可以打下來的！而且……就算我能對付那個水龍捲，也做不到這樣輕鬆自在！鐵刀苦行僧的戰術簡直就像是……就像是……」

出乎意料，接話的竟然是阿德克故浪：「就像是預先知道大石頭的落點，或那道雷會擊中他一樣！」

卡悠點頭：「對！沒錯！這人似乎能預知狀況的發展，利用情勢搶得先機，到底是誰？從沒聽過這樣的神靈或人物！」

聽卡悠的分析，雅也覺得鐵刀僧不單純。但不知為何？卻又覺得這人……可以信賴，有一股難以言喻的親切感。

卡悠：「針對這點，我倒有個想法，需要『睡姿美麗』的雅小姐配合一下……喂！我難得認真！把劍收起來好嗎？」

就在爭吵時，阿德克故浪大喊：「你們看！」

兩人順著他的手指看去，有一男子竟倒掛在前方樹根岔枝上，正是被水龍倦帶來、生死未卜的馮錫範。

在高空上，眾天兵天將竟在「雲端」安置營寨！

層層疊疊的軍營在一層流動的雲氣之上，由雲氣間隙就可看到下方形況，但離地至少五百丈，若從地上想觀察就很難辦到。

鄭成功心想：「這倒是理想的軍事架構，敵人絕對無法攻擊。」

天兵天將在四周的雲上還能行走或「飄動」，但鄭成功與副將楊祖等士兵就沒有辦法，必須站在神龜上才行。神龜載著眾人到一處以白色大理石鋪成的台座旁，往上一看，台座高高聳起，由下方看則不知有多高，但頂端的一股金色光芒耀眼又不刺眼……言語似乎矛盾，但這金光就是亮得讓人看不清頂端，又不會讓眼睛無法適應地刺痛。

陳永華斜步一讓，向鄭成功拱手為禮道：「王爺請！玉帝已在前方等您很久了！」

雖然副將楊祖和眾多士兵都是一副羨慕的眼神，一轉頭看到被「附身」的陳永華（真武帝君？），就覺得喉嚨裡有股老醋般的酸臭味，但還是轉頭往台座頂端走去。

副將楊祖：「沒想到王爺今天能得神明幫助！真是太好了！看來中興漢室、驅逐韃虜不再是夢想了！」

陳永華卻轉頭陰陰一笑：「那個我不知道，但確定的是……你們看不到了……」

緩步沿著大理石階而上，鄭成功走入金色光芒中，卻看到在高高的台階頂端，有一人身著金絲龍紋長袍，頭戴珠玉長沿高冠，半躺著坐在黃金做的龍形雕飾長躺椅上，周圍有十數名宮女服侍，前方則有二排天兵天將站在石階旁守衛。

鄭成功仔細看著上方之人，驚訝地發現，除了能辨識這玉帝有唇上嘴下三道延伸到胸口的長鬚、一副國字臉、丹鳳眼、耳垂特長、幾到臉頰……卻還是看不清楚面貌！

怎麼會看了這麼多卻還是看不清楚？

原來玉帝全身有層泛著淡紫色的霧氣，這股霧氣將一般人臉上應有的細小特徵全部掩蓋，就像隔著薄紗視物般，無法確認眼前的細節。同時，一股難以掩蓋的尊貴氣勢也讓鄭成功不由得低下了頭，不敢直視。

當下不敢怠慢，躬身右膝跪地，行使軍人在戰場上晉見的禮節，高喊：「世俗凡人延平郡王！朱成功（咦？不是鄭？）見過玉皇大帝！萬歲！萬萬歲……哎呀！」

嘴上還沒念完，一股力量將鄭成功直拉到玉帝面前不到五尺，一眨眼卻已坐在一把白玉椅上。

只聽玉帝哈哈一笑：

「平身！賜座！賜酒！哈哈，今天總算見到一代漢人忠臣的風采！你用『朱』姓，其實是隆武帝朱聿鍵賜給你的。朱聿鍵去世十五年了，以後你可回復自己的家姓稱帝。」

鄭成功忽然一時心神盪漾，雖然除去了「朱」姓，那「國姓爺」稱號也就名不符實，但開國稱帝、獨霸一方，畢竟是男人的夢想。一抬頭卻發現玉帝雙眼散發一股奇異的光芒，讓自己有些迷糊……

天兵天將　東方之帝　惡魔之眼
章之二

　　鐵刀苦行僧就這樣浮在巨樹神上方守衛著。在這樹神山崁內，仙氣充盈，也能用伏空術飄得更高，對於守衛來說是方便許多。

　　回頭望著巨樹神、仍然維持著自我防衛態勢。苦行僧深知這次產生烏山柴後，巨樹神的生命就要終結。想到以後難再看到這樣的奇蹟，不由得輕聲道：

　　「巨樹神啊！巨樹神！人類殘害山林甚多，但也是你的命運啊！」

　　正在胡思亂想，雅卻出現在前方，緩緩走來，微笑道：

　　「苦行僧！還真是到哪都遇得到你啊！」

　　雖然保持笑容，雅心知鐵刀苦行僧的修為實在非同小可，握著刻有符紋石頭的手掌都是汗水，心跳更是不由得加速……

　　稍早依照卡悠的建議，雖然半信半疑……雅還是依卡悠所言，在一塊小石頭上用不斷之冰畫出符紋：

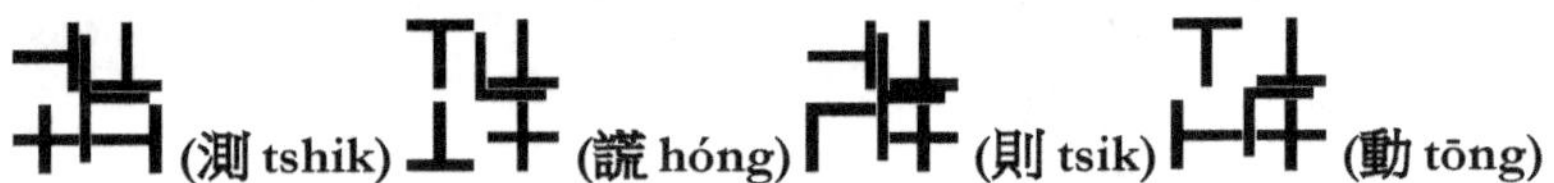

　　卡悠：「這一招雖是我想像的，但雅小姐的大語符紋變化自如，堪稱史上最特別的法術，嚴格說，唯一的限制只是想像力而已，應該可以成功。」

　　雖然被稱讚，實在心中狐疑，於是……

　　雅：「卡悠、你有偷看我洗澡嗎？」

　　卡悠：「怎可能？！我一向風流而不下流，這種色情狂一樣的事，在下可不屑做！」

　　嘴上說得義正嚴詞，石頭卻是忽然急速顫動。

　　雅不禁訝異不已：「居然真的有用！」

　　卡悠：「先聲明！我也沒有偷過雅小姐的內褲！」

　　石頭動得更厲害，幾乎要跳起來了！符紋的作用沒有界限，讓雅教訓卡悠（？）的同時，也開始反思自己的法術與戰術運用。

　　雖然實驗成功，實際上面對鐵刀苦行僧卻是另一回事！首先，誰知道他是不是有能欺騙石頭的法術？再來，先前沒有發現這人壓倒性的實力，現在一股氣勢卻讓雅冷汗直流！

　　只見苦行僧緩緩地轉過頭來：「妳終於來了！是什麼耽擱了時間？我……在這裡等得好累啊……」

　　完全不像是剛剛完敗天兵天將的人發出來的聲音，語音實是蒼老、沙啞又淒涼……似乎被全世界壓得喘不過氣來。但奇怪的是，聽到這句話，雅反而在心裡暗暗認定此人應該不會是敵人。

　　鐵刀僧：「叫妳的朋友出來吧。即使看不到，我也可以感覺他們在這裡。」

　　話才說完，卡悠竟已騰空「飄」在後方！來得快絕而且毫無徵兆，更散發一股強烈鬥氣，雖是針對苦行僧，仍逼得雅呼吸不順。四周的樹妖也被卡悠惹得騷動起來，鐵刀苦行僧卻一無所動，仍是一股滄桑的語調：「你不應該隨便展現自己的力量，敵人會發現的……」

　　卡悠：「那要看誰是敵人？」

　　鐵刀苦行僧：「至少你應該要知道……」

　　話說到一半，卡悠手上的魚網忽施突襲，一把將鐵刀苦行僧捲住。

　　卡悠心想：「把你拖下來，撥開看看裡面是誰？」

　　但手一抽，本應捲緊的魚網卻像絲綢一般從鐵刀僧的鐵衣上滑開。只聽鐵刀僧續道：「……要知道，我絕不是你們的敵人。」

　　一來一去，雙方算過了一招？鐵刀僧毫無動靜。卡悠卻心知遇上了前所未見的強敵。他手上的魚網實是海神波賽頓贈與的寶物，不但能降魔伏妖，即使聖獸天神都手到擒來。

　　如果對手避開或是反擊，甚至割破網子都還可以接受，現在居然連動都不動……或說不知道做了什麼手腳，便讓這神網無功而返，完全超越了能理解的範圍。卡悠不由得拔劍，擺出戰鬥姿態，全力戒備。

　　雅喝道：「把劍收起來！現在！不准動手！」

　　雖然有人作和事佬，氣氛仍然劍拔弩張。

雅轉向鐵刀僧喝道：「一句話！你是不是我們的敵人？」

鐵刀苦行僧：「不是！」

雅於是伸出抓著石頭的手向卡悠說：「卡悠！石頭沒動！他沒說謊！」

隨著時間過去好一會兒，卻是隨後的阿德克故浪喊道：「卡悠兄弟請將劍收起來，我相信這位鐵衣人沒有敵意。」

同伴都不站在同一陣線，卡悠只好將劍收起，靈機一動，開口道：「你說你是同伴！那先說明一下，你是怎麼來到這裡的？誰叫你來的？何時過來？到底有何目的？」

一連串問題，鐵刀僧也一下子頭昏：「我沒法說明那麼多……」

抓住機會打斷回話，卡悠加碼道：「只需說你打了多久就好。」

鐵刀苦行僧：「三天！」

回答是反射性的，出口後便回復一貫的沉默，而卡悠咧嘴一笑，像是達到目標的頑皮小孩般說道：「好！我現在便先當你是同伴！一起守護巨樹神！」

一轉身，也不理會鐵刀僧的回應，便拉起雅和阿德克故浪，走回休息處。

看見雙方沒起衝突，雅說道：「先謝謝你剛剛沒打起來。」

卡悠卻示意雅將劃有符紋、用作翻譯的耳中破布取下，同時說了一句話，這句話雅聽不懂意思，特殊音節卻是知道的。

雅：「這是古老的以諾語 (Enoch)？」

卡悠：「也是剛剛我夾在問題裡用的語言！」

這下子，雅也不禁愕然。以諾書記載了大洪水之前，以諾與上帝同行三百年所見的異象，原文用的語言其實已經失傳（現存最早版本用衣索匹亞語寫成）。如果鐵刀僧竟能理解以諾語，那最有可能的解釋是，他與古老教會的系統有所牽連。

在同一時間，也有另一批人正在猜想鐵刀苦行僧的真實身份。

在「搞定」鄭成功一行人後，玉帝在宮女們（天女？）的服侍下，躺在金絲雕龍、珍珠翠玉裝飾的躺椅上放鬆，隨口問道：「你怎麼那麼晚來？」

「還不是因為揆一！實在太難纏了！差一點還無法過來！」

回話的人似乎站在後方的陰影中，而且這人似乎散發著一股冷氣，讓宮女們都打了個寒顫，不敢回頭去看這人的樣子。

玉帝：「揆一再厲害、還不是凡人一個？這樣就被打得這麼狼狽，在我們的話裡叫做『無能之輩』……哈哈！」

神秘人物卻不被激怒，也哈哈一笑道：

「看來你們在這邊也被打得很慘啊，這世上果然有很多怪物！不知天高地厚，視野狹窄的人，用你們的話來說就是『自負自大，坐井觀天』！」

自認是泱泱大族之神的玉帝可不習慣被人諷刺為井底之蛙，當下臉色一沉！四周宮女見到這狀況，馬上跪了下來，請求主人的寬恕。

玉帝重重的「哼」了一聲才說道：「看來我們半斤八兩。那個揆一不用說，這個鐵衣人卻是什麼來歷？竟然能拋起普通的石塊，在法術施展的空隙命中朕，使得法術中斷。在東方系統中，沒聽過這號人物。」

神秘人物：「在西方系統中也沒有聽過，不果，我看他的招式帶著極重邪氣，有一個假設，雖然極不可能。」

玉帝：「說！」

神秘人物：「大魔王撒旦……也就是路西法本人，或他的分身。」

這下玉帝也坐不住了，一抬起身，卻還是背對著神秘人物問道：

「你不是說他被兩個……喔……你們說叫什麼聖天使的絆住了嗎？怎著還能來這裡？」

神秘人物：「路西法神通廣大，即使是分身，有這樣的能力也不算奇怪。嘿嘿！但也不是不能對付！」

玉帝想了一下，指示一位宮女賜酒給這神秘人物，但就在宮女眼睛與神秘客接觸的一剎那，雙手就像是被什麼猛獸咬掉般消失了，一聲尖叫還沒完，脖子也被咬去一大塊肉。這女人開始尖叫時，其他宮女不自覺地轉頭望向神秘客，也在幾乎同一時間，所有宮女都被看不到的怪物撕咬。不到幾分鐘的哀嚎慘叫之後，只剩一地的血肉糢糊，不但如此，所有的殘肢都開始冒出黑煙，看來這些隱形怪物的爪牙還有劇毒。

這人的眼睛有詭異，難怪玉帝始終不和這人面對面。

神秘人物滿意地笑道：「如果真是大魔王，我倒想和他較量一下！

至於那個阿德克故浪，已準備一份大禮等著他了。答應你的部份絕不食言，這海島會成為你的屬地。」

　　即使在這樣的狀況下，雅卻好好地睡了一覺。
　　嚴格說，這具魔體甚至可以不用睡覺，但人類的習性總期望有個優質睡眠，何況這樹神山崁的空氣實在清新無比，微風溫和，冷暖適中，光線柔和，毫不刺眼，如果不是必須起來準備下一場戰鬥，雅還寧願就這樣睡上三天三夜。
　　但……現實還是必須趕快做好作戰的準備。
　　在水邊洗把臉，卻發現阿德克故浪在水岸另一邊……跳舞？
　　這應該是在跳舞吧？阿德克故浪手持兩把山豬標長刀不斷在身邊環繞，但也不像是獨自的招式練習，刀隨身形不斷旋轉、舞動，阿德克故浪的眼睛甚至半閉著，似乎只是在享受而已。刀舞有種奇特的韻律感，即使沒音樂，卻讓人感到有竹片樂器敲擊的節奏。
　　雅就這樣一直看到整套舞跳完停下。
　　阿德克故浪這才發現雅在附近，但也不介意，只用一副充滿自信的神情說道：「Zou yuozomu a o！」
　　咦？雅這才想起，用來通譯的破布沒有塞在耳朵裡。以前也惡補過幾句鄒族語，依稀記得這句話應該是「我是元帥」或「我是將軍」吧，準備好後卻聽得阿德克故浪說道：
　　「我是戰王！」
　　雅：「噢！我知道你是貴族的將軍……哦……元帥……之類的。」
　　阿德克故浪聽後不禁哈哈一笑：
　　「小姐的法術真特殊，竟能直接翻譯我的『意』。沒錯！Yuozomu的意思應該是你們所說的元帥或將軍，但在我們的文化中，這僅代表戰爭時的領袖，在我的心中，就是戰爭時的王者。」
　　雅：「這和你剛剛的舞蹈有關係嗎？跳得不錯啊！」
　　阿德克故浪：「我幼年時因迷路到這樹神山崁，在這裡練出一般人難以相比的刀法與身手，但還沒有完成心目中的戰王之刀。」
　　雅：「戰王的刀法？剛剛你應該是在跳舞吧？」
　　阿德克故浪：「在我心中，戰王就應該與天地宇宙神靈合為一體。

Yuozomu 也有占卜或通靈的意義，但是沒有那麼單純，真正無敵的刀應該要能隨著我的靈，落到任何我要它去的地方。」

說到這裡，雅實在覺得無法體會，只好說道：

「太深奧了，我看我無法到那個境界。你在這研究吧！我走啦。」

回到剛剛休息處，首先就是拿出準備好的新草鞋，各劃上符紋：

再仔細檢查身上裝備：長劍「不斷之冰」，紅袍「教皇血」，手腳上還不算實用的金鐲「契約鎖」。此外，雅還準備了一些刻有符紋的小石頭，一竹筒聖水，一組浸了聖水的竹籤，以備不時之需。

「雅小姐！」

雅回頭一看，卻是之前被水龍捲帶上天、掉在樹根上、被卡悠救回來的馮錫範。此刻馮錫範一臉惶恐，小心翼翼唯恐得罪人的模樣，讓雅不由得語帶一絲嘲諷問道：「怎麼了？是卡悠欺負你嗎？」

這是將人當小朋友嗎？馮錫範不禁脹紅了臉，過了一會兒才終於下定決心：「在下很感謝你們的搭救，但是如果想羞辱我，那還不如一刀殺了我吧！」

雅才想說，沒那麼嚴重吧？卻見馮錫範指著包紮傷口的白布，仔細一看，上面有雅為了救助重傷的他所畫的符紋：

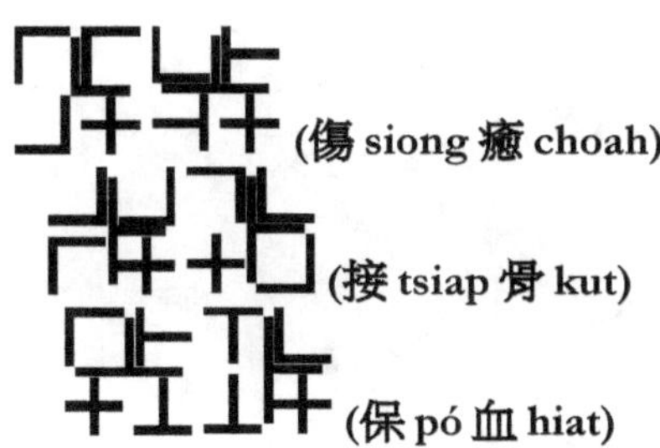

還有的是……雅一時好玩畫上的小豬圖案。

想起陳永華的例子，也知道馮錫範到底想說什麼，雅於是用招牌少女式的笑容說道：「別擔心、這些豬豬上沒有法力，拿去洗一洗也就掉了，不然你將衣服換掉就好，沒什麼問題。」

知道不會像陳永華那樣被亂畫塗鴉還洗不掉，再加上雅這一副誠心道歉的模樣，馮錫範於是放下心防：

「那就好，我還擔心以後要背著這些豬仔。啊！謝謝仙姑您的救命之恩！」

雅：「叫我雅就可以了。你現在沒法打，又沒法脫離這樹神山崁，這顆石頭就帶著吧。」

說著將預先一顆劃有符紋的石頭

丟給馮錫範。

雅：「這符紋可幫助你隱藏氣息，等一下有敵人，先躲起來……」

話還沒說完，卻發現握著石頭的馮錫範連身影都變得透明，雖然在雅的神眼之下無所遁形，這可不是只有隱藏氣息而已，符紋作用遠比自己預想的要好。雅忽然想到，阿德克故浪是否也是因為自幼在此修練，受到這裡的影響，才有異於常人的能力。

正在猜想時，浮在半空中的鐵刀苦行僧大叫一聲：「注意！敵人要來了！

天兵天將　東方之帝　惡魔之眼
章之三

　　雅躍上小丘，只見天邊一片祥雲飄來、內涵隱隱殺機。回望一眼，卡悠、阿德克故浪、馮錫範都露出戒備的神色，準備迎戰。

　　鐵刀苦行僧降到地面，依然用蒼老的聲音說道：「卡悠先生，你對漂浮一類的法術很熟悉吧？」

　　卡悠：「鐵刀『先生』不是看過在下的本領嗎？」

　　鐵刀苦行僧：「對方可是東方神教的頂級神靈，你有興趣挑戰強敵嗎？」

　　卡悠抬了抬眉毛：「你的語氣無精打采，說話卻很挑釁嘛。說說你的想法吧。」

　　鐵刀苦行僧：「我正面迎戰，卡悠先生找機會直接攻擊主將，雅小姐和阿德⋯⋯德⋯⋯」

　　奇怪？鐵刀僧好像嘴巴塞住了，一句阿德克故浪就是說不出口？

　　卡悠笑道：：「你中風嗎？」

　　鐵刀苦行僧沉默了好一會兒才續道：「雅小姐和這位朋友在空中行動不便，就在地上和樹妖一起作戰。至於馮錫範先生⋯⋯」

　　馮錫範：「我知道自己的分量，有多遠就躲多遠。」

　　鐵刀苦行僧：「有人有更好的意見便請說吧，在下洗耳恭聽。」

　　卡悠：「你能飛多高？」

　　鐵刀苦行僧也不回答，鐵衣兩側卻忽然伸展，形成兩個蝙蝠類型的翅膀。人身蝠翅，看來還真有點像西方傳說中的魔鬼。

　　雅看到大叫：「你還說飛不高？早就叫你直接飛去神山就好了。」

　　鐵刀苦行僧重重「哼」了一聲：「怎麼可以給妳走捷徑？一點都長不大！」

　　這是什麼理論？雅氣得臉都鼓了起來。

　　阿德克故浪：「大家看巨樹神！」

　　眾人轉頭一看，巨樹神上的針狀樹葉中原本就結了不少這類檜木特有的毬果，現在毬果卻開始吸收環繞樹神的霞氣，有的發出紅色光芒，有的卻發出小小的火花，隨即腐敗。

阿德克故浪：「依據傳說，巨樹神會逐步將樹氣灌入毬果中，但最後只有一個毬果能承受巨樹神的精華，那就是烏山柴。」

卡悠：「大概還需要多久？」

阿德克故浪：「我也不清楚，現在唯一看過整個過程的只有不死的熊之力神與泰雅老巫師，但應該只需要半天左右。」

雅：「那一旦結成種子，會掉下來嗎？」

阿德克故浪了解雅的意思，回覆道：「會！到時候我們可以先將種子帶到安全的地方，也拜託卡悠先生和鐵刀先生。如果用飛的能比較快脫離危險，我也信賴你們能保護本族聖物。」

這是說相信這兩人不會獨吞寶物嗎？卡悠立刻回應稱是，鐵刀苦行僧卻全無反應，雅不禁叫道：「喂！人家相信你呢！有點禮貌好嗎？」

隔了好一會兒，鐵刀苦行僧才用一種歷盡滄桑的聲音回應了一句：「好」。

在半空雲彩中，玉帝仍是半躺在「龍椅」上，由換過的一批新宮女服侍、甚至餵食葡萄與美酒，前方座下則是整裝待發的天兵天將。

身後那位神秘人的聲音響起：「我都不知道，原來東方皇帝在打仗時這麼爽。」

玉帝被美酒灌得茫酥酥的，一面笑著調戲宮女，一面說道：

「朕會反應每個時代的人們、尤其是漢人心中對皇帝的概念，在這個時代，人們心中的皇帝就像這樣子。你在哪，將軍……哦……」

神秘客：「是國姓爺鄭成功。在下的魔法，你儘管放心，絕不會出錯。我倒是很想知道，為什麼你一定要那烏山柴？」

玉帝：「做宮殿宗廟啊。烏山柴是長生不老的神木，若能將靈力鎖在供奉我的雕像金身內，金身必然栩栩如生，宗廟也必然靈氣滿盈，未來朕的供奉香火一定綿延不絕、永留萬世！」

神秘客先是愕然一陣，接著露出不屑的笑容，但也沒多說一句。

玉帝在嚐過宮女「對嘴」的佳釀後，揮手下令進攻！

烏山柴戰役的最後一戰正式開打。

雅眼見一排排的天兵凌空列陣，緩緩進逼，目測只怕過萬！不禁心頭狂跳。面對妖魔鬼怪多了，但面對正道之神還算是第一次。雅心想：「說不定我也會被獵魔人列入黑名單了呢！」

這時一人竟「飄」在一片浮雲上，似乎閱兵一般橫過眾天兵前方，仔細一看，居然是陳永華！雅忽然想到一件事，疾呼：「卡悠！那個在前面帶頭的是陳永華，他是未來歷史的重要人物，別把他打死了！」

卡悠：「哪要怎麼打？」

話還沒說完，鐵刀苦行僧忽然出現在列陣天兵的前方，鐵衣刀尖由身上四射而出，還在整隊的天兵們來不及反應，被刀尖刺中，立刻成為乾屍，然後粉碎。鐵衣刀尖前端又不斷分岔伸長，擴大攻擊範圍。

陳永華見狀急忙上前，手上發出一團紅霧阻截鐵衣刀尖。紅霧似有極強腐蝕性，鐵刀觸及立刻銹蝕粉碎。霧氣急捲快如閃電，鐵刀苦行僧還未反應，竟被紅霧吞噬！

雅等人嚇了一跳！正擔心同伴安危，一柄白刃由紅霧內直刺！陳永華急忙向後一滾，雖然避開，卻好不狼狽。卻是鐵刀苦行僧由紅霧內竄出，但見全身已非之前銹鐵斑斑的模樣，而是亮可反光，在光線照射下有如深井寒潭，一見就知是百煉精鋼。

趁對手還來不及重整架式，鐵刀僧生出八支刀尖，有如蜘蛛一般直攻陳永華，刀尖在敵人眼前卻忽然一頓。這時一股無匹刀氣橫過，來自一名臉紅似棗、身穿青袍、昂藏七尺的大漢，手上大刀有青龍與月亮紋刻。

第一招竟將八把刀尖全部斬斷！第二刀直取鐵刀僧頭頸！

但聽得一聲巨響，兩人雙雙退開，原來鐵衣苦行僧的一隻蝠翅化成一把隱現紅光的黑刃，果然擋下對手大刀。

陳永華身邊也出現一隻斑斕巨蟒守衛，頭頂更出現一隻浮空巨龜來壓陣。看到巨蟒的動態，雅認出就是之前協助鄭成功的蛇氣，心想：「為何這兩隻畜生會聽陳永華指揮？」

眼見鐵刀僧陷入一對四的局面，卡悠要上前助陣，卻見白光一閃，鐵衣苦行僧竟已拋下對手，回到巨樹神上空。一來一去，竟如入無人之境！

不只敵人攻勢暫停，重作佈署，連雅和卡悠都重新打量眼前這人。

鐵刀苦行僧卻是周身鐵衣又逐漸由一身百煉精鋼轉成斑駁銹蝕，仍用充滿疲憊的語氣說：「等一下全力作戰，誰生？誰死？就交給上天吧！」

「無能！無能！」眼見被對手玩弄，玉帝大怒喝斥前方將士，過了一會兒卻有更壞的消息！

「關聖帝君說朕『無故侵略外族是為不義』，所以離去了？鍾馗竟敢說他沒空！天妃娘娘與二郎神、三太子也跟進？」

玉帝怒道：「叛徒！叛徒！理應滿門抄斬！」

神秘人笑道：「這在你們的文化中是否叫『離心離德』呢？」

敢在這種狀況下揶揄皇帝？

玉帝怒不可遏：「朕還有奇兵可用！等著瞧吧！」

眼見對方似乎撤掉雜兵，只剩不到四十人在前方雲端上，全部都有坐騎，有的騎馬，有的騎獅子、牛、鹿和大象，有幾個人騎著一種類似牛卻生著鹿角、身上有鱗片的異獸，還有一人明顯騎著一頭龍。

馮錫範大呼：「三十六天將！這下事情大條了！」（註一）

雅問道：「很強嗎？」

真武帝君、三十六天將都是前朝的主神，馮錫範本來想把所知的神話故事拿出來說，一瞥眼，看到卡悠一派輕鬆，鐵刀苦行僧全沒反應，阿德克故浪……奇怪？好像做白日夢一樣，眼睛半閉著，還微微晃動身子，似乎在打節拍？

馮錫範心想：「說了等於白說。」

於是回話道：「我想你們都很強，打打看就知道吧。」

鐵刀苦行僧：「他們應會分頭多路進攻！雅等一下要小心，一般物理攻擊對神靈無用，妳的特殊身份會讓妳成為被獵捕的對象。」

雅哼了一聲：「好膽就來！」

卡悠：「來了！」

雅抬頭一看，卻是一片黑！

原來鐵刀苦行僧將兩隻蝠翅張大足以到掩蓋包括巨樹神與樹妖在內的眾人，蝠翼外圍出現一陣大雨，斗大的雨滴落下，竟將地面燒出一股股輕煙？

雅嚇了一跳：「這雨水有毒！」

待蝠翼收起，只見一個三眼騎馬的神將已被鐵刀僧一刀貫穿，立時灰飛煙滅，看來是這天將施法降雨突襲。同時左右各有身上纏著大蛇的天將夾擊，一人騎豹，一人騎那鹿角長鱗的異獸，異獸還噴火助攻。

雅：「這異獸還會噴火？」

馮錫範：「那叫做麒麟！妳麻煩大了。」

雅：「我麻煩？你擔心一下自己吧！你……」

雅一轉頭卻愕然發現……馮錫範已經用隱形石不知躲到哪去了。

真的是……逃得好快！

而阿德克故浪卻和一眾樹妖一同「搖晃」著身體？這是幹嘛？跳舞嗎？眼睛還半閉著？但雅感覺到阿德克故浪的一股鬥氣急升。

但見神將們分成幾個小隊，一隊五人正面衝擊鐵刀苦行僧，兩將騎麒麟，兩將騎馬，另一將竟騎鹿。另一隊也有五人，卻由後方包抄，四將騎獅，一將騎虎。兩隊十將前後夾攻，增援攻擊鐵刀苦行僧的陣容。

在上方更有一四手騎馬神將，手持兩副長弓，另兩手上有灼熱火球與白冷光球，正不斷向鐵刀苦行僧射出火箭與冷光箭。

加上左右二個玩蛇的……

十三天將圍毆？看來對方的確對鐵刀苦行僧的戰力甚為忌憚！

另一方面……

一個騎著老虎的神將衝到卡悠面前，張開大口。絕對是「大口」！一張嘴竟像蛇般敞開成八尺寬漆黑深洞，還急速吸入周遭空氣，直有吞下敵人的氣勢！但一轉眼，對手已不在原地！

原來卡悠背上生出一對白色靈氣組成的巨大鳥羽，飛到大嘴神將頭上，準備反擊，另一個騎著麒麟的天將撲到，嘴唇圈起猶如吸水一般，竟讓卡悠的翅膀靈氣紛亂，幾支羽毛脫離主體，被這天將「吸」掉！

卡悠領悟：「這兩個是同一類型！一個可以吃掉妖怪，另一個可以吞食妖怪的『精氣』！」

腦中急轉，手上神網撒出，竟一舉將兩個神將兼坐騎都收在網內，手上尖刃就要刺入網中，了結對手，忽然一名騎馬天將用手上武器阻擋了卡悠這一擊，武器……竟然是一個小金人！另一個騎著牛、長著鳥嘴的天將也偕同進攻。

　　卡悠手上漁網加上兩個神將，揮舞起來卻如無物，運轉如盾，才逼開兩人，同時間竟有三個騎馬、一個騎象、一個騎獅、一個騎豹，共六個神將輪番攻來。

　　雖然被圍攻，卡悠卻沒慌亂，張開靈氣羽翅，帶著魚網加兩神將在敵人之間快速穿梭，不但完全感覺不到急迫，而且哈哈大笑：「真是太看得起我了！」

　　主力被牽制，雅和阿德克故浪這邊也不輕鬆。

　　雅前方有一個騎馬神將手持劍緩緩逼近，同時卻發現自己被一股水氣籠罩，水氣包含重重鹹味，竟是海水？轉頭一看，一位雙手沒有持武器的騎虎大將由後方夾擊，卻有一水球凌空浮在手掌之上，水球上洶湧波濤，還掀起微小海浪。

　　毫不猶豫！雅立刻用刻有符紋的草鞋

快速彈跳到一旁，以避其鋒。

　　眼角餘光注意阿德克故浪的方向，一神將騎著龍帶著三個女神將，分別騎著馬和鶴，正想直攻巨樹神，卻被阿德克故浪和樹妖擋住。樹妖們伸長樹枝，結成一片木頭的大網，罩住巨樹神，阿德克故浪則仗著輕盈的身法穿梭其間，一面以樹幹為掩護，一面又不斷挑釁敵人，看來短時間內還沒危險。

　　同時，騎馬神將追上雅，手中長劍帶著電光砍來，雅曲腰避開，手中長劍「不斷之冰」已刺入神將下腹。

　　但就如鐵刀僧提醒的，物理武器對付神靈並不管用，不斷之冰無堅不摧，現在卻像是刺入一團水中。雅靈機一動，直接攪動長劍，將大語符紋方陣的意念由劍尖打入神將體內，畫出符紋：

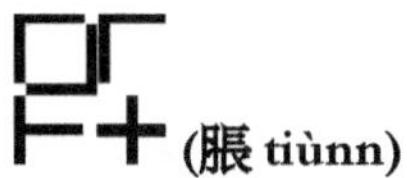

這一招頗絕，神將的肚子立刻脹大，連馬都載不動，以致前腿跪在地上。

正要再加一擊，掌控海水的騎虎天將已經攻到，只見一股澎拜波浪捲來，迎頭蓋下，雅卻不閃不避！原來雅一眼望見這神將先把海水環繞全身作為保護，才將水溢出，成為海浪攻擊。

現在得知法術能用，當下把握機會，長劍往前直畫出符紋：

凍結符紋直劃在水上，登時將這海浪與騎虎天將凍成冰塊，「匡」地一聲掉在地上！

「先解決一個！」雖然沒有意義、雅大喊一聲，也算提升士氣。

沒想到幾隻冰箭卻由凍海中射出！幸而雅反應快絕，回劍撥開。仔細一看，那騎虎大將的冰正在溶解，但也沒全溶掉……竟留了一塊冰作為盾牌？

雅明白了：「這傢伙原本就能操縱結冰的海水！剛剛的符紋完全沒有用！」

眼前強敵還沒解決，又有四將殺氣騰騰圍了過來！

附註

註一：三十六天將在今日（2014 年）因關元帥「晉升」為關聖帝君，只剩三十五天將，依序如下：

1. 康元帥（騎馬）
2. 高元帥（騎馬，舉人體）
3. 伍靈官（騎馬）
4. 李元帥（騎麒麟）

5. 馬龍官（騎馬）

6. 殷元帥（騎馬，有四手，兩手舉日月，兩手執弓矢）

7. 馬枷羅（騎麒麟）

8. 劉聖者（騎獅）

9. 張聖者（騎麒麟，執蛇）

10. 蕭聖者（騎豹，纏蛇首）

11. 連聖者（騎豹）

12. 虎枷羅（騎獅）

13. 金舍人（騎獅）

14. 枷大將（騎馬）

15. 捉大將（騎馬）

16. 縛大將（騎牛，舉逮捕牌）

17. 鎖大將（騎麒麟）

18. 康舍人（騎馬）

19. 趙元帥（騎虎）

20. 鄧元帥（騎牛、人面鳥嘴）

21. 岳元帥（騎象）

22. 楊元帥（騎馬，三眼、咒水真人）

23. 辛元帥（騎獅）

24. 王真君（騎鹿）

25. 必大將（騎龍）

26. 紀仙姑（騎鶴）

27. 何仙姑（騎馬）

28. 李仙姑（騎鶴）

29. 溫元帥（騎獅）

30. 黃先官（騎馬）

31. 倒海大將（騎虎、海水包圍）

32. 吞精大將（騎虎，吃妖）

33. 食鬼大將（騎麒麟，吃鬼）

34. 移山大將（騎馬托山）

35. 江仙官（騎馬）

戰群神　抗妖魔
章之一

雅眼見這四名天將動作協調一致：

一名騎牛，手持繩索，並舉著一張令牌。

一名騎著麒麟，手持鐵鎖鍊。

一將騎馬，手持刑具類工具。

最後一名騎馬的卻是空手，但雙手青筋爆起，十指如鈎勝鐵。

雅心想：「鐵刀僧那個烏鴉嘴！這群傢伙果然是想活捉我！」

她擺好架式面對四天將，卻發現他們的眼神有如黑夜電光！勾魂攝魄，令人膽寒！同時腦中一片模糊！心中一驚：「這四人會攝魂瞳術一類！」

雅忙收斂心神，毫不退讓地回敬以堅定的鬥志！

四天將訝異不已。原來這四將乃是專職抓拿妖魔鬼怪，號稱「縛、綁、枷、捉」四大將，神技「降魔伏妖通天眸」！只需用眼光就能讓魔物失去抵抗意志，乖乖就逮，即使對手勉強支撐，也因為要分心對抗這神術而戰力大減。但現在眼前這金髮少女卻是以眼還眼！竟然還隱隱將原本的法術效果反射在綠色瞳仁上，反讓施法者們一陣暈眩！

四天將明白這女子有前所未見的能力，立刻收起法術，拿起武器，以熟練的陣法就要包圍雅。

雙手空空的那天將一馬當先，十指指甲之間卻有一股電漿流竄，雅也不懷疑這神將有能力將自己電成焦炭，卻還是挺劍迎上，另一手伸入口袋中，握住事先準備好、刻有符紋的石頭。

(防 hông)　　(電 tiān)

果然這神將雙手如同實體，不怕不斷之冰的鋒銳，緊緊夾住長劍，同時電流大盛，順著劍身傳導過去，以為敵人就要被電得哇哇大叫，卻發現對手似無感覺，隨即長劍生出一股旋勁，竟抓不住劍，被直驅而入刺中胸口。

一招得手、雅還來不及打出符紋，一條鐵鍊夾著火焰由頭頂劈下，唯有抽身一翻避開。不過才退一步，一條繩索竟無聲無息的捲住右腳！

就在天將要抽動繩索之際、雅反射性地劍尖疾畫符紋於繩索上：

同時隨著力道躍起，轉了半圈，竟真的成功掙脫綁縛。

這繩索發自一位騎牛天將，手中的「捆仙縛妖索」竟無功而返？大驚之下，立時揮舞另一手的令牌，一招「天打雷劈」向雅攻來。

眼見令牌上又是冒出電光火花，雅心想：「又一個帶電的！」

握著剛剛的符紋石頭，手上長劍一擋。

但這次電力大不相同！

雅竟被殛得全身痙麻劇痛，差點摔倒在地，手上長劍也握不住而脫落，幸虧長袍「教皇血」伸出衣角一鉤，「不斷之冰」才失而復得，另一手上刻著符紋的石頭也同時粉碎。心知是因為對手靈力過強，自己難以硬擋承受，雅立時不敢大意，幾個起落，引誘四名神將到連結中心斷木與水瀑洞邊的巨樹根橋中間。

丟出刻有符紋的石頭

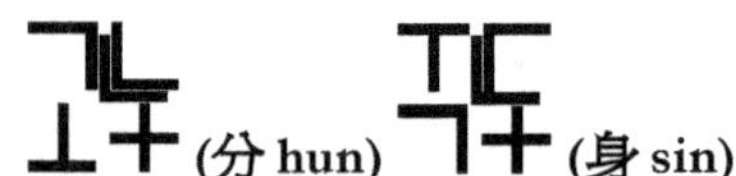

並用長劍打碎。

四神將追到時，竟發現巨樹根橋上下站著、坐著、吊著數十個雅！雖都面帶微笑，但每個表情、姿態各異，看到神將接近，立刻發出笑聲往樹根橋的兩頭散去。

手持鐵鎖鍊的騎麒麟神將醒悟大叫：「真身混在裡面！別讓任何一個逃掉！」

四神將立時兵分兩路由，頭尾攔阻，但眾多金髮少女不但在樹橋上逃竄，還不時像猴子一般吊在橋下方晃蕩，讓四將一時之間手忙腳亂。

　　手持刑具、騎馬的神將正追著眼前的金髮少女，不意另一名金髮少女由樹橋下翻身而上，一道符紋：

就引發晴天霹靂，直攻天將。

　　但不同於以往敵人，這天將以手上刑具擋住雷擊，大喊一聲：「真身在此！」

　　隨即直盯著剛剛引發雷擊的少女窮追，同時旁邊另一個挺劍攻擊，這天將心想必是幻影擾人耳目，於是不擋不閃不理睬，仍緊追剛才發出法術的那一個，卻感覺一把長劍實體貫穿背脊！心知對手就要發出符紋法術，不禁膽寒：「中計！這下死定了！」

　　千鈞一髮之際！又是騎麒麟的神將一招鐵鎖鍊來助，讓眼前的雅只有收劍翻身而退，詭異的是，剛剛被追的那名少女又是一道符紋：

引發烈火攻來。

　　兩位神將不禁心中大奇：「哪一個才是真的！」

　　心中雖驚訝，手上不停打，兩神將果然戰力堅強，揮舞鐵鍊、刑具分頭攻擊，一招就將兩個少女打得煙消雲散！竟都不是真人？

　　眾神將還未反應過來，四周少女已蜂擁而上，在此去彼來的身影中夾雜符紋法術攻擊。四神將心知是雅混在眾多分身中突襲，但打散眼前的人形，就是打不到實體！還要應付層出不窮的狀況！原本應是以四對一的圍捕，攻守之勢卻在這樹橋上反轉？

　　混戰紛亂不堪，一股鹹鹹海水卻席捲而降！一下子就將四神將與少女們全部罩在裡面。

　　原來是剛剛操控水球的騎虎天將，仍是以冰做盾，全身包覆海水。

連結出一條水道，以違反物理原則的方式將樹橋與眾人包覆起來。此刻他哈哈大笑：「看來你們沒老子壓陣就不行了！現在先……」

還沒說完，卻發現四神將的眼光投向自己身後，忙轉頭，只見一金髮美女，正因為跳耀至半空時的無重狀態而使一身紅色長袍輕拋飛揚，露出內裡白皙的肌膚，酥胸半裸，身材之曼妙也一覽無遺，最攝人的卻是這女子的一雙青碧色瞳仁中的熊熊戰意。

未能反應，一柄長劍卻先刺入頭頂，還點畫出符紋：

符紋一出，神將立時失去意識。

趁著其他天將還沒掙脫海水，雅立刻對水劃出符紋：

這一招做對了，發現受困於海水之內，四神將立刻極力掙扎，同時發出電流、熱火，想蒸發海水，但膠狀可說是水的三態（液體、氣體、固體）外的另一型態，一時之間難以掙脫或蒸發。

把握機會、雅立刻再一招

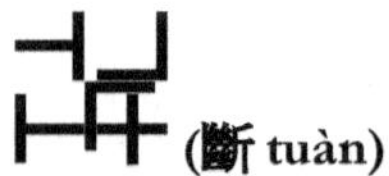

打在樹根與中央台地接續處，大喝一聲：「給我下去！」

果然聽得一聲木材撕裂爆響，碩大的樹根將五大天將「膠」著一同掉落水洞內。

在遠處看到這一幕，神秘人依然不改揶揄的語氣，向玉帝說道：「我想你還有奇兵，但好心和你說一句，用我建議的方法吧！」

玉帝臉色鐵青了好一會兒，終於囁著嘴唇說道：「好……吧！要那些凡人將士（鄭成功與士兵？）出動吧！真是丟臉！」

雅翻身落地時，旁邊一人用大舌頭似的含混語調說道：
「妳這洋女果然厲害！佩服，佩服！」

雅回頭一看，忍不住笑了出來。原來是一開始被下了符紋的天將，已脹成一個圓球似的，不但站不起來，連騎的馬都壓得四肢攤開「鋪」在地上。

雅笑道：「怎麼？我打敗你的同伴，你不生氣啊？」

這神將卻聳聳肩，一副無所謂的模樣：「本來就不是每一個都支持這次出兵啊，這樣退出戰場剛好。敝姓馬，請問姑娘芳名？」

這傢伙有搞清楚眼前狀況嗎？

雅皺起眉頭，想了一下才回應道：「你可以稱我叫雅！但馬將軍，我想……」

話說一半，雅一股第六感陡生，立刻丟下一臉狐疑的馬天將，往後急跳。

沒有徵兆！一根巨大銅柱由天而降，將馬天將與戰馬直壓入地底！上方站著一個身穿戰甲、頭戴金箍的……猴子？這猴子高高站在金屬巨柱上看著雅，眼光冷漠，瞳仁中卻隱現熊熊火光，有如鑄鐵時之爐心烈焰。

雅心頭一跳：「高手！」

這猴神大吼一聲，登時殺氣籠罩大地！連雅都必須先往後退，以避其鋒。再度丟出「分身」符紋石頭並將之打碎，每顆碎片化成一個雅的身形，先指揮所有分身繞著對手，猶疑、擾亂視聽，之後再協同向猴神發動攻擊。

正要混在分身中發動攻擊，人影一閃，猴神竟已擋在眼前！雅立時知道，對方的眼睛和自己的神瞳類似，都能識破幻影。此刻面對面，雅發現對方在剛硬猴毛下方和臉上的肌膚處都是由硬石覆蓋，竟是有實體的石猴神！

「有實體的，不斷之冰都能刺穿！」

對手中寶劍有絕對信心，雅舞出劍花進攻，一招便籠罩敵人上半身要害，石猴神卻不慌不忙，反托出一條銅棍橫掃。長劍理應能快一步刺中，但這條銅棍招到半途，竟引發轟雷之響？

雅嚇了一跳：「這兵器極重！絕不能被打到！」

猛然收招，往後跳一步避開，但棍梢掃過時帶起的疾勁氣流卻像颶風，硬生生將雅由地上抽起，往橫跌去。百忙中一瞥眼，卻發現剛剛壓住馬天將的巨大銅柱已不見蹤影，心中一凜：「這棍子是剛剛銅柱濃縮而成？難怪這麼重！要是被打到就收攤了！」

忙趁著風勢一滾，拉開距離，天上卻又是一股黑影罩下，雅連忙翻滾得更遠，「轟」地一聲震動地面！只見一塊如山的萬斤巨岩差點壓到自己。抬頭一看，一名騎馬天將右手一揮，萬斤巨岩竟飛到他手上，縮成一座小假山。

兩面受敵，雅打起精神，翻身躍起應戰，但也不敢直接進攻，只採取遊鬥戰術。剛才放出的分身還沒收回，雖然知道對石猴神沒用，還是指揮分身左右穿插，偶爾襲擊天將，也達到拖延牽制的效果。

石猴神見狀哈哈一笑，拔下頭上猴毛，放在嘴中一吹，也化出數十個身形，類似猴神化身。雅這下子……簡直看傻了眼！

原來剛剛雅的分身術是以大語符紋發動自己所學的西洋白魔法，每個分身其實只是幻影。但這石猴神的分身卻明顯不是幻影，在雅的神瞳中看來，不但每個都具有實體，而且觀其動作就像是有自己的意識與智慧，竟能配合作戰。

一轉眼間，雅的分身消耗殆盡，自己也險象環生。即使是猴神化身也具有一定的攻擊力，各自揮舞銅棍作戰，一擊砸下也打得地面爆裂，雅唯有使出渾身解數，與之周旋。

抓到空檔打出一道符紋：

打中其中一隻猴神化身。

雖然將這化身打得軟倒，但只一下子就能爬起，繼續作戰。

雅想道：「符紋法術有用，但這猴子的承受力很強，如何是好？」

　　還未想到有效戰術，一股壓力鋪天蓋下，雅心知必是石猴神本尊出手，當下不敢硬接，只使靈動身法避開，眼前卻一片**疊疊棒影**，原來是猴神化身配合圍攻。前有追兵，後無退路！雅唯有一咬牙：「拼了！」

　　舉劍就要硬擋，同時也伸手入袋，握住另一顆符紋石頭：

將全身化為鎧甲，意圖以硬碰硬。

　　但雙方兵器未接，已壓得自己無法呼吸，勁風吹得「不斷之冰」也彎下腰去！理應化為鎧甲的身體竟出現金屬碎裂的可怕聲響！

　　雅心中叫苦……這下子……絕對挺不過去！

　　忽然天上一黑，原來是騎馬持山的天將又來搶功，假山瞬間成為真山壓下！這下子卻出現意想不到的變化，原本已將雅圍住的猴神化身立刻「呱」地怪叫，四處逃竄，連石猴神也放棄打倒雅的必勝一招，反而直棍挺住石山。機不可失！雅立刻著地打橫滾去。

　　險險躲過一劫！雅一起身，卻看到石猴神不但將石山打回，而且還揮舞銅棍與天將抗議，其他猴神化身卻縮在旁邊。

　　雅靈光一閃：「這猴神不知為何，很怕被石山壓到？而且分身有自己意識、和本尊不見得一致？」

　　雅猜對了！原來這石猴神過去曾經因為犯錯而被頂級神明壓在山下五百年，即使現在仍然有心理創傷存在。

　　發現一線勝跡，雅立刻一反剛剛的避戰態度，主動迎戰。

　　長劍直點，在面前的猴神化身身上畫出：

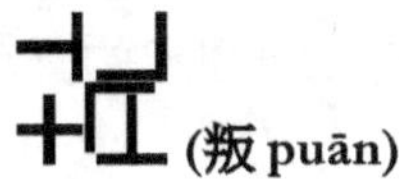

同時將一股反逆之意注入對手身上。

　　不一會兒，被注入「叛」意的猴神化身竟然拿起武器，與本尊打了起來。

看到奸計（？）成功，雅轉身遊走全場，手上長劍不停打出「叛」意，直到六六三十六隻化身全部反叛主人！打了石猴神一個錯手不及。

雅鼓起勇氣：「機會只有一次！」

身隨意動，挺劍混在猴神化身中，突襲本尊。

這小招數當然無法得逞，石猴神銅棍一掃，不但掃除眼前所有「叛將」，雅更感到一股海嘯般的威力夾著怒氣洶湧而來。

「就是要這個！」

雅抓住時機，先將一塊……不，半塊刻有符紋的小石頭拋向空中，幾在同時轉身屈膝，算準方向，趁著棍尾風勢將至，猛力一彈！人已借風力躍上半空，如箭般直衝向持假山騎馬的神將。

奇招突起！這神將下意識地將手中石山化成交戰以來最巨大的聳天巨崖大山擋道，正好截住雅的飛行路線！

雅心中叫好：「就是算準你只會用這招！」

眼看就要飛蛾撲火，笨鳥撞山！雅大喝一聲，教皇血竟抽離身上，只剩束帶圍繞腰部與肩膀，全部的布料在背上形成一對比身高還長的紅色巨大翅膀！少女嬌嫩身軀於是也展露無遺！

但走光實在不是雅所關心的事，紅翼微擺，全身已改變方向，貼著大山飛行，同時將另外半顆石頭……和剛剛丟在石猴神頭上的另一半加合起來，正是二道符紋：

(傳 thuân)　　**(送 sòng)**

一伸手，雅將這半顆石頭貼上大山，大喝一聲灌入意念。

大山憑空消失，竟被傳送到石猴神頭頂上！

石猴神大吃一驚！想防守卻被自己的反叛化身絆住，化身更被「叛意」迷惑，對危機毫無感應！

騎馬天將也大吃一驚！正想收回法力，但見紅影一閃，雅已衝到面前，「不斷之冰」直刺胸膛，再毫不猶豫點劃出符紋

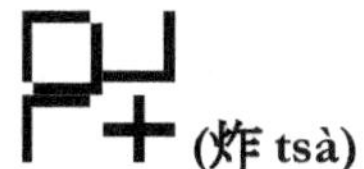

「乒乓」一聲倒不很響，卻讓憑空聚氣而成的神將被炸得粉碎！

同時間，大山重重壓下！一陣石爆碎裂巨響，一陣駭人天搖地動，一股塵土瀰漫飛揚。岩山壓頂必然有死無生，幸而古樹根仍支持不墜。鄭成功與楊祖、士兵們正從另一邊悄悄爬向中央古樹根，只被這股震動晃得差點掉下無底地洞。

塵埃落定，地震稍息，只見一金髮少女……嬌軀赤裸，手持長劍，身揹一對紅色鳥翼，翱翔於樹神山崁上空！

有如女神降臨！所有人都無法將眼光移開。

在這一刻……不分是敵是友，不管是神是魔，不論心中是邪念還是懼意，沒有人能忽視雅剛剛表現出的戰鬥天賦。

一舉殺敗眾多神將，雅飛上半空，環視戰況。

鐵刀苦行僧還在與眼前兩名神將放對，但佔盡上風、勝利只是時間問題。

卡悠卻是不知哪裡去了！但以這傢伙的本領，應該沒有問題（也懶得管他）。

阿德克故浪……糟糕！那邊不知如何了？

紅翼一展，雅立刻飛去支援！

戰群神　抗妖魔
章之二

　　當雅裸身展翼飛過上空時，連正在爬過樹根的鄭成功也無法將眼睛移開，好不容易回過神，一轉頭卻發現副將楊祖與一百精兵也是一樣張大了嘴，目送雅飛去，而且不少人眼中流露恐懼神色！

　　知道是剛才神、魔交戰的場面讓士兵退縮，鄭成功只有低聲喝道：

　　「所有人回神！聽好！我們雖是凡人，卻是奉玉帝的聖諭前去收服紅毛妖女。別忘了！我們不會法術，反而不會打草驚蛇。只要能小心貼近敵人，再發動法術奇襲！最後一定能勝利！」

　　楊祖與士兵們重新打起精神，一行人繼續小心前進。

　　阿德克故浪沒有魔法，理應無法面對神靈天將，因此雅在前去支援時一面有些擔心，一面也有些看好戲的心態。

　　但事實是……阿德克故浪又讓自己大吃一驚。

　　原來圍攻的是三女一男四個天將，但阿德克故浪指揮樹妖將巨樹神團團護住，自己用比猿猴還要靈活的武術……或者……應該說是舞術。

　　沒錯！此刻阿德克故浪在樹幹之間奔騰躍動，身形步法竟是暗合韻律，似與天地節拍脈動相符，配合閃電般的刀勢、一對山豬標繞身上下飛舞。

　　如果只是武術與舞蹈的結合，那還算平常，但這舞除了動作實在極快，更詭異的是在身旁隱隱浮現的小型黑色人影，竟是雅的法術「大語符紋」的力量泉源！在地海島的地靈……地基主！

　　雅忽然理解：「這是一種神靈舞！阿德克故浪在召喚神靈與他一同作戰！」

　　幾乎同一時間，原本圍攻阿德克故浪的三名女性天將大呼尖叫，接連逃出戰場，同時僅剩的男性天將與坐騎……也是唯一的一條龍同時怒吼，天將身上長出層層龍鱗，竟然與坐騎一起實體化？同一時間，周圍氣流急動，一股刀氣砍中天將的背部！接著……三……十……幾百？成千刀氣由四面八方攻擊。

　　阿德克故浪的速度與力量曾讓雅吃足苦頭，死也無法忘記，眼前更詭異的是攻擊方向多變，不像是由一人發出？

　　此刻雅從上方用神瞳仔細看去，刀氣與阿德克故浪的動作節奏確實一致，刀勁卻砍在數十尺外的對手背後？與敵人之間竟有無數絲線一般的通道，隨刀招一閃即滅，刀氣就隨著某一條絲線在敵人的後方爆出。

　　雅想到稍早阿德克故浪的話：「真正無敵的刀應該能隨著我的靈，落到任何我要它去的地方。」對照眼前狀況，心中抓到一絲頭緒：

　　「這刀舞招喚地基主，將刀勁透過異空間砍中敵人。雖然物理攻擊理應傷不了神靈，但是……嘿嘿……」

　　雅忽然不懷好意地露出有點邪惡的笑容，心想：

　　「不會受傷不代表沒有感覺。阿德克故浪的攻擊遍佈全身，對天將而言，比被螞蟻爬滿叮咬更不舒服，所以受不了而先退出的果然是……女的……哈哈！」

　　想到這裡，雅索性收起翅膀，回復成紅袍，一個翻身，在三位女性天將中間落下。原本已居於劣勢，三名女天將立時退開，與雅對峙……也可說是退縮一旁了。

　　只下剩一個敵人對陣阿德克故浪。這騎龍天將在自己與龍身上佈滿了龍鱗，不過一旦有實體可打，反而讓刀勁威力展露無遺。但見阿德克故浪以樹幹為掩護，無形刀勁連撞龍鱗「叮叮噹噹」亂響，節奏比驟雨襲屋還急。

　　騎龍天將大喝：「看你能打到什麼時候？就等你累死！」

　　隨即層層龍鱗豎起，坐騎的青龍也捲了身子，全力防衛，只等阿德克故浪刀勢一緩，就要出手反擊。

　　早有經驗的雅卻哈哈一笑：「老兄！我看你等無到了！」

　　果然刀氣與鱗甲碰撞聲越來越密集，最後竟分不出前後，一神一龍有如固定天上的巨大音叉，只聽得一陣尖銳的高音連綿不斷，雅也忍不住掩起耳朵，騎龍天將幾乎是被刀勁「鎖定」在半空中。不但如此，隨著刀擊越來越密集，音階也越來越尖銳，最後連鱗甲也不免出現裂痕。但也不愧是龍鱗，看來還需要再加一段時間努力，才會出現缺口。

　　雅忽然大喊：「阿德克故浪！停手！」

　　雖然不明所以，阿德克故浪還是先停手，但見敵人竟從半空摔落地上？仔細一看，雖然龍鱗還是撐住了攻擊，連續的高音震盪竟將天將和龍都震昏了。

雅心想：「上次就是被這樣的速度打敗的！面對面時，要如何追上這速度？似乎唯一的辦法就是搶先使出法術。」

這時上方黑影一閃，鐵刀苦行僧已解決對手，回到原來守備位置，剩下三名女天將面面相覷。這樣還要打下去嗎？

雅面露微笑道：「請將這傷兵帶回，再換人上吧。」

在另一側、鄭成功好不容易帶著副將楊祖與士兵到達大樹根台地，急忙拿出玉帝交付的黃紙符咒。這黃紙上的符咒形式是鄭成功在中原與東瀛都從沒見過的，引火燒化後，在手中揮舞，黃紙竟發出一陣陣低沉呻吟，就似有人在用假音說話，這語言也是鄭成功等人從未聽過的。

但聲音立刻引起雅的注意，不只是因為忽然另有敵人出現，這語言更是雅所熟悉的拉丁文 (Lingua Latīna) 系統的咒文！而且……

雅大喊：「國姓爺（鄭成功）你幹什麼！那是召喚惡魔，讓惡魔附身的咒文！」

鄭成功一聽也愣住，但黃紙已燒完，不論是好是壞，此刻已沒有回頭之路。雅立刻撲向鄭成功的方向，卻驟停在十步前，嚴陣以待，臉上更是一副驚懼的表情。

其實鄭成功心裡也升起一股寒意，雖然聽不到身後有任何異狀，但就像是災難前一秒無理由的預感一般，竟讓屢經戰亂生死關頭考驗的他也全身僵硬，難以動彈，直到身後開始傳來嗚咽的聲音。

鄭成功此刻已如驚弓之鳥！立刻向前一步，轉身抽出寶刀「虎葵紋鬼斬」應戰，眼前的景色卻嚇得他手腳發抖，差點連刀也握不住！

副將楊祖與一百精英士兵都站得直挺挺的。

但毫無例外，血管泛黑浮起，全身也出現一絲絲的黑氣以及起伏不定的小腫包，頭或是彎向左或是彎向右，在頭頸根部卻……似乎有另一個頭！另一個頭長著角，面目猙獰，正想鑽破皮膚出來！而眾人痛苦的表情卻顯示了這些人沒有失去意識，儘管痛楚與恐懼讓他們想要嚎叫呼救，張口卻只能發出微弱的呼救聲。

忽然，驚震四周！一名士兵終於發出慘叫！

一顆惡魔也似、面目猙獰的魔頭破皮而出，同一時間，這士兵的身形竟脹大近一倍，手腳四肢的表皮全破，露出長有鱗片的黑色四肢，同時背上戰甲彈開，伸出兩隻巨大翅膀。這怪物由這士兵體內成長，啃食血肉殆盡後，破皮而出！這一刻，士兵最後的哀號卻像是慶賀這惡魔出生的地獄樂曲一般！

鄭成功只覺得一陣暈眩腿軟，由於太過震撼，惡魔向著他走過來時竟然不知閃躲。

一道大語符紋從身後打得惡魔一陣浪嗆，同時雅急忙衝過來大叫：
「快退開！那是由地獄而來的純種地獄戰士！」

想衝過去掩護鄭成功，這惡魔吐出一口黑色瘴氣，腥臭難當之外，更似有生命一樣，循著弧線將雅圍住。正當雅想揮劍擋住時，環繞的瘴氣中間忽然急速湧出一股分流，猝不及防之下，噴中雅的左臉。

瘴氣酸性尤其強烈，只一瞬間，竟將雅的左頰腐蝕見骨！

即使雅再強悍，也只能在劇痛下掩面跪倒在地。地獄戰士張開翅膀撲了過去，五爪如鉤就要抓下，一股刀勁卻搶先一步砍中地獄戰士，原來是阿德克故浪發出隔空刀氣支援，但惡魔體膚堅硬可比龍鱗，阿德克故浪於是連刀急發，暫時擋住地獄戰士的攻擊。

此時忽然響起更多士兵的痛苦慘叫，立刻有十多隻變換完成的地獄戰士飛上半空，包圍鐵刀僧，另有十幾個地獄戰士直攻阿德克故浪藏身的樹陣，而原地還有過半的地獄戰士，只等過程結束，便要加入戰場。

鐵刀苦行僧鐵衣刀尖齊發，一刀一個沒有遺漏，但地獄戰士不像天兵天將立刻被吸乾，串在刀上還抓住刀子極力掙扎，與鐵刀僧角力。

阿德克故浪刀勁無法砍進魔體，面對眾多強敵，唯有再度利用樹妖掩護周旋，但對手力大無窮，不但摧毀樹幹，還不斷噴出毒氣。

沒有人伸手阻礙，剛剛的地獄戰士再度襲擊雅。

危機逼近！雅只能翻身避開！好不容易勉強站起……天啊！竟是半邊臉骨肉一片糜爛，一隻眼睛也幾乎由崩塌的眼眶中掉落，另一半臉還完好，但眼睛也是緊閉，看來視力短時間無法恢復。

　　鄭成功其實無意傷害雅，這一幕也對他極為震撼！眼見地獄戰士又是一爪直攻向雅，忍不住就要挺刀相助，耳邊卻傳來聲音：「王爺請別意氣用事！」

　　回頭一看，陳永華（真武帝君）已帶著一蛇一龜站在身後，笑嘻嘻地說道：「這妖女必定被降伏，王爺你就等著看吧。」

　　話才說完，聽到一聲慘叫！兩人一回頭，竟是地獄戰士痛苦而退！

　　但看雅的傷口雖然可佈，卻冒出陣陣白煙，似乎正在復原？雖然雅的身體還在微微顫抖，可知仍在強忍痛苦，卻已能擺出一戰架式。

　　地獄戰士剛剛似乎被刺穿腹部，但只一下便復原，再次發出怒吼利爪攻擊。雅卻是不知何時將長劍倒持？雙手在胸前環繞如抱圓球，雙眼仍是緊閉，看神態似乎是豎起耳朵，以聽力彌補。

　　地獄戰士利爪攻到時，雅竟雙手一舉，精確地搭在對手的前臂，同時放軟身形，意隨力轉，體隨敵動。惡魔一爪足以撕裂鋼鐵，雅現在卻有如軟綿綿的陀螺一樣，反而隨著無匹的力量繞到力量沒作用的空位。

　　不但如此，雅並沒有像陀螺一樣彈開，反而緊緊地黏在敵人身旁。每次對手攻擊，雅都先一步轉到空位，同時巧妙地利用自己的重量將惡魔拉得東倒西歪。抓到一個空檔，雅的反手劍竟刺傷地獄戰士的膝蓋。一不離二，再一劍刺入胸口，但畢竟是純種的地獄戰士，雖然痛苦，卻沒倒下，猛然噴出毒氣奇襲，雅卻搶先一步將敵人推得失去重心，毒氣失去準頭，還差點跌了出去。

　　所有人都驚訝於這女子竟然還能支撐，但最震撼的……是他……

　　鄭成功：「這招式雖然有很多問題，但分明是武當派真傳『雲手』的變形！難道有武當高手在教授雅武術奧義？到底是怎麼回事？」

　　其實鄭成功猜對了……也猜錯了。雅只看過一次武當真傳高手的示範，就是鄭成功對戰熊之力神，在完全沒有任何教授的情況下，雅竟憑著自己的天才與深厚的摔角搏擊訓練基礎，在生死關頭做到這一地步。如果得知雅只由自己的展示學到這些，不知鄭成功會有何想法？

　　眼前這「自學抄襲」的技巧竟讓來自地獄的魔鬼也感到棘手。地獄戰士的力量足以撕碎鎧甲，毒氣更可煮鐵融金，現在卻越是用力攻擊，反而越是被雅牽引得不能控制，還不斷地被冷劍刺傷。

　　旁觀者清，鄭成功心想：「這女子招式很有問題與破綻，但的確暗合『亂環訣』的要旨，等這惡魔陷入環中，就無法再逃脫了。」

　　果然，明明雅沒有用多大力量，但地獄戰士就是無法掙脫，無法攻擊，無法靜止不動，無法不跟著一雙纖纖玉手轉動！

　　兇狠的鬥氣也轉為一股恐懼，猛然張開翅膀，想要飛天逃走，卻又被搶先一步拉著，不由自主地以雅為中心打橫旋轉，剛好另外兩個地獄戰士想上前幫忙，還差點被撞到。

　　轉了七、八圈後，地獄戰士被重重摔在地上，還沒來得及慶幸脫離掌握，竟發現雅站在眼前，可看到傷勢已經全部痊癒，歪著嘴的表情似笑非笑，一雙通滿怒氣的青色眼睛卻瞪著自己！

　　雅：「你……！」

　　哇！現在……雅的表情與聲音比惡魔還像是來自地獄的使者！

　　雅：「好……！膽……！竟敢對女孩子的臉下手！」

　　地獄戰士的皮和龍鱗差不多硬，阿德克故浪即使快刀亂斬也無法傷及對手。現在敵人由四面八方而來，只好仗著身法之快，並指揮樹妖揮動枝幹，偕同應敵。

　　忽然上方樹枝被一股怪力一掃而斷！兩個地獄戰士張牙舞爪攻下！阿德克故浪山豬標急砍，此時不求最高速度，而是全力砍下，兩記重刀將地獄騎士「打」得嵌入樹幹，但敵人隨即爬起，明顯沒有受到傷害。

　　才重整陣勢，右邊一股腥臭湧至，阿德克故浪連忙矮身避開，後方又是一個惡魔意圖夾擊。苦於無法傷害對手，阿德克故浪一面用大刀掃開敵人，一面用可比猿猴的快絕身法在敵人與樹幹之間穿梭。

　　前方又出現一個地獄戰士擋住去路！

　　阿德克故浪正準備攻擊時，一道符紋

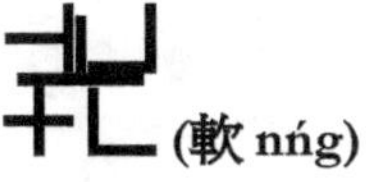

（軟 nńg）

　　符紋之力讓地獄戰士一陣腿軟，正是雅趕來救援。趁此機會快劍如雨點連刺，立刻將這地獄戰士刺成蜂窩一樣。雅大叫一聲：「這群傢伙打不死！小心一點！」

　　阿德克故浪一直留意周圍戰局，問道：「剛剛妳對付的傢伙呢？」

　　雅露出嫌惡的表情回答：「花了好大力量，都把他打成『曾經是地獄戰士』的爛泥了，但等一下就會回復原狀！真的是麻煩透頂！」

　　說話間，兩人也在樹幹間飛竄躲避攻擊。如同雅所說，即使剛剛被刺得千瘡百孔，那地獄戰士還是回復過來，繼續攻擊。

　　阿德克故浪：「有個想法，我們合作一下。」

　　雅：「那我要如何配合？」

　　阿德克故浪：「要先放空妳的腦袋才行！」

　　雅：「咦？」

神魔大戰終究一場空
章之一

在上方的雲層中，玉帝又是一副慵懶模樣，躺在長椅上一邊品嚐美酒，一邊笑道：

「這西洋惡魔還滿厲害的，但也就這樣而已，哪比得上我們的五千年文化博大精深……」

語音未畢，奇變突生！一片魚網罩下，竟神奇地避過宮女，只捲住玉帝。在一陣宮女驚慌失措的尖叫之後，只剩一名洋人青年與趕來護衛的天兵天將對峙。

來人正是卡悠。

只見他一手持網繩緊緊綑住天帝，一手短劍便抵著人質要害，一開口語調倒是平和，音調卻有如低沉雷鳴，震憾得眾神耳朵嗡嗡作響！更奇的是說的是西洋語言、眾神腦中卻自動浮現其意：

「立刻命令前方的士兵與惡魔退後！不然我一劍刺死你們主人！」

好傢伙！原來卡悠認清敵眾我寡，於是在擊敗天將後就悄悄隱身，潛行到玉帝身旁，實行擒賊先擒王的戰術，果然一舉成功。

眼見護衛的天兵天將投鼠忌器，不敢動彈，卡悠對玉帝說道：「這地獄戰士不是你指揮的吧？叫你的士兵去阻止他們！」

一面對玉帝下令，卡悠一面保持警戒。能驅使地獄戰士的只有最頂級的惡魔，能數得出來的都不好打，而且應該就躲在附近！但忽然間，手上的神網出現極不尋常的靈力波動！

「朕！……乃是天地共主……！」

「朕！……乃是五行之王……！」

說話之間，神網竟無故膨脹，仔細一看，竟是玉帝施展魔法，生成一顆大土球包圍身體，隔開自己與海神漁網（土剋水？），同時一些幼細但五彩繽紛的藤蔓卻突破網眼，向卡悠蔓延而來（水生木？）！

只聽得玉帝充滿怒氣的聲音：「天子之怒，伏屍百萬，流血千里！區區蠻夷神祇！竟敢騎在朕的頭上！」

土球隨著魔力全面爆發，撐破魚網！同時，原本在漁網上蔓延的五彩藤蔓也纏在卡悠手上，讓他立時覺得一陣劇痛，膀臂也腫脹烏紫，藤蔓明顯帶著劇毒。還沒反應過來，藤蔓忽然生出熊熊烈火包圍卡悠（木生火？），爆破的土球憑空聚集，生成一隻四翼金鐵巨龍（土生金？），趁卡悠中毒，金鐵巨龍張牙舞爪，要了結對手。

卻看到卡悠身上籠罩一片白霧似的能量，霧氣聚成形體，生成一對巨大的白鷺鷥般鳥羽，霧氣也沿著手上短刃生長而成為一柄五尺靈光長劍。忽然……整團霧氣似被點燃，燒出白色光芒，不但逼開纏身火焰，手上劇毒盡卻，長劍羽翼也成為近乎物質般實體的存在。

卡悠揮動靈光劍橫劈，一劍便幾乎砍斷金鐵巨龍。眼看金鐵巨龍痛擊而退，玉帝笑道：「果然有兩下子！但五行相生，生生不息，看你支撐到何時？」

話才說完，剛剛被靈氣逼散的火焰忽然熄滅成為一堆灰燼，灰燼卻聚成一個帶刀土人偶，飄在半空，向卡悠襲來（火生土？），金鐵巨龍也無故融成水銀般，不一會兒竟化成帶有雙翼的水銀巨蟒，對卡悠展開攻擊（金生水？）。

卡悠也不示弱，舉劍殺上，雙方一時之間你來我往，毫不退讓。

不讓樹妖擔任攻擊任務是阿德克故浪的主意。能力不強的樹妖如果被敵人當成目標攻擊，很快就會被殲滅，但如果假裝無害而被忽視，反而可以暗中掩護。

現在狀況就是如此，地獄戰士沒想到眼前的樹林其實是樹妖結成，只顧著在林中穿梭，追捕眼前的敵人。樹妖組成的樹林陣中飄出陣陣霞霧，雖然還不至於讓人完全迷失方向，卻隱去雅和阿德克故浪的氣息，再加上樹妖巧妙的移位，反而讓地獄戰士們失去方向感，身陷迷宮。

現在這兩個地獄戰士就只專注於搜尋敵人，沒發現已與同伴走散，陷入陷阱卻不自知。只聽得頭上樹枝騷動，阿德克故浪竟將一隻山豬標傍在背後、另一手「攬」著雅進行突襲。

其中一個地獄戰士重施故技，吐出毒煙，但毒煙沒有堅實形體，在快刀連砍之下立刻四散湮滅。得勢不饒人，阿德克故浪立刻將山豬標施展開來，雖然無法砍傷地獄戰士，猶如狂風暴雨的刀勢卻讓敵人無法動彈。看準機會，阿德克故浪的刀尖刺中敵人嘴唇一攪，趁地獄戰士不由得張大嘴時，將手裡的雅往前一送！

大喝一聲：「去！」

雅「不斷之冰」趁勢不偏不倚插入敵人口中，劍尖直穿咽喉，灌入體內。一道符紋：

$$\text{(爆 pok)}$$

力量之大竟是前所未見，當場將地獄戰士炸得粉碎。奇襲成功！雅也不由得高聲歡呼。

原來阿德克故浪深知雅有意念不集中的問題，於是要求雅不要思考戰術配合與周遭環境等問題，只專注於用刺擊打出符紋。商議後，索性一手抓著雅，自己一手包辦所有攻擊防禦、製造時機的責任。雅心無旁鶩，專注一致，這道符紋果然威力突破以往，再加上爆發位置關鍵，竟連不死的地獄戰士也被爆成碎片！

眼看同伴下場，另一地獄戰士卻毫不退縮，狂舞雙爪強攻，同時高聲怪叫，想引來同伴。

快刀一閃砍在腳上，對手失去平衡，同時竟被阿德克故浪一連串刀招「鎖」在半空。其中又是一招切入嘴邊，刀尖一攪，連下巴都幾乎脫臼，更別說閉嘴了。

雅這時腦中沒有雜念，不求花巧，依樣一刺到底，一招爆裂符紋，第二個地獄戰士也不例外，被炸得屍骨無存。

在雲端陰暗處，神秘客眼觀八方，一面注意著卡悠與玉帝的戰鬥，一面已感應地獄戰士的死亡。

同伴的死卻讓他生出一陣冷笑：「傻瓜！你們這是自找死路！」

「傻瓜！你們在幹什麼！」

剛剛取得勝利的兩人往聲音來源一看，原來出聲示警的是半空的鐵刀苦行僧。此刻他周身鐵衣尖刀分岔再分岔，每一個刀尖都刺著一個地獄戰士，但也是如此而已。地獄戰士生命力極為悍勇，即使被鐵刀穿體也還拼命掙扎，鐵刀僧也沒有更進一步動作。

雅心中一動：「鐵刀苦行僧分明有能力將這群惡魔碎屍萬段！為什麼不做？」

眼見伙伴也是面色凝重，也是想到了同一個問題。

此刻身後出現了不尋常的氣氛，一轉頭，卻發現剛剛被炸得粉碎的地獄戰士碎片全化了黑煙，又聚積成兩個人形，但……散發的邪氣瀰漫整個樹林，令人不禁冷汗直流。眼前未成形的妖氣已不下於剛剛的石猴神，卻還在成長！

鐵刀苦行僧：「地獄戰士幾乎打不死！但如果陣亡，則會就地重生為更強的戰士。九次重生，力量就堪比頂級神魔！」

雅：「現在你才說！」

抱怨無濟於事，眼前的壓力已讓雅無法忍受，趁邪氣還未成形，快劍連刺！再加上符紋：

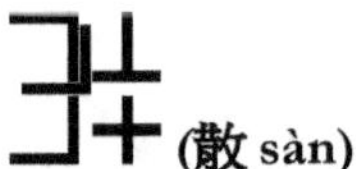

沒用！補上一招

想要吹散或是燒掉黑煙。但黑氣如有生命，不但飄忽靈動，避開攻擊，而且質地膠稠，符紋火燒作用不大。

「雅小姐！用這個！」

阿德克故浪將背上酒葫蘆解下，拋向兩股邪氣之間。兩人一同作戰至此，已極具默契。

雅長劍疾伸，第一時間在酒葫蘆上畫下符紋：

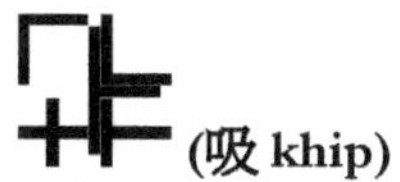

這葫蘆口立時生出一股吸力，吞天吞地般將四周空氣、雜物與兩股妖氣同時吸入。吸力不止、卻連雅也被氣流牽引向前？

阿德克故浪手一揮，將一個軟木塞向雅擲去，大喊：「接著！」

雅卻看也不看，長劍圈轉，竟將軟木塞拍向酒葫蘆，不偏不倚堵上葫蘆口，立刻再加上一符紋

但馬上就發現情況不對！

葫蘆內的魔力波動在這一刻竟如火山爆發，連自己的符紋都幾乎被彈開，還待再加碼封印，阿德克故浪卻一把拉起雅，叫道：「走了！」

抬頭一看，四周已出現增援的地獄戰士！但是不知為何？這些地獄戰士卻表現出恐懼的模樣。忽然一聲巨響，酒葫蘆爆破出現兩條身影，其中之一猶如鬼魅，竟先一步攔住兩人去路！

攔住去路的重生地獄騎士竟然枯瘦如柴？背後卻詭異地長出二組四隻翅膀，交互拍動，讓身形浮在半空。

後方的一個卻是結實又圓滑，就像是又矮又胖又駝背，還穿著全身鎧甲一般。

鐵刀苦行僧：「小心！地獄戰士每重生一次，都會針對被打敗的弱點強化！」

又是晚說的警告，現在雅卻連抱怨都說不出口了。

不但對手邪氣滔天，令自己冷汗直流，而且這場景……這狀況……

雅：「阿德克故浪！」

阿德克故浪一面保持警戒，一面苦笑道：「現在真的不太妙啊！」

雅：「記得我說過，曾用預知能力看到你投降嗎？」

阿德克故浪：「現在不是說這件事的時候吧！」

話才說完、阿德克故浪才想到這段對話的關鍵與雅所說的涵義，不由得轉頭瞪著同伴。

實在沒時間細想！

隨著地獄戰士特有的利爪攻到，雅和阿德克故浪才聽到對手準備進攻的尖叫？時間敘述上沒錯！這四隻翅膀的惡魔進攻的速度竟追上自己發出的聲音！雅一時之間無法反應，幸而阿德克故浪快刀連續格擋，在雅能反應而避開的這一瞬間，竟是連擋二十九記攻擊。

但持續到此刻的戰術已經行不通了，阿德克故浪唯有抽出山豬標雙刀應戰。兩強交手，快絕無倫，只見兩條灰影交錯盤旋，聽得一團風呼呼輪轉，雅只能在一旁掠陣，無法插手。

這時另一個全身鎧甲的地獄戰士一拳攻來，力道強橫，連雅都必須先避其鋒，但可能是笨重的防具影響到速度，這戰士的攻擊雖也不慢，但別說那四隻翅膀的同伴了，比之前初生的地獄戰士也不及。

雅爆喝一聲：「有實體的！都擋不住我的劍！」

沒有花巧！手中長劍「不斷之冰」直線刺敵人胸腔，擷取之前經驗打出符紋：

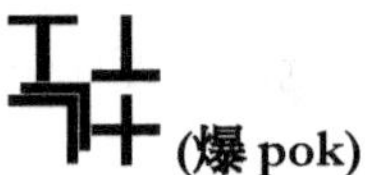

集中精神的攻擊果然將地獄戰士鎧甲炸得裂開一個口。

但裡面的肌肉卻像血管或神經一樣呈現網狀交織的結構，而且很有彈性，吸收了爆炸威力，驚訝中抽劍而退，外殼竟也緩緩復原。這結構有如昆蟲的外骨骼，內部構造也能承受一定的物理攻擊。

這下子完全不知道要如何下手。眼見對手又靠近過來，雅只有先後退一途。回頭一看，阿德克故浪還在和那四個翅膀的「鬥快」！雖然不落下風，卻苦於無法傷害對手。心念一動，大喊：「阿德克故浪！用刀子接下我的符紋！」

手上立刻連點二道符紋：

巧 (堅 kian) 粃 (利 lāi)

　　兩道符紋連打兩次，阿德克故浪也很有默契地讓一對山豬標各自接下符紋。剛好地獄戰士攻到，此刻大刀一揮，原本不太鋒利的山豬標竟成了削鐵如泥的利器，立時將四隻翅膀全砍下來，刀鋒一迴，又將雙腳砍斷。

　　重創敵人，又不至於引發對手進化，雅和阿德克故浪轉身就逃，擺脫對手糾纏。那鎧甲一般的兩個重生地獄戰士速度追不上來，兩個初生的地獄戰士卻攔住去路，阿德克故浪快刀不客氣，立時又多了兩個沒有翅膀和雙腳的惡魔趴在地上。

　　眼看再一步逃到樹林中就能隱藏蹤跡，一名身著漢人服飾、以黑布蒙面的男子卻忽然出現，擋在眼前。

　　就在兩人急忙停步時，這蒙面人揭開黑布一角。這舉動……應該是可以看到對方的眼睛吧？雅卻只看到一片黑暗！腳下也踩不到實地，竟是正由半空墜落！在下方很遠很遠的地面，竟是一片岩漿！而且正有無數怪蟲正隨著岩漿的熱氣往自己的方向飛來。

神魔大戰終究一場空
章之二

　　即使想防衛或反擊，身處的空間卻詭異無端，不但法術盡失，全身無力，精神更是無法把持正常，心中不由得被恐懼與死亡的意念掩蓋。

　　此時雅不由得就像頻死之人一樣，閃過一生的記憶。

　　雖然沒有太多出生時的記憶，雅的眼睛卻在一出生就擁有神力，在無法控制的狀況下讓人看到自己的未來，不論好壞，甚至看到死期。於是在襁褓中就被就被送到修道院內，對於親生父母幾乎沒有記憶。修道院的修士讓雅纏上緞帶遮眼，只有自己一人在房間時才准她拿下。直到三歲時，被范無如區和一群預言者找到，告知自己是「上帝的先知」，並將自己帶離修道院。

　　雖然知道一直稱為「父親」的范無如區之所以養育自己，是為了執行封印萬魔之首的任務，但對於「父親」給予自己的恩情溫暖，卻是毫無懷疑。記得范無如區曾說過：「妳的眼睛，妳的『神之眼』，就像最珍貴的翡翠綠玉一樣漂亮。我給妳取『Yarkona』這個名字，是古老希伯來語言中『綠色』與『生命』之意。就像妳眼睛的顏色，這是上帝賜給妳的天賦，讓妳可以看到未來，看穿邪惡，甚至可以賦予生命。那是上帝賜給妳的力量……」

　　「那是上帝賜給的力量……」

　　雅此刻喃喃自語，在怪蟲將要咬到時，雙眼竟散發出一股綠光。光芒雖不明亮，但似乎能穿透一切，而且連身前四周的空間都在被照亮之後產生些許的扭曲，怪蟲因此而無法飛到自己身上。

　　只一會兒、空間扭曲更是強烈，直到出現斷裂的聲音。一瞬間，雅發現阿德克故浪和自己都還在原地，只是阿德克故浪痛苦不堪，半跪在地，而且身上有無數小洞，雅明白那是被怪蟲咬的。如果剛剛沒有破解對方的法術，狀況還會更糟。

　　立刻取出隨身的聖水讓阿德克故浪喝下，但和之前的蛇毒不同，似乎只能稍微緩和症狀，肌肉下竟似有無數小蟲鑽蝕。阿德克故浪滿身冷汗，不但爬不起來，更像隨時都會痛昏過去。

四周逐漸出現敵人包圍，眼前的蒙面漢人卻沒有再進一步動作，只在一旁笑著說：「果然是上帝所賜的眼睛！果然是先知的眼睛！」

阿德克故浪只能勉強支撐。後方又傳來聲音，竟是熟人。

鄭成功：「番王阿德克故浪！你已被本王的仙法制住！而且你的族人都已投降，被本王大軍生擒！」

這句話讓阿德克故浪和雅不由得轉頭，只見陳永華（真武帝君）一揚手，一股光芒在半空印出影像，果然看到部族戰士與老弱婦孺已被鄭成功的軍隊團團圍住，幸好沒看到依書等人。

鄭成功：「你已沒有其他的路好走！如果不投降，不但自身難保，而且還會連累全族。阿德克故浪！本王現在寬宏大量！只需棄械投降，本王絕對以德報怨……」

雅：「你混蛋！犧牲自己的部屬召喚惡魔，還敢說得那麼響亮？」

一句話讓鄭成功無法反駁。雖說漢人倫理是「君要臣死，臣不敢不死」，但這樣讓士兵無故成為惡魔的糧食，用哪種道德標準都過不去。

雅將眼前情景與之前預知所見對照，轉頭對阿德克故浪說道：「阿德克故浪！這的確是我之前預知所見的影像。我有看到你投降後，應能保護全族安全，絕不是因為被人打敗或是懦弱。絕對沒人懷疑你身為戰士的勇氣與力量，只是上天決定的命運，世人無法違背。你就服從命運吧。」

阿德克故浪發出野獸般的低吼，但就是無法起身。雅看他這樣，說道：「服從命運吧！只有這樣才能救你和你的族人！別做傻瓜勇士！」

雅說話時有些感傷，范無如區也是如此服從命運安排。那自己呢？

阿德克故浪也問：「那雅小姐妳呢？」

雅抬頭大喝一聲：「你阿姐我還沒打夠！有本事就來啊！」

語音未畢，人已如箭般射出，目標竟是那位神秘的蒙面漢人？只可惜人還未衝到，三隻地獄戰士已攔截去路。

此時拼盡全力，方有一線生機，雅一劍分花，直刺三惡魔眉心。雖然這樣無法專心一意使出最大威力符紋，但還是讓三個惡魔吃痛掩面而退。前方又是兩隻地獄戰士利爪攻到，後方也有兩個噴出毒氣助攻。

雅一口氣將兩道符紋劃在空中：

立時捲起一陣龍捲風，吹散毒氣，打亂了敵人攻勢，卻還不足以讓對方受傷。雅趁機將聖水往空中一灑，一道符紋劃出：

在身周無故下起大雨，而且點點滴滴都是聖水，惡魔肌膚一沾到聖水就冒煙腐蝕，雖然痛苦，卻並沒有倒下。

把握這難得的空隙，雅急速穿越敵陣就逃……咦？不對！目標還是那蒙面漢人？原來雅心知逃走機會渺茫，竟是不顧一切也要先挑戰這眼前最強敵人！蒙面漢人卻雙手一合，引出一個比人還大的黑色雷球。

雅一見不對勁，忙腳步一錯，只想避開，但肩膀一緊，登時被一地獄戰士抓住。

半空的鐵刀苦行僧見狀，忙猛力甩脫「串」在鐵衣刀尖上的敵人，想過來救援，眾多地獄戰士卻緊緊抓住鐵刀不放，讓他動彈不得。

卡悠在半空和玉帝打得難解難分，眼見雅陷入危機，連忙抽身飛去相助，後方玉帝卻生出無數獨角火蛇攻至！卡悠無奈，只有回身防禦。

玉帝哈哈大笑：「想走！我也還沒打完呢！」

眼看就要被黑色雷球擊中，雅心知自己有不死之身，但被抓住應該是免不了。既然無法反抗，只有緊閉眼睛：「希望不要太痛！」

轟然爆響！沒覺得疼痛，但感到一股強烈能量在自己四周流竄。睜眼一看，一個壯碩的戰士張開雙手用堅實背部替雅擋下了這驚天一擊。由阿德克故浪微笑的嘴角吐出的，有一口鮮血，還有一句話：「我是勇士，也是傻瓜！」

　　挨了黑色閃電也有好處！原本鑽入阿德克故浪肉中的怪蟲似乎也全爆了，蟲汁卻有很大毒性，傷口周遭立刻腐爛見骨，但即使痛極，仍是一刀快斬，讓雅身後的地獄戰士掉了頭。

　　雅此時先不去管敵人，連忙搶上，以僅剩的聖水替阿德克故浪清洗傷口，心中更是七上八下。違逆上帝所決定的命運之人，往往沒有什麼好下場。現在阿德克故浪逆天不降，接下來要怎麼走！

　　這時地獄戰士正要衝上來，卻被鐵刀僧從天而降的刀尖定在地上。現在鐵刀苦行僧竟已將鐵衣延伸成數百尺長，有如巨蟒般的一整條，上面的分岔尖刺至少串了七、八十個地獄戰士。

　　但忽然數道黑色閃電，竟不瞄準鐵刀僧，而是將地獄戰士打得灰飛煙滅。黑氣立刻凝聚重生，成為更大的威脅，鐵刀僧也只有手忙腳亂地一邊牽制地獄戰士，一邊還要幫他們擋住來自主人的攻擊。

　　整個樹神山崁大氣此時出現不尋常的震動。終於，巨樹神四周霞氣開始聚積，在接近樹頂處一顆毬果生出異光。還傳出類似心臟鼓動的低音。

　　「烏山柴！是烏山柴！」

　　阿德克故浪大喊：「這是本族聖物！惡魔休想染指！」

　　心知這是勝負關鍵時刻！不顧傷痛，起身就往巨樹神撲去。

　　天上玉帝見到這景像也拋下對手，高興大叫：「烏山柴！烏山柴！我的萬年神廟有底了！」

　　還沒高興完，後方卻是白光大盛！卡悠被玉帝糾纏多時，決定拿出所有實力拼個明白，此刻身後靈氣組成六隻白色實質羽翼！身形脹大一倍，手中長劍一條條白色電漿環繞，漁網受到靈力支援，竟化為層層雲海。

　　卡悠：「剛剛不讓我走！現在你也走不了！」

　　敵人威脅鋪天蓋地，即使強如玉帝，也只有先求自保，無法兼顧巨樹神。

　　天上兩大神靈交拼，震動天際，讓亂局更添紛亂。

　　雅眼見阿德克故浪奮不顧身，急得跟在後方支援，身旁卻是黑色閃電大作！一回頭，蒙面漢人雙爪夾雜黑雷，已殺到身後五尺！

蒙面漢人：「他要烏山柴！我要找妳！惡魔的獄卒！」

雅回劍欲擋，卻被電流影響得抬不起手來。雙方功力差距不可以道里計！情勢危急，一把冒著黑氣的尖刀插入兩人中間，原來是鐵刀僧阻擋這蒙面怪客，雅立時抽身，跟上阿德克故浪支援。

逃離現場時往上方一看，鐵刀苦行僧再不理會後果，直接吸蝕串在刀尖上的地獄戰士，不一會兒便把敵人吸得血肉乾枯，灰飛煙滅。這雖然讓自己獲得戰鬥的額外能量，卻也促成敵人的進化，一刀兩面，絕非長久之計，但化成的黑氣噁心至極，劇毒無比，連蒙面漢人也必須抽身而退。

此時樹妖們已揭去樹林的偽裝，團團護住巨樹神，地獄戰士也發現這並不是一般的森林了，紛紛伸出利爪攻擊，但樹妖們即使被敵人撕裂也毫不退縮。全身是傷的阿德克故浪躍上樹頂，神威稟稟！雙刀一舉，大喊一聲：「森林的同伴啊，請與我一同打這最後一戰！」

不畏邪惡，一刀橫劈而出！第一個受害的……竟是她？

雅只感到一陣腿軟，幾乎無法站立，原來之前劃在一對山豬標上的符紋

此刻竟以破記錄的速度抽取靈力！

雅的絕招「大語符紋」原本可利用地基主的地靈之力，應該是源源不絕，取之不盡，此時因為消耗太快，竟發生補充不及的狀況。雅心知自己是因為符紋的副作用被牽連了……

消耗大，作用也明顯！

此時的山豬標卻可比擬絕世寶刀！每一招都將地獄戰士一刀兩斷，而且和之前對決天將時一樣：刀招前砍，刀氣卻由敵人後方劈下；一刀橫劈，刀氣卻由敵人下方憑空往上直噴。刀氣方向隨著地靈「地基主」所做的異空間通道出擊，全無規則可循，敵人更在快刀之下碎屍萬段，只剩一團黑氣重生。原本將地獄戰士手腳砍斷，趁復原時可爭取時間，

但明知現在作法會越來越難打，阿德克故浪也不管了。

這蒙面漢人共召喚出一百零一個地獄戰士，此刻有八成以上因為阿德克故浪與鐵刀苦行僧的攻擊，傷重不治而進入重生，其餘的也或多或少挨了幾刀。

只見巨樹神已將所有霞氣灌入毬果中，果實變成有如拳頭般大小，外殼根根絨毛豎起，幾道電流在其中亂閃，還散發出淡淡雲氣環繞。終於巨樹神所有樹幹猛然伸張，毬果外殼忽然爆開，一團黑氣凝聚成球，而巨樹神的霞氣保護著黑氣，在外圍形成一層如氣泡般的保護殼。

雅嚇了一跳：「這是烏山柴？基本上是精靈元神或是濃縮的靈體一類的！」

眼看烏山柴「誕生」，阿德克故浪急忙躍起要接下烏山柴，但……巨樹神竟揮動樹幹阻擋！這下子也出乎阿德克故浪的意料之外，急道：「老友！是我啊！」

還未有回應，另一條身影出現眼前，竟是鐵刀苦行僧！只見此人抓住時機，輕輕巧巧便將烏山柴納入懷中。一時之間，雅和阿德克故浪都愣住了，難道是螳螂捕蟬，黃雀在後？

變化一波接著一波，阿德克故浪還沒反應過來，背後勁風陡生，心知有人偷襲，本能地反身回刀便砍，卻看到一張充滿痛苦、恐懼與絕望的臉孔！天啊……是鄭成功欽點的副將楊祖！此刻正朝著阿德克故浪大叫：「救救我！」

這是來自靈魂深處超過十級痛苦的感染力。阿德克故浪也不禁一瞬間全身僵硬。就在這千鈞一髮之際，一隻利爪已抓入阿德克故浪胸膛。驚駭之餘仔細一看，眼前楊祖的頭竟轉過一百八十度，成為地獄戰士的臉。

原來這地獄戰士重生時思考要如何戰勝敵人，答案就是將之前「借體誕生」的犧牲品、也就是副將楊祖再拿來惑人心神，掩人耳目。此時奸計得手，地獄戰士立刻回復原形，就要乘勝追擊，了結對手！

一道符紋：

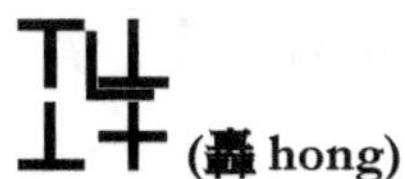

卻重重打中臉頰，立刻將這地獄戰士遠遠轟飛。

原來阿德克故浪一受傷，雅的靈力流通立刻恢復正常，於是急忙趕來救命。還沒來得及檢查傷勢，巨樹神霞氣忽然發出戰鼓一樣的低音頻率。

這低音散佈極廣，極沉，極重！而且整個樹神山崁竟也隨著頻率而震動。不一會兒，振動頻率越來越大、竟形成席捲整個空間的大地震！地震越來越劇烈！大地出現崩裂，河水洩入裂縫，連大氣都因劇烈震動而出現旋風與電漿。

雅大吃一驚：「巨樹神要毀滅樹神山崁！」

剛剛一擊傷及心脈、阿德克故浪痛苦得無法回話，只有點頭答應。

雪上加霜的是，半空忽然出現一顆巨大的白色光球，竟然是卡悠凝聚而成，另一邊卻是玉帝凝聚了一顆不相上下的巨大火球與之對抗。與玉帝的幟烈火球形成強烈對比，卡悠的白色光球就像貞潔無瑕的神聖之感，雅卻驚呼起來：

「Divine retribution！是天譴！卡悠你瘋了嗎？那會殺死所有人！」

神魔大戰終究一場空
章之三

即使雅提醒，在半空的兩人也無法回頭罷手了。火球與光球接觸之處的爆裂作用越來越劇烈，隨時可能爆開！

陳永華（真武帝君）忙雙手結印，念念有詞，剛剛印在半空的鄒族人質影像竟然越來越清晰，最後半空有如瓷器般逐漸碎裂，出現了一個通道，另一邊正是俘虜鄒族老少的鄭成功軍隊。眾多士兵看到半空出現一個破洞，另一邊竟有如白晝，也不禁大為吃驚！

陳永華一拉鄭成功，就往通道逃去。雅心知這可能是最後逃脫的機會，忙拉起阿德克故浪：「走！再不走就來不及了！」

兩人三步併兩步，眼看就要追上鄭成功與陳永華，陳永華見狀忙劍指一指，龜、蛇兩大神獸立刻阻攔敵人。在這樹神山崁內仙氣充盈，兩大護法神獸因此能實體化。此刻分秒必爭，雅的頭腦動得特別快。

一道符紋：

(結 kiat)

直打向蛇神獸。再一道符紋：

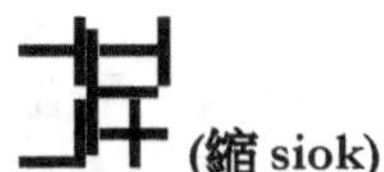

(縮 siok)

打中龜神獸。

毫無理由，蛇神獸竟然自己莫名其妙地打了一個死結，龜神獸則忽然心生懼意，當場做了縮頭烏龜。

解決兩個障礙，兩人正要衝的時候，前方卻出現一團紅霧，一瞬間不但籠罩兩隻神獸，還將神獸徹底腐蝕殆盡，雅和阿德克故浪也不得不緩，卻是陳永華放出毒霧阻敵。眼看鄭成功與陳永華二人已跨過通道，而且洞口正慢慢關起。

雅正想追上，剛才的地獄戰士又殺過來，而且竟然讓楊祖的頭浮現在背上。看來這惡魔能像黏土一樣塑自己想要的形像，這楊祖「頭」竟然還有意識般瘋狂慘叫。雅壓下恐懼，一道符紋：

囧 (讓 jiōng)

只求這惡魔先讓一步，己方兩人好逃出生天。

這地獄戰士莫名其妙橫跨一步，連他自己都不由得呆掉了。

就在雅距離逃出生天只剩一步之時，蒙面漢人竟已欺到身後，一股黑色閃電竟將兩人綁住！這下子兩人被黑閃電擊得痛苦不堪，無法反擊或掙脫。

只差一步，就是無法跨出！

蒙面漢人終於得手，正要歡呼時，旁邊一具黑色身影出現，鐵刀苦行僧竟搶到身旁。敵人在自己的攻擊範圍內，蒙面漢人不禁大喜過望：「地獄無門你闖進來！受死吧！」

蒙面漢人眼珠發出異光，剛開始讓雅與阿德克故浪吃虧的詭異瞳術「異界忽魔眼」再次爆發，一旦與對方的眼神接觸，就能將對手送入異空間，魔蟲將啃食靈魂後半實體化，最後敵人將被吃到連骨頭都不剩。

然而這次與鐵刀僧在面罩隙縫內的眼神一接觸，卻發現是自己陷入了異空間的旋渦中，而魔蟲正朝自己襲來。

不由得驚慌失措！

能像雅的神眼一樣克制魔眼的瞳術不在少數，法力高強者能抵禦魔眼也不奇怪，現在鐵刀僧卻將法術原原本本地反射回來，實在是超乎自己的知識範疇與想像之外。

在記憶中只有一個「魔」有這種本領！

「路西法！」

蒙面漢人大叫一聲，這驚人的事實讓他一時之間也忘了掙脫，眼看竟要被自己的魔蟲所噬。

隨著蒙面漢人被自己的法術牽制，原本束縛雅的黑色電流也中斷。

雅第一時間回復活動能力，攻擊的對象卻是⋯⋯鐵刀苦行僧？

雅：「竟貪圖烏山柴！你到底是敵是友？」

隨著喊聲刺出的長劍⋯⋯其實雅是不奢望有作用的。

畢竟自己與鐵刀僧的功力相差太遠。

但這一劍⋯⋯竟是毫無阻礙地刺穿鐵刀僧的胸膛，意料之外的結果卻讓雅不禁呆了！忙道：「你怎麼不擋！」

有此意外變故，蒙面漢人好不容易脫離自己的法術，只恐懼得自言自語道：「路西法！⋯⋯是路西法！」

只見鐵刀苦行僧的面罩下滲出血絲，對著雅，以無比蒼老的聲音吐出：「這一劍⋯⋯我罪有應得，該、受！⋯⋯哇！」

隨著一聲狂吼，鐵刀苦行僧掙脫雅的長劍，冒出無數尖刀，拼命也似地往地獄戰士與蒙面人殺過去。

這的確是拼命！

連惡魔們都被這股狂態逼得退後！

有人斷後，剛剛還無法動彈的阿德克故浪卻忽然恢復行動力，一把抓起雅大喊：「該走了！」

眼看就要跨過洞口，剛剛的地獄戰士卻讓楊祖慘叫的頭與自己的頭形成「雙頸雙頭」的模樣，擋在洞口，惡魔的頭還配合楊祖哀嚎，噴出如箭般的毒液，阿德克故浪見狀也是一刀全力砍出。

但⋯⋯可惜此刻已喪失先機，惡魔毒液先一步射中肩膀，無聲無息地竟將阿德克故浪揮刀的右手給射斷了！

然而阿德克故浪不虧是絕世刀手，手雖斷，刀卻未絕！

刀鋒仍是劃過魔頭與楊祖的脖子，砍下這惡魔的一雙頭。

趁這一刻，阿德克故浪一把抓著雅便穿過洞口。

兩人與剛剛砍下的楊祖之頭便跌在另一邊地面上。

發現四周果然成為漆黑一片，天空已是鄒族聖山的夜晚，而非樹神山崁的霞光。定睛一看，卻是在一個斷崖之旁，一邊是押著鄒族老少的漢人大軍，後方卻是深深溪谷，下方聽見流水聲轟轟作響。

雅才想到：「糟糕!竟忘了馮錫範！只好請他自求多福了！」

前方一片吵雜聲。

鄭成功與陳永華首先站了出來，兩人身後一片火把搖晃，漢人部隊正押著鄒族老少。

陳永華喝道：「如果還敢逃跑，我就開始殺掉番族老小，直到沒人可殺或妳回來為止！」

的確，現在雅也沒剩多少力量了。

即使要打或要逃，人質也讓自己投鼠忌器。

雅只有苦笑著站起來，雙手一攤，長劍倒掛拇指上，一副無可奈何的樣子。

眼見雅終於有投降之意，陳永華哈哈一笑：「怎樣！妳還是逃不出我的五指山！妳之前有多囂張！這次我要一一討（阿德克故浪忽然發出第一刀）回（隔空已連發八十三記刀勁，方向無視物理規則，砍落押著人質的漢人士兵）來……（陳永華這時才感覺不對勁）……」

一句「討回來」，語氣由得意滿滿到大呼意外！

這時漢人士兵還沒反應發生了什麼事，直到陳永華語音一落，前方持刀押著番族老小的漢人士兵卻忽然身體斷裂！一時殘枝四散，慘叫聲此起彼落，場面立刻變得血水橫流，恐怖至極。

漢人大軍驚駭後退，連回復自由的鄒族戰士也呆住，無法反應。

只有阿德克故浪站起大喝：「所有人！往特富野方向撤退！」

好巧不巧，同時後方傳來一陣騷動，卻是六名洋人劍士與老鷹法師帶頭的增援部隊和僅存的樹妖突襲救人。

還有一個小女孩的叫聲。

依書：「所有人往這邊來！快走！」

原來一行人早與老鷹法師率領的鄒族戰士會合，伺機營救被抓住的同胞，眼見阿德克故浪與雅現身，正好接應上來。

這時依書也發現了阿德克故浪的慘狀，不禁大聲尖叫。

鄭成功與部將立時反射性地指揮應戰。

這時阿德克故浪卻緩步走到前方，擋住大軍去路。

以一敵萬！應是螳臂擋車！

何況這戰士也只剩一臂，渾身傷痕累累，創口污血見骨。

但……暫且不說這群漢人士兵之前在山徑小道上見識過無敵戰王的神威，也不說剛剛這一手快刀無形無情，讓人心生畏懼。

　　眼前之人現在更散發一股異常氣勢，壓力感染全場，敵我雙方都不禁心頭狂跳，冷汗直流。偌大場地，一時之間只聽到心跳聲越來越快！

　　只這一站！
　　威風凜凜，殺氣騰騰！
　　永不倒下的戰意逼得人難以呼吸，眼神中的殺意更令人心生畏懼！
　　阿德克故浪一人絕代勇士意志，力壓泱泱數萬大軍盡膽寒！
　　戰王至尊！還有誰敢爭鋒！

　　只這一站！
　　漢人全軍竟是大亂，或是腳軟癱倒！或者手抖牙顫！
　　不知誰起頭，一時之間火把掉滿地，一下子刀槍落聲響。
　　不知誰先誰後，士兵踩過自己或同伴丟下的武器鞋帽內衣褲，爭相逃命。
　　連鄭成功竟也找不到陳永華。
　　試問神靈要跑，誰攔得住？

　　眼見局勢確定，雅舒了一口氣說道：「阿德克故浪你好屬害！快療傷吧。」
　　回應卻是一記快刀！

戰神的最後　王爺的最後

　　阿德克故浪這一刀用盡全力，毫不留情，雅雖倉促擋下，也被震得翻了一個跟斗，不禁心中大駭：「糟糕！難道是被魔蟲傷到腦部？」

　　一爬起，卻發現阿德克故浪已用正常的眼神看著自己。這時其他人也發現這狀況，不禁停下動作，回頭看著兩人。

　　阿德克故浪對著雅說道：「之前有承諾要再做一場決鬥，現在就來吧！」

　　現在這時候！雅還想問個清楚，仔細一看……卻連心都涼了！

　　阿德克故浪周身傷口流血不止，一般人受此重傷早已喪命，即使是阿德克故浪也承受不起。現在，這絕代鄒族戰士眼中的生命之火已快熄滅，雅忽然明白，剛剛阿德克故浪之所以能忽然回復狀態，帶著自己穿過逃生洞口，實際上是最後一口氣迴光返照所致。

　　阿德克故浪：「別露出那麼哀傷的表情好嗎？（雅：我哪有……）妳看！今天的月亮好圓啊！」

　　雖然有些文不對題，雅還是抬了起頭，月亮果然又大又圓，只是看去不知為何有些濕潤，明月的周圍模糊一片。

　　阿德克故浪：「我很自豪沒有投降！不然就會愧對這美麗的月亮。我說……可以不要哭了嗎？（雅：沒有，只是……）我們應該不要輸給天上的月亮，好好打一場吧。」

　　言畢隨即擺出架式，雖然獨臂單刀，卻散發一股駭人的壓力：

　　「預言將在這片土地守衛惡魔籠牢到世界結束的美女劍士啊！戰士阿德克故浪今天有此榮幸和妳對戰！請吧！」

　　即使沒站在對面的人都被阿德克故浪的鬥氣壓得呼吸不順，首當其衝的雅更是被這魄力壓得冷汗直流，全身發抖。

　　這可是阿德克故浪的最後一戰，但要如何面對那驚人的快刀？

　　雅於是拍了拍身上灰塵，踏前一步，側身向敵，平舉長劍遙指阿德克故浪，雙膝微曲，腳步略呈外八，左掌虛浮於頭頂，同時碎步向前，將距離拉到兩人兵器的攻擊範圍內。此乃西洋劍刺擊的架勢，雖然全身肌肉放鬆，但一股彈力內斂，招式一旦發動，必是速度驚人的一刺。

這一擊必然驚天動地，所有人都摒息看著兩人決鬥。

面對這種絕世刀手，絕不能讓他取得先機，雅率先發動刺擊！毫無花巧，一劍當胸平刺而來，勢如紅雲爆閃白色電光，但這……還是不夠快。

阿德克故浪暗嘆一聲，僅剩的左手山豬標砍出，竟是後發先至，雅的全力一擊必然在半途因右臂被斬傷而中斷。但看刀鋒離手僅只一寸，雅忽然以近乎十倍的速度前衝！在這一瞬間將刀鋒拋在身後！

換做別人早已束手無策，阿德克故浪卻手一縮，掌一翻，肘一抬，山豬標刀柄順著掌心向後滑動，五指立刻握到靠近刀背的底部，長柄山豬標成為一件中短兵器，並用比閃電還快的速度置於對手必經路徑上。但這位置……還是沒能阻止雅的進攻。

其實，雅的力量也已到極限，招式已經去盡，如果阿德克故浪將刀尖放在眼前，雅也只有自己撞上去把頭切成兩半。但不知阿德克故浪是否有發現這點？還是真的力有未逮？就是差了一點！

於是雅的右耳連著頭皮飛了出去！同時長劍也刺穿了阿德克故浪的胸膛！

兩敗俱傷！依書看到這一幕，大叫一聲，昏了過去！

雅只覺臉龐劇痛與傷心的淚讓她無法好好思考。

只有舉起左手掌展示偷偷劃上的符紋：

雅：「對不起！不用一點法術，我必輸無疑……」

說到最後已泣不成聲，阿德克故浪卻只是點頭：「有件事要告訴妳知道：我了解巨樹神的心意，它是有意將烏山柴交給鐵刀苦行僧的。在我們到之前，雙方似乎有了某種協議。」

雅只覺得心跳急促，胃液翻騰，雖然有在聽，卻因為太激動而無法反應：「我……我不知道他……到底要幹嘛……？」

阿德克故浪笑得爽朗：「原因就由妳自己去找吧。我阿德克故浪這一生……！」

隨著說話，阿德克故浪震開雅，高高舉起山豬標！高喊：「沒有投降！」

戰王之王，聖山的守護者，最後仍是神威蓋世，威風凜凜，直到再也撐不住，毒液將全身化為血水那一刻。

敵我雙方見狀驚呼連連！

雅只覺心神迷茫，環視著全場也不知何去何從？眼見鄭成功還想趁機調度軍隊進攻，想到之前卡悠所言，大喊道：「國姓爺！」

看到大敵一去，鄭成功本想重新掌握情勢，現在被雅點名，只發了一身冷汗。一抬頭，雅的眼睛似有無窮吸引力，讓自己無法移開視線。

雅：「你還想做什麼嗎？你以為自己還有多少壽命？」

話才說完，雅意念一動，用神眼直視鄭成功的命運，把意念集中在「死亡」這件事上，將影像傳送出去。

雅的神眼雖然可以預知未來，卻很難看到特定的人事物，而且預知某人的死期，不像路邊算命，在東西文化中都是一項忌諱。不過現在雅心神激盪，也管不了那麼多了。

鄭成功此時由雅瞳孔所見雖然模糊，但卻看到……再過不久，來年六月，在大雨的黑夜……

便是自己的死期！

隨著鄭成功臉色蒼白慘叫，漢人大軍一陣紛亂！剛剛的恐懼又襲上心頭。

亂上加亂的是，半空忽然一陣耀眼閃光乍現，伴隨驚人巨響，傳遍四野，同時空間裂口又再破開，半截參天黑色巨木被拋出，正是巨樹神的殘骸！落下時不但阻斷漢人部隊的追擊，更颳起強風，讓雅也往後一跌，直摔入後方溪谷中。

雅心想：「是卡悠的『天譴』在樹神山崁爆炸了吧？」

但此時實在是全身無力，不想掙扎，「撲通」一聲便隱沒在黑夜急流中。

這時漢人軍隊已如驚弓之鳥，加上主帥一副瘋狂的模樣慘叫不止，全軍軍心渙散，只忙不迭地逃出戰場，鄒族眾戰士更是全力先保護老弱婦孺撤到安全所在。剛剛雙方對峙的台地，竟不一會兒就安靜無人。

只見一人緩緩由巨樹神殘骸爬出，是馮錫範！真不簡單、居然能在這樣的亂戰中生還。

這一戰驚天動地泣鬼神。有士兵在戰亂中撿到了被阿德克故浪砍掉的楊祖頭顱，於是留下了副將楊祖被山豬標所殺的正史。

此戰也種下了未來鄭氏東寧王朝三代與大肚王國之間永無休止的慢性戰爭因果。東寧王朝曾在鄭經一代將版圖擴張到阿里山特富野部落一帶。

知道鄒族戰士厲害，鄭成功之子鄭經反攻中原時，曾經與特富野頭目談判，徵招戰士作為先鋒，以換取族人安全。但鄭經最後兵敗，倉皇撤退，這批特富野鄒族戰士於是在中土被俘，其後代定居於中原河南地區，直到西元 2005 年，當皇帝都已消失，這海島用民主國紀元九十四年時，戰士的後裔才又回到祖靈所在之地。

就在當天更晚之後，四下無人之時，鐵刀苦行僧竟然現身當場，在巨樹神殘骸之下尋找，找出了被惡魔侵蝕所剩的頭骨。阿德克故浪的頭骨！鐵刀苦行僧畢恭畢敬地放好頭骨，走下一直踏在腳下的浮空圓球，以最尊敬的心向頭骨跪拜行禮：「很對不起！必須隱瞞我的真實身份。但在這裡……懇請這海島空前絕後的戰士之王阿德克故浪，為了未來的子孫，能再奮戰一次。」

說完之後，鐵刀苦行僧緩緩地解開了鐵衣的偽裝……

大戰過後、漢人全軍退回到出米岩附近。

看到自己死期，鄭成功此刻已是六神無主的狀況，一人龜縮在主帥軍帳內發抖，思路紛亂，恐懼不已。如果自己的壽命到此為止，那驅逐韃虜也辦不到，想在這海島稱王也太晚了，要留什麼給子孫後人？又有什麼意義？

其實鄭成功絕非膽怯之人，甚至在數十年的戎馬生涯中經歷生死關頭無數，但忽然之間確實知道自己必死之日，也難怪精神無法承受。

這時後方一句熟悉的聲音：

「王爺不必害怕！死生上天雖有命數，但天總無絕人之路！」

　　鄭成功回頭一看，陳永華（真武帝君）站在身後，而且四周一片白茫茫，環境不似主帥軍帳。不知何時，鄭成功已被轉移到了奇異的空間內，眼見陳永華身後一團黃金聖光在半空閃耀，原來玉帝也來了，忙大叫：「神仙救我！」

　　然後神情萎靡地繼續說：「請玉帝與各位神仙救救末將！我……我不能就這樣死了！我還有事要做！我還很年輕！我是國姓爺！應該有至少常人的壽命！不該如此！不該如此啊！」

　　此時已銳氣全失，只差一點就要下跪求情，後方卻有人說道：「不要這麼難看，你可是國姓爺鄭成功！命中註定在這海島稱王，後人永世供奉的男人啊！」

　　鄭成功回頭一看，竟是在樹神山崁中看過的蒙面漢人服飾男子。之前看到此人的能耐，這蒙面客身上散發的濃濃魔氣卻讓鄭成功也不禁打了個寒顫。

　　蒙面漢人：「王爺不要怕，微臣有方法為王爺續命！」

　　咦？這聲音非常熟悉，鄭成功不禁壓下恐懼，另眼看著這蒙面人，蒙面人也將蒙面布條卸了下來。

　　「何斌！」

　　鄭成功驚訝得連生死恐懼都忘了！這蒙面人竟是之前叛逃的荷蘭通事，遊說自己進佔此海島的何斌！

　　奇事一件接一件，鄭成功直接問道：「你……到底是什麼人？」

　　何斌也不回話，眼睛卻忽然變成全黑。

　　「惡魔！」

　　鄭成功以為是之前附身范無如區的惡魔，但仔細一想，這人的魔法似乎大不相同，卻聽得何斌笑道：「你想得沒錯，不是同一個。」

　　這人（魔）會讀心術！鄭成功最近被嚇得太多次了，忽然想到，那何斌之所以說服自己進軍此海島，難道是……？

　　何斌：「不要想錯了。雖然是在下說服王爺來這裡，原來的想法也是利用王爺動搖熱遮蘭城的守將揆一，但王爺的命運也是註定要來這海島建立王國！命運是無法違背的。如果違背命運，必然被命運的亂流所粉碎。那個阿德克故浪就是違背了他註定投降的命運，最後才落得如此下場。」

　　想到阿德克故浪的結局，鄭成功不禁渾身顫抖，只聽何斌又說道：「王爺您的命運也已經註定，但是……任何事都有漏洞可鑽，我們惡魔就最會尋找命運的縫隙，扭轉事實的真相。」

　　這時何斌向前一步看著鄭成功，即使不用任何魔法，鄭成功卻覺得他的眼睛有無比的誘惑力量。

　　何斌：「只需王爺能答應用自己的靈魂作為交換壽命的代價，在下必定遵守契約，讓王爺長命百歲，頤養天年。請和我這樣說：我願付出我的靈魂……」

　　這時鄭成功的精神早已被折磨得沒有抵抗能力，只要有任何幫助，就像是溺水的人拼命求生，只會抓住眼前的任何東西一樣，也就跟著說道：「我願付出我的靈魂……

終章　第一日之當晚

魔神雅（雅）：「說到這裡，你們應該要睡覺了。」

故事還沒說完，居然就要睡覺了？不管在歷史的任何一個時期，這舉動都是違反「小孩人權」的。於是……

「那鄭成功真的把靈魂交給惡魔了嗎？」

「他最後死了嗎？」

「鐵刀僧拿烏山柴要幹嘛？」

「那個何斌到底要幹嘛？」

「最後有封印萬魔之首嗎？」

「熊之力神哥哥怎麼了？」

「為什麼姐姐最後會叫魔神雅？」

聽得小孩子們一片抗議聲浪，魔神雅（雅）笑著說道：「你們今天幸運地留得一條小命，現在雖然在地底，看不到日夜，但依時間其實都很晚了。姐姐一個晚上沒辦法告訴你們所有的故事，但姐姐以後會把故事說完的。」

「明天要說喔！……」

好不容易將小孩子哄得睡著，魔神雅（雅）指揮泥人在周圍升起三堆火，就拿現場的神明殘像作柴火。不少神像其實是用古木沉香做成，一經燃燒，香味四溢，也有安定精神的作用。

看著這群小孩睡得香甜，其實魔神雅自己也累了。

在這歿世的一天稍早，自己違逆上帝的旨意，為了不讓人類自地球上滅絕！在這海島上獨戰正邪雙方神魔，不但一連打敗墮天使路西法(Lucifer)、蒼蠅王巴力西卜(Beelzebub)、魔君羅睺 (??)、阿修羅 (Asura)、大天使米迦勒 (Míchaël)、大天使拉斐爾 (Rāfā'īl)，還劍殺三巨獸比蒙斯(Begirados)、利維坦(Leviathan) 和席茲 (Ziz)。

最後解放了萬魔之首的籠牢，換取所有惡魔都要離開地球的保證。

連場大戰，可說是將全身功力耗盡，尤其解開「契約鎖」之後，自己再也不是不死不老的「肉身人神」了，每一分每一秒都可以感覺時間的流逝與老化，雖然知道距離死亡還有數十年之久，但已是可以預見的終點了。

「總算解脫了……」

魔神雅心想，這一路走來，實在是承受得太多，有個結果總是不錯。但又心想：「在那之前，還要幫這些小孩子在這裡活下去才行！」

這一點也不容易。這時代的自然環境已經被嚴重破壞，人類早已放棄地面，轉入地下，雖然能靠著「微型生物圈」的科技，將太陽能引入地底進行各種人工農牧業的發展，但這一切也走到了盡頭。在這歿世的最後一日，上帝已註定了人類必須滅亡。

而自己卻逆天而行……

魔神雅心想：「阿德克故浪啊，說不定我和你一樣，會被天罰。」

胡思亂想之下，自己真的也睏了，勞累也是自己仍能使用萬魔之首軀體時所沒有的麻煩。

與睡眠一起，「夢」也是一種麻煩。

迷糊中，雅幾乎看到了這一路旅程。

一開始漢人來到這裡開墾，與番族之間雖有摩擦、也有合作。隨著時間過去，卻開始排斥這海島原來的主人，奪取土地。

但這一切與自己無關，甚至與熊之力神過了一段算是不錯的日子。而出乎教廷的意料之外，第一個來襲、意圖奪取萬魔之首的卻不是西方魔族。

康熙六十年（西元 1721 年），此海島的首席暗巫師反向研究複製大語符紋！並聯合粵籍漢人杜君英，召喚東方最強魔神「羅喉」附身於朱一貴身上，目標在於獲得萬魔之首的力量，建立惡魔的國度。

乾隆五十一年（西元 1786 年），漢人終於等到命運中必然成為真命天子的林爽文降世，惡魔卻領先一步。西方魔神結合地獄羅煞鬼，說服將來的漢人皇帝林爽文，消滅魔神雅！釋放萬魔之首！建立千年的國度！

直到嘉慶四年（西元 1809 年），封印萬魔之首的一百五十年後，大魔王、墮天使路西法終於親自出手。附身一代海盜王蔡牽，聯合東方邪神九尾狐（蔡牽媽），利用大語符紋僅限於海島的特性，從海上展開攻擊。這是東西正邪雙方神明最大的衝突！而……為了某個理由，魔神雅最後讓九尾狐獲得一部份萬魔之首的力量，成為日後的清朝太后。

到了道光二十一年（西元 1841 年），近兩百年前，西方教廷將萬魔之首囚禁於東方海島，其影響終於浮現，原本強大的東方帝國卻在「萬魔之首」的魔力侵蝕不到一世紀後，面對西方入侵，卻不堪一擊！魔神雅只能以愧疚的心情看著這一切發生。但此時遇到奉肅親王之命，前來奪取長生不老之命與萬魔之首力量的八卦掌創始人董海川，即使魔神雅也第一次發現人類武學實是永無止境，深不可測。

清同治元年（西元 1862 年），墮天使們發動太平天國之亂，七大罪則偕同戴潮春對自己提出挑戰，魔神雅面對的卻不是無敵的力量，而是更可怕的感情與靈魂深處的挑戰。若非有默娘阿姨（媽祖娘娘）相助，自己絕對過不了這一關。即使如此，仍讓「自負」與「驕傲」偷走了萬魔之首力量的一部份，分別轉世成了日後皇帝被推翻時，兩個不同漢人政權的領導者。此時，兩個世紀以來一直看守的萬魔之首籠牢已不再牢不可破，而且破綻處處，岌岌可危。

最危險的一次莫過於乙未戰爭。光緒二十一年（西元 1895 年），七十二魔神的布耶爾 (Buer) 聯合東瀛陰陽神道大巫師，成功讓雅陷入美夢枷鎖之內。幸好萬魔之首的籠牢設計有更深處的上鎖地窖，以至於布耶爾在西元 1914 年之前只能少量地提煉其力量。第一次世界大戰的規模雖然前所未見，畢竟有其界限。直到二十年後，布耶爾終於想出辦法抽取萬魔之首力量的一部份，由魔法師亞歷斯特‧克勞力 (Aleister Crowley) 交給了第二個反基督之人，掀起第二次世界大戰。

也幸好默娘阿姨察知魔神雅的真身還被囚在這海島南端，於是結合人神兩界，進行名為「南巡」的解救任務。「南巡」成功救出魔神雅，於是魔神雅與眾神有機會修補惡魔籠牢的破洞，最後第二個反基督之人的魔力盡失，在世界大戰中戰敗自殺。

在戰後，漢人重掌海島，又因為與中原的恩恩怨怨、國家分合而屢次產生各種危機。而此時魔神雅的力量經過三個世紀培養後，終於進入了穩定的成長期，過去難以取勝的邪物惡魔到此再也不是敵手了。能堪稱魔神獄卒對手的人，越來越少。

只是，魔神雅的內心也開始變化，雖然能看到未來的歷史，但對於藏在「歷史」之後的「真實」卻越來越感興趣。

在中研院的地下迷宮，魔神雅親眼看到人類製造出足以毀滅自己的武器後，心中激盪不已，於是與逃到這海島的漢人政權達成協議，以協助其鞏固政權與經濟發展為條件，讓萬魔之首有限度地在人類的社會中活動，以換取未來的情報。

第二個千禧年來到。

由於自己的力量突破性地成長，讓萬魔之首的封印比以往更穩固，隔海繼承中原古國遺產的大國也擺脫了數世紀以來的頹風，希望重遠強國榮

耀，而這海島的政府雖然紛爭不斷，卻也算是國泰民安。

但此時，萬魔之首卻告知自己與人類未來的「真實」！當下便知道人類將會自己毀滅自己。魔神雅心裡動搖，竟讓籠牢之力也略受影響，雖然很快地修補隙縫，卻已讓這海島的政局穩定大受干擾，民生經濟一蹶不振，對岸漢人大國的強國夢也幻滅，國運詭異地急轉直下。過了一段時間後，其領導人面對群眾時被罷黜，國家才又走上了祥和的道路。

接著⋯⋯又過了很久⋯⋯就是魔神雅最害怕的惡夢。

真正在這海島建立了王國的「蛇將」。

剷除這海島的傳統文化，自己膨脹為神的「蛇將」。

為了發展毀滅武力，寧可讓國家經濟破產的「蛇將」。

迫害百萬無辜的「蛇將」。

興建了能承受所有武力攻擊的地下避難都市「蛇道」，最後也讓眼前的六十六個小朋友能在這歿世有庇護場所的「蛇將」。

魔神雅不由得又看到那一天。

千禧年過了⋯⋯很久以後，在中原流浪而來的光頭將軍陵墓之前，自己接受當時政府所託，追殺雙頭屍龍。當時還年輕、還在權力最底層的蛇將，在最危急的時候挺身而出，面對可怕的魔物。堅實的背脊，肌肉糾結的肩膀，只一站在前方，雖與魔龍大小不成正比，其英雄氣勢卻震攝得妖獸不敢猖狂。

在夢中，魔神雅卻極為害怕這勇士轉過身來。

在歷史中，當這勇士轉身與自己面對之後，自己⋯⋯

甘願為他實踐一切野心，甘願為他掃除一切障礙，甘願為他殺害對自己有恩之人、之神。即使最後此人貪圖自己力量，甚至砍掉了自己左手⋯⋯萬一再看到他，實在不知道自己選擇是如何？還甘願付出嗎？

於是在夢中，總是一股吶喊：「不要轉過頭來！」

於是夢中的人就停在那一刻，這惡夢也糾纏幾世紀了。

夢實在是很玄妙。在幾番猶豫與害怕之後，今天夢境一轉，竟又夢到了剛剛與小孩子所說的故事。那個自己還不知天高地厚，還不知前途艱難之時……

跌入河中的雅，隨著河水載浮載沉，也不知過了多少時間，反正也淹不死，就這樣隨著河水漂流，其間竟意外地睡了一個好覺，當時還夢到父親范無如區還在世時，幫自己慶祝生日時的事情。直到感覺似乎有東西在摩擦自己臉龐，一睜眼，才發現已是天光大亮。

眼睛轉了轉，確認周遭，自己躺在一處河岸，也不知被沖了多遠？伸手一摸，被阿德克故浪斬掉的右耳也已長了回來。

雅心想：「真是越來越不像人了。」

一轉頭，卻嚇了一大跳。剛剛摩擦自己臉龐的竟是一隻……比老虎還大的黑色巨狗的舌頭。

同時前方還有人叫道：「哮天犬！先別傷人！天妃娘娘，三太子，應該就是這女子了。」

（未完，歿世第二日故事待續）

附錄一

有關阿德克故浪 (A Tek Kaujong) 的事蹟：

在過去的文件中，阿德克故浪是以「阿德狗讓」這樣的譯名存在。

但筆者一直找不到阿德狗讓的鄒族原始譯名。詢問過認識的鄒族朋友也找不到適合的名稱。將「狗」字硬嵌在名字中，在今天的眼光中，根本可說是種族歧視！

於是在開始寫作時先以「阿德古讓」這名字代之。

剛巧在 POPO 奇幻月期間，有一位鄒族朋友 Vuyu 先生聯絡告知正確發音，於是改為「阿德克故浪」。

筆者考證其他紀載，認為有以下幾點：

一、主要戰場在諸羅（今日嘉義）到阿里山一帶，筆者認為由番路（今嘉義縣番路鄉）到達邦（阿里山達邦部落）之間都有可能，但應沒有到特富野（阿里山特富野部落），因為對特富野的相關軍事行動記錄大都在鄭經時期。至於鄭家軍是否有穿越到八通關或玉山？這一點，筆者不敢斷言，就留給歷史學家去考證。

二、綜合能找到的記載，以漢人軍隊挑起事端可能性最大。參考中村孝治先生所著《荷蘭統治下位於臺灣中西部的 Quataong 村落》（許賢瑤譯），與鄭成功部隊發生衝突應在 1661 年七月左右。內文如下：事由是在六月時，明軍將領張志與黃昭遣發屯墾北路。在正式記錄中，因為縱管事楊高凌削土番，激發大肚番阿德狗讓殺楊高並圍攻軍營。於是鄭成功先遣副將楊祖解救，被阿德狗讓以山豬標所殺。再派黃安、陳瑞兩將領征討，以伏擊戰術斬殺阿德狗讓。

但沒有可讓筆者信服的記錄表示當時鄭成功動用了多少軍隊。雙方實際傷亡如何？也是眾說紛紜。

筆者甚至推測，所謂的「鄭成功取三寶」相關故事，或許是因應鄭家軍往諸羅與鄒族侵略以掠奪軍糧物資時，所搭配的「政戰手段」。

但筆者並非歷史學者，於是考古證實等問題還是交給專家。

本小說是奇幻小說，於是只在附錄提點史實。

有關山豬標：

　　筆者於二十多年前曾在台東看過，雖說基本上是番刀加上長柄，但並非容易由遠處投擲的武器。當然也可投射，卻不是設計本意。在使用上介於長柄掃刀與長刀之間，借長兵器之威，一擊斬殺山豬。近年來原住民獵人大都使用火槍，山豬標已沒再看到。

有關特富野戰士：

　　根據鄭經時期的記錄，永曆二十八年（西元 1674 年）五月出兵中原參與「三蕃之亂」，據信在此時徵招鄒族特富野戰士。鄭經部隊在永曆三十年（西元 1676 年）十月大敗於福州，約三萬大軍被擊潰。當時清軍對於俘虜若沒殺掉，大都作為苦力，後放逐到河南一帶，被俘戰士於是在今日河南省鄧州市上營鎮一帶生根繁衍。請參考
http://www.88news.org/?p=1769

附錄二：彙音與台語十五音傳承簡考

反切法最早在「大宋重修廣韻」中有紀載。其中有二個原則：
上字取聲母，下字取韻母／上字辨陰陽，下字辨平仄
專用在方言的注音部份，有學者認為在明朝中葉就有確定的型式，卻要等到清朝初年才有書可考。
以下為今日（2014 年）可找到的資料：

拍掌知聲切音調平仄圖（約康熙三十九年｛西元 1700 年｝出版，作者廖綸璣）：
又稱為拍掌知音。原始版本中，已經具備十五音發音，雖然與今日的十五音有所差異，但可說基本原形已經確定。

康熙字典（(康熙五十五年｛西元 1716 年｝）：
多項文件有提及在字典內有相關章節，但筆者找不到正確篇章。

渡江書十五音（康熙五十五年｛西元 1716 年｝，作者不詳）：
其中不但十五音子音（書中稱為音歌）齊備，基本的三十個母音（書中稱為字祖）也確定。這三十個「字祖」直到今日改變都很少。書中採取字祖與附音分別的方式，以筆者想法是非常實際。

彙音妙悟（嘉慶五年〔西元 1800 年〕，作者黃謙）：
其中分為「韻母」五十字，「聲母」十五字，也出現巧思「三推成字法」。
附註：翻閱相關資料，知道黃謙的著作受到其叔父「黃大振」對於閩南、台灣的遊歷語語音研究影響，於是也邀請黃大振出現在另一本作品《大語符紋路：三座厝》內。

增補彙音（嘉慶十五年〔西元 1820 年〕，作者壺麓主人）：
增補彙音又稱「增補十五音」、「黑字十五音」、「增註十五音彙

集」，確定以「漳州系」語音為基礎，但作者「壺麓主人」本身資料難
以考證。

彙集雅俗通十五音（同治八年〔西元 1869 年〕，作者謝秀嵐）：
　以漳州系發音為主，採用用紅、黑兩色套印，又稱「紅字十五音
或「增註雅俗通十五音」，在台灣宜蘭、桃園、嘉義等地都有流傳。筆
者家中記載，最早於同治十年（西元 1871 年）已有長輩在經商時帶回
（今桃園大園鄉），後有子弟在書塾處習得，於是用以教授幼子習字。

八音定訣（光緒元年〔西元 1875 年〕，作者葉開恩）：
　以廈門音為主，混合著漳泉腔的閩南語音。

砫十五音（光緒二十二至二十三年〔西元 1896 至 1897 年〕，實版民
國三十五年〔西元 1946 年〕）：
　由廈門會文堂發行，以紅字十五音為基礎做修改。請參考
http://fushenhsiao9919.pixnet.net/album/set/9440910

台灣教育部修訂版本（民國四十五年〔西元 1956 年〕）：
　現由陳寶興先生與家人整理，書名「台語彙音」。採取母音四十四
音、子音十五音。請參考 http://tw15in.com.tw/profile.htm

大語符紋（2014 年）：
　某作家妻子羅患癌症，夢中卻出現身著紅衣的女仙，提議將庇護其
妻，而以為一種將失傳語言創造文字作為代價。妻子痊癒後，作家以所
教結合家傳砫十五音字譜，確實創造出文字。某作家並將之用於自創的
小說《大語符紋路》。

附錄三：西元 2014 年台嶼符紋籙整理的大語符紋方陣

音標子音如下：

符紋子音標	方陣對數	漢字參考	羅馬台語讀音	注音台語讀音
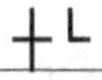 十ㄴ	51	柳	Liú	ㄌㄧㄨˋ
廾	52	邊	Pian/pinn	ㄅㄝㄥˊ / ㄅㄧ" / ㄅㄧㄢ
[illegible]control	53	求	kiû	ㄍㄧㄨˊ
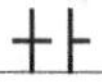 卅	54	去	khì	ㄎㄧˇ / ㄎㄨˇ
卌	45	地	tē/tuē	ㄅㄝ-
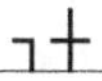 𠄌卄	95	頗	phó	ㄆㄜ
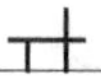 𠃜	85	他	tha	ㄊㄚ / ㄊㄚ"
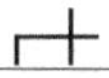 𠄎	75	曾	tsan/tsîng	ㄗㄝㄥ-
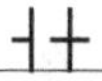 卄	65	入	jip/lip	ㄖㄧㄅ
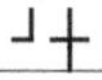 ㄓ卄	35	時	sî	ㄒㄧˊ
ㄇ卄	59	鸎	ing	ㄝㄥ
卄	58	門	bûn/mnˆg	ㄅˋㄨㄣˊ / ㄇㄥˊ
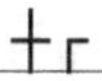 卜卄	57	語	gí/gú	ㄩˋ
卌	56	出	tshut	ㄘㄨㄅ-
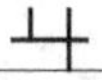 卌	25	喜	hí	ㄏㄧˋ
 卌	55	阿	a/o/oo	ㄚ
ㄩ	15	嘎	a/sà	ㄍㄚ-

音標母音如下：

符紋子音標	方陣對數	漢字參考	羅馬台語讀音	注音台語讀音
ㄱㄴ	91	君	kun	ㄍㄨㄣ
ㅜㄴ	81	堅	kian	ㄍㄧㄢ
ㄷㄴ	71	金	kim	ㄍㄧㄇ
ㅓㄴ	61	規	kui	ㄍㄨㄧ
ㄱㄴ	73	嘉	ka	ㄍㄚ
ㄱㄱ	96	沽	ko -	ㄍㆦ
ㅜㄱ	86	嬌	kiau	ㄍㄧㄠ/ㄋㄞ
ㅁㄱ	76	稽	khoe	ㄎㆤˋ
ㅐㄱ	66	恭	kiong	ㄍㄧㆦㄥ
ㄷㅓ	74	高	ko	ㄍㆦ/ㄍㄠ /ㄍㄨㄢˊ
ㅂ	43	江	kang	ㄍ㤍
ㄓ	33	兼	kiam	ㄍㄧㄚㄇ
ㅛ	23	交	Ka/kau	ㄍㄠ
ㅂ	13	迦	khia	ㄍㄚ/ㄍㄧㄚ /ㄎㄧㄚ
ㄱㄒ	98	檜	kuè	ㄍㄨㆤˇ
ㄱㅗ	92	干	kan	ㄍㄢ/ㄍㄨㄚ"
ㅜㅗ	82	光	Kng/kong	ㄍㄥ/ㄍㆦㄥ
ㅗ	72	乖	kuai	ㄍㄨㄞ
ㅓㅗ	62	經	king/kinn	ㄍㆤ/ㄍㄧ" /ㄍㆤㄥ
ㅓㅓ	63	觀	Kuan/ kuàn	ㄍㄨㄢ
ㄱㄷ	97	皆	kai	ㄍㄞ
ㅜㄷ	87	巾	kin/kun	ㄍㄧㄣ/ㄍㄨㄣ
ㄷㄷ	77	姜	Khiong/khiunn	ㄍㄧ㤍 /ㄍㄧㆦㄥ /ㄎㄧㆦㄥ

┼┌	67	甘	kam	《ㄚㄇ/ㄉㄚㄇ
┼┼	64	瓜	Kue	《ㄨㄚ/《ㄨㄝ
┠┼	44	監	Kann/ kam	《ㄚ” /《ㄚㄇˇ
┘┼	34	艍	jiō/liō	《ㄨㄩ
⊥┼	24	膠	ka	《ㄚ
ㄴ┼	14	居	ki/ku	《ㄧ/《ㄨ
┬┬	88	ㄐ	kiù	ㄐㄩ
┣┬	48	更	kenn/kinn	《ㄝㄥ
┘┬	38	褌	khun	ㄎㄨㄣ
⊥┬	28	茄	Kiô/ ka	《ㄚ/《ㄧㄛˊ
ㄴ┬	18	梔	ki	《ㄧ” /《ㄧ
ㄇㄇ	99	薑	kiunn	《ㄧㄛ” /《ㄧㄨ”
ㄇ	89	驚	Kiann	《ㄝ” /《ㄧ” /《ㄝㄥ /《ㄧㄚ”
⊥ㄴ	21	官	Kuan/kuann	《ㄨㄚ” /《ㄨㄢ
┠	49	鋼	kn̂g/kong	《ㄥˇ/《ㄛㄥ
┘ㄱ	39	伽	ka	《ㄚ
⊥ㄱ	29	閒	Îng/hân	ㄝㄥˊ/ㄏㄢˊ
ㄴㄱ	19	姑	koo	《ㄛ
ㄴㄴ	11	姆	m̄	ㄇˋ
⊥⊥	22	光	Kng	《ㄥ/《ㄛㄥ
ㄩ	12	閂	tshuànn	ㄘㄨㄚ”ˇ
ㅐ	46	嗥	sau	ㄏㄧㄠ
ㅓ	36	爻	ngâu	ㄧㄠ
┠┌	47	扛	Kng/kong	《ㄤ
┘┌	37	箴	tsim	ㄐㄧㄇ

附錄四：對照與格式

在這一階段，劃出一個圖形，就是選作圓形的方陣：

在此將這方陣定義為原型，對照一般個人電腦鍵盤的數字鍵盤：

$$7 \quad 8 \quad 9$$
$$4 \quad 5 \quad 6$$
$$1 \quad 2 \quad 3$$

再將傳統的八音套上：

就成為基本的方陣。

在此的一個規矩就是：
「中間的發音表示一定要用原型」
一方面可用此區隔子母音，二來不變化外型，也可作為此文字辨識的標準。

這樣的設計在書寫時，理論上是可以成為橫式、直式、甚至倒寫。
但在此定義第一種型態是由左上—右上—左下—右下的順序進行。
因為這樣的順序近似我們一般寫中文的筆順。

以序章第一個符紋「明」為例：

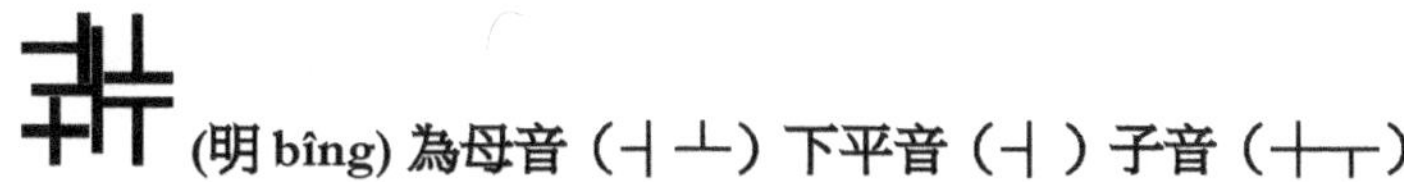

(明 bîng) 為母音（╡╘）下平音（╡）子音（╪╤）

筆者將此定義為原型，但也可對照方陣寫成：

(明 bîng) 為母音（六二）下平音（╡）子音（五八）

方向記號全為數字取代，但讀音相同。

同理，四角的數字與方向表示都可用同性質的符號（例如六二用
62、╡╘用⇒↓）做區域取代或全部替代，但讀音一定相同。如此便可破
解同音字問題。

附錄五：各章符紋解字

序章

本作品大語符紋依本人家傳字譜創作。
注音與羅馬拼音，請參考施福珍《台語瞬間入門辭典》與教育部《臺灣閩南語常用詞辭典》網站。

符紋	音標	對數	大語音讀	大語讀作	漢字考
		62	ㄍㄝ/ㄍㄧ”/ㄍㄝㄥ		
			下平音	bîng	明
		58	ㄅˋㄨㄣˊ/ㄇㄥˊ		
		97	ㄍㄞ		
			下上音	tuā	大
		45	ㄉㄝ-		
		34	ㄍㄨㄩ		
			上去音	gú	語
		57	ㄩˋ		
		96	ㄍㄛ		
			下平音	îng	瑩
		59	ㄝㄥ		
		96	ㄍㄛ		
			上上音	hué	火
		25	ㄏㄧˋ		
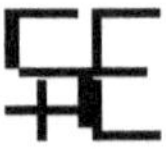		77	ㄍㄧㄤ/ㄍㄧㄛㄥ		
			下上音	liāng	亮
		51	ㄌㄧㄨˋ		
		82	ㄍㄥ/ㄍㄛㄥ		
			上平音	khang	空
		54	ㄎㄧˇ/ㄎㄨˇ		

[符]	[符]	62	《ㄝ/《ㄧ"/《ㄝㄥ		
		上上音		líng	領
	[符]	51	ㄌㄧㄨˋ		
[符]	[符]	62	《ㄝ/《ㄧ"/《ㄝㄥ		
		上平音		sing	生
	[符]	35	ㄒㄧˊ		
[符]	[符]	96	《ㄜ		
		下上音		lōo	路
	[符]	51	ㄌㄧㄨˋ		
[符]	[符]	33	《ㄧㄚㄇ		
		上上音		tiám	點
	[符]	45	ㄅㄝ-		
[符]	[符]	96	《ㄜ		
		上上音		thóo	土
	[符]	85	ㄊㄚ/ㄊㄚ"		
[符]	[符]	96	《ㄜ		
		上上音		ngóo	偶
	[符]	57	ㄩˋ		
[符]	[符]	62	《ㄝ/《ㄧ"/《ㄝㄥ		
		下平音		siânn	成
	[符]	35	ㄒㄧˊ		
[符]	[符]	61	《ㄨㄧ		
		下平音		suî	隨
	[符]	35	ㄒㄧˊ		
[符]	[符]	96	《ㄜ		
		上上音		guá	我
	[符]	57	ㄩˋ		
[符]	[符]	62	《ㄝ/《ㄧ"/《ㄝㄥ		
		下上音		līng	令
	[符]	51	ㄌㄧㄨˋ		

符紋	音標	對數	大語音讀	大語讀作	漢字考
[符]	[符]	62	《ㄝ/《一"/《ㄝㄥ	miā	命
			下上音		
	[符]	58	ㄅˋㄨㄣˊ/ㄇㄥˊ		
[符]	[符]	71	《一ㄇ	tshuàng	闖
			下上音		
	[符]	85	ㄊㄚ/ㄊㄚ"		

熱蘭遮城　范無如區　地基主　初戰　殉教

本作品大語符紋依本人家傳字譜創作。

注音與羅馬拼音，請參考施福珍《台語瞬間入門辭典》與教育部《臺灣閩南語常用詞辭典》網站。

符紋	音標	對數	大語音讀	大語讀作	漢字考
[符]	[符]	96	《ㄛ(kơ˙-)	hué	火
			上上音(kóo)		
	[符]	25	ㄏ一ˋ(hí)		
[符]	[符]	33	《一ㄚㄇ	iām	炎
			下上音		
	[符]	59	ㄝㄥ		
[符]	[符]	86	《一ㄠ/ㄋㄞ	sio	燒
			上平音		
	[符]	35	ㄒ一ˊ		
[符]	[符]	61	《ㄨ一	luî	雷
			下平音		
	[符]	51	ㄌ一ㄨˋ		
[符]	[符]	62	《ㄝ/《一"	tsīng	靜
			下上音		
	[符]	75	ㄗㄝㄥ-		

地道　神明墳場

本作品大語符紋依本人家傳字譜創作。
注音與羅馬拼音，請參考施福珍《台語瞬間入門辭典》與教育部《臺灣閩南語常用詞辭典》網站。

符紋	音標	對數	大語音讀	大語讀作	漢字考
(符紋)	(音標)	82	《ㄥ/《ㄛㄥ	pok	爆
			下入音		
	(音標)	95	ㄆㄜ		
(符紋)	(音標)	74	《ㄜ/《ㄠ	tó	倒
			上上音		
	(音標)	45	ㄅㄝ-		
(符紋)	(音標)	82	《ㄥ/《ㄛㄥ	kong	光
			上平音		
	(音標)	53	《一ㄨˊ		
(符紋)	(音標)	61	《ㄨ一	tshuì	碎
			上去音		
	(音標)	56	ㄘㄨㄅ-		
(符紋)	(音標)	96	《ㄛ	hó	好
			上去音		
	(音標)	25	ㄏ一ˋ		

援軍　三虎　未來　大力神　初之夜

本作品大語符紋依本人家傳字譜創作。
注音與羅馬拼音，請參考施福珍《台語瞬間入門辭典》與教育部《臺灣閩南語常用詞辭典》網站。

符紋	音標	對數	大語音讀	大語讀作	漢字考
(符紋)	(音標)	87	《一ㄣ/《ㄨㄣ	sîn	神
			下平音		
	(音標)	35	ㄒ一ˊ		

符紋	音標	對數	大語音讀	大語讀作	漢字考
	ㄐㄥ	91	《ㄨㄣ		
	上去音			phùn	噴
	ㄐㄊ	95	ㄆㄜ		

誤打誤撞傳真功　沒事別惹魔神女

本作品大語符紋依本人家傳字譜創作。

注音與羅馬拼音，請參考施福珍《台語瞬間入門辭典》與教育部《臺灣閩南語常用詞辭典》網站。

符紋	音標	對數	大語音讀	大語讀作	漢字考
	ㄐㄩ	33	《ㄧㄚㄇ		
	下平音			liâm	黏
	ㄊㄥ	51	ㄌㄧㄨˋ		

阿德克故浪　酒宴　寶劍

本作品大語符紋依本人家傳字譜創作。

注音與羅馬拼音，請參考施福珍《台語瞬間入門辭典》與教育部《臺灣閩南語常用詞辭典》網站。

符紋	音標	對數	大語音讀	大語讀作	漢字考
	ㄐㄥ	92	《ㄢ/《ㄨㄚ”		
	下平音			tân	彈
	ㄐㄊ	85	ㄊㄚ/ㄊㄚ”		
	ㄐㄥ	91	《ㄨㄣ		
	上上音			kún	滾
	ㄐㄊ	53	《ㄧㄨˊ		
	ㄐㄐ	96	《ㄛ		
	上平音			koo	枯
	ㄐㄥ	53	《ㄧㄨˊ		

符紋	符	編號	注音	音調	羅馬字	漢字
		63	ㄍㄨㄢ			
				下平音	suân	旋
		35	ㄒㄧˊ			
		81	ㄍㄧㄢ			
				下平音	kuann	乾
		54	ㄎㄧˇ/ㄎㄨˋ			
		34	ㄍㄨㄩ			
				下上音	bū	霧
		58	ㄅˋㄨㄣˊ/ㄇㄥˊ			
		96	ㄍㄛ			
				下平音	ôo	湖
		59	ㄝㄥ			
		82	ㄍㄥ/ㄍㄛㄥ			
				下平音	lōng	浪
		51	ㄉㄧㄨˋ			
		34	ㄍㄨㄩ			
				上平音	su	思
		35	ㄒㄧˊ			
		88	ㄐㄩ			
				下平音	tshiû	愁
		56	ㄘㄨㄅ-			

亂戰　敗戰　天命所繫

本作品大語符紋依本人家傳字譜創作。

注音與羅馬拼音，請參考施福珍《台語瞬間入門辭典》與教育部《臺灣閩南語常用詞辭典》網站。

符紋	音標	對數	大語音讀	大語讀作	漢字考
		14	ㄍㄧ/ㄍㄨ		
			上去音	khí	起
		54	ㄎㄧˇ/ㄎㄨˇ		
		92	ㄍㄢ/ㄍㄨㄚ"		
			上去音	tuânn	彈
		85	ㄊㄚ/ㄊㄚ"		
		34	ㄍㄨㄩ		
			下上音	bū	霧
		58	ㄅˋㄨㄣˊ/ㄇㄥˊ		
		71	ㄍㄧㄇ		
			下平音	tiâm	沉
		45	ㄅㄝ-		
		87	ㄍㄧㄣ/ㄍㄨㄣ		
			上去音	sîn	蜃
		35	ㄒㄧˊ		
		62	ㄍㄝ/ㄍㄧ"/ㄍㄝㄥ		
			上上音	kíng	景
		53	ㄍㄧㄨˊ		
		81	ㄍㄧㄢ		
			下上音	tiān	電
		45	ㄅㄝ-		
		67	ㄍㄚㄇ/ㄌㄚㄇ		
			下上音	hām	陷
		25	ㄏㄧˋ		
		67	ㄍㄚㄇ/ㄌㄚㄇ		
			上入音	ah	壓
		59	ㄝㄥ		

符紋	音標	對數	大語音讀	大語讀作	漢字考
[符紋]	[音標]	82	《ㄥ/《ㄛㄥ		
			上去音	tòng	凍
	[音標]	45	ㄅㄝ˗		
[符紋]	[音標]	96	《ㄛ		
			上平音	koo	枯
	[音標]	53	《一ㄨˊ		
[符紋]	[音標]	63	《ㄨㄢ		
			下上音	luān	亂
	[音標]	51	ㄌㄧㄨˋ		
[符紋]	[音標]	92	《ㄢ/《ㄨㄚ"		
			上去音	sàn	散
	[音標]	35	ㄒㄧˊ		
[符紋]	[音標]	61	《ㄨ一		
			下平音	luî	雷
	[音標]	51	ㄌㄧㄨˋ		

秘密的勝負　逃亡

本作品大語符紋依本人家傳字譜創作。

注音與羅馬拼音，請參考施福珍《台語瞬間入門辭典》與教育部《臺灣閩南語常用詞辭典》網站。

符紋	音標	對數	大語音讀	大語讀作	漢字考
[符紋]	[音標]	61	《ㄨ一		
			上去音	tsuē	睡
	[音標]	35	ㄒㄧˊ		
[符紋]	[音標]	34	《ㄨㄩ		
			上上音	hū	腐
	[音標]	25	ㄏㄧˋ		
[符紋]	[音標]	71	《一ㄇ		
			下平音	sîm	尋
	[音標]	35	ㄒㄧˊ		

符紋	音標	對數	大語音讀	大語讀作	漢字考
	ㄎㄥ	82	《ㄥ/《ㄛㄥ	tòng	凍
			上去音		
	ㄐㄝ	45	ㄅㄝ-		
	ㄐㄥ	62	《ㄝ/《一"/《ㄝㄥ	siā	射
			下入音		
	ㄐㄧ	35	ㄒㄧˊ		

高手登場　無敵戰士　樹神山崁

本作品大語符紋依本人家傳字譜創作。
注音與羅馬拼音，請參考施福珍《台語瞬間入門辭典》與教育部《臺灣閩南語常用詞辭典》網站。

符紋	音標	對數	大語音讀	大語讀作	漢字考
	ㄎㄥ	82	《ㄥ/《ㄛㄥ	pok	爆
			下入音		
	ㄐㄐ	95	ㄆㄛ		
	ㄐㄥ	61	《ㄨ一	tshuì	碎
			上去音		
	ㄐㄐ	56	ㄘㄨㄅ-		
	ㄐㄥ	81	《一ㄢ	tiān	電
			下上音		
	ㄐㄐ	45	ㄅㄝ-		
	ㄏㄏ	77	《一ㄤ/《一ㄛㄥ	khiong	僵
			上平音		
	ㄐㄐ	53	《一ㄨˊ		
	ㄐㄥ	91	《ㄨㄣ	hūn	昏
			上平音		
	ㄐㄐ	25	ㄏ一ˋ		
	ㄐㄥ	61	《ㄨ一	Luî	雷
			上去音		
	ㄐㄥ	51	ㄌ一ㄨˋ		

符	紋	號	音	調	音讀	字
	┐⊥	92	《ㄢ/《ㄨㄚ"			
			下平音	tuānn	彈
	┬┼	85	ㄊㄚ/ㄊㄚ"			
	┤├	44	《ㄚ"/《ㄚㄇˇ			
			下平音	muâ	麻
	┬┼	58	ㄇㄥˊ			
	ㄒㄈ	87	《ㄧㄣ/《ㄨㄣ			
			上入音	sit	熄
	ㄐ╋	35	ㄒㄧˊ			
	┬┼	82	《ㄥ/《ㄛㄥ			
			下入音	tok	毒
	╟	45	ㄅㄝ-			
	ㄒㄈ	97	《ㄞ			
			上上音	kái	解
	┴	53	《ㄧㄨˊ			
	┐⊥	92	《ㄢ/《ㄨㄚ"			
			上去音	sàn	散
	ㄐ┼	35	ㄒㄧˊ			
	ㄅ	74	《ㄜ/《ㄠ/《ㄨㄢˊ			
			上上音	hah[n]	烤
	┼├	54	ㄅㄧˇ/ㄅㄨˇ			
	┼ㄥ	61	《ㄨㄧ			
			下上音	tuî	搥
	┌	75	ㄗㄝㄥ-			
	┬┼	82	《ㄥ/《ㄛㄥ			
			上平音	thong	通
	┬┼	85	ㄊㄚ/ㄊㄚ"			
	ㄐㄴ	34	《ㄨㄩ			
			上上音	gú	語
	┼┌	57	ㄩˋ			

天兵天將　東方之帝　惡魔之眼

本作品大語符紋依本人家傳字譜創作。

注音與羅馬拼音，請參考施福珍《台語瞬間入門辭典》與教育部《臺灣閩南語常用詞辭典》網站。

符紋	音標	對數	大語音讀	大語讀作	漢字考
	ㄐㄩ	62	《ㄝ/《ㄧ"		
			上平音	tshik	測
	ㄐㄩ	56	ㄘㄨㄅ-		
	ㄐㄩ	82	《ㄥ/《ㄛㄥ		
			上平音	hóng	謊
	ㄐㄩ	25	ㄏㄧˋ		
	ㄐㄩ	62	《ㄝ/《ㄧ"		
			上入音	tsik	則
	ㄐㄩ	75	ㄗㄝㄥ-		
	ㄐㄩ	82	《ㄥ/《ㄛㄥ		
			下上音	tōng	動
	ㄐㄩ	45	ㄅㄝ-		
	ㄐㄩ	82	《ㄥ/《ㄛㄥ		
			上入音	sok	速
	ㄐㄩ	35	ㄒㄧˊ		
	ㄐㄩ	77	《ㄧㄤ/《ㄧㄛㄥ		
			下入音	iok	躍
	ㄐㄩ	59	ㄝㄥ		
	ㄐㄩ	77	《ㄧㄤ/《ㄧㄛㄥ		
			上平音	siong	傷
	ㄐㄩ	35	ㄒㄧˊ		
	ㄐㄩ	14	《ㄧ/《ㄨ		
			上上音	choah	癒
	ㄐㄩ	65	ㄇㄧㄅ		
	ㄐㄩ	33	《ㄧㄚㄇ		
			上入音	tsiap	接
	ㄐㄩ	75	ㄗㄝㄥ-		

	ㄱㄴ	91	《ㄨㄣ	kut	骨
	上入音				
	ㄴㄱ	53	《ㄧㄨˊ		
	ㄱㄴ	74	《ㄜ/《ㄠ	pó	保
	上上音				
	ㄴㄱ	52	ㄅㄝㄥˊ/ㄅㄧ" / ㄅㄧㄢ		
	ㄱㄴ	81	《ㄧㄢ	hiat	血
	上入音				
	ㄴㄱ	25	ㄏㄧˋ		
	ㄱㄴ	91	《ㄨㄣ	ún	隱
	上上音				
	ㄋㄱ	59	ㄝㄥ		
	ㄱㄋ	92	《ㄢ/《ㄨㄚ"	tân	彈
	下平音				
	ㄋㄱ	85	ㄊㄚ/ㄊㄚ"		
	ㄱㄱ	77	《一尢/《一ㄛㄥ	tiùnn	脹
	上去音				
	ㄴㄱ	45	ㄅㄝ-		
	ㄱㄋ	82	《ㄥ/《ㄛㄥ	tòng	凍
	上去音				
	ㄴㄱ	45	ㄅㄝ-		

戰群神　抗妖魔

本作品大語符紋依本人家傳字譜創作。
注音與羅馬拼音，請參考施福珍《台語瞬間入門辭典》與教育部《臺灣閩南語常用詞辭典》網站。

符紋	音標	對數	大語音讀	大語讀作	漢字考
[符紋]	[音標]	82	《ㄥ/《ㄛㄥ	hông	防
			下平音		
	[音標]	25	ㄏㄧˋ		
[符紋]	[音標]	81	《ㄧㄢ	tiān	電
			下上音		
	[音標]	45	ㄅㄝ-		
[符紋]	[音標]	97	《ㄞ	kái	解
			上上音		
	[音標]	53	《ㄧㄨˊ		
[符紋]	[音標]	91	《ㄨㄣ	hun	分
			上平音		
	[音標]	25	ㄏㄧˋ		
[符紋]	[音標]	87	《ㄧㄣ/《ㄨㄣ	sin	身
			上平音		
	[音標]	95	ㄆㄜ		
[符紋]	[音標]	61	《ㄨㄧ	luî	雷
			下平音		
	[音標]	51	ㄌㄧㄨˋ		
[符紋]	[音標]	33	《ㄧㄚㄇ	iām	炎
			下上音		
	[音標]	59	ㄝㄥ		
[符紋]	[音標]	91	《ㄨㄣ	ūn	暈
			下上音		
	[音標]	25	ㄏㄧˋ		

	凵	23	《ㄠ		
		上平音		ka	膠
	⊢	53	《一ㄨˊ		
		63	《ㄨㄢ		
		下上音		tuàn	斷
		45	ㄅㄝ-		
		97	《ㄞ		
		上上音		khái	鎧
		54	ㄎㄧˇ/ㄎㄨˇ		
		63	《ㄨㄢ		
		下上音		puān	叛
		52	ㄅㄝㄥˊ/ㄅㄧˇ / ㄅㄧㄢ		
		63	《ㄨㄢ		
		下平音		thuân	傳
		85	ㄊㄚ/ㄊㄚˇ		
		82	《ㄥ/《ㄜㄥ		
		上去音		sòng	送
		35	ㄒㄧˊ		
		73	《ㄚ		
		上去音		tsà	炸
		75	ㄗㄝㄥ		
		63	《ㄨㄢ		
		上上音		nńg	軟
		51	ㄌㄧㄨˋ		

神魔大戰終究一場空

本作品大語符紋依本人家傳字譜創作。

注音與羅馬拼音，請參考施福珍《台語瞬間入門辭典》與教育部《臺灣閩南語常用詞辭典》網站。

符紋	音標	對數	大語音讀	大語讀作	漢字考
	｜	82	《ㄥ/《ㄛㄥ		
	下入音			pok	爆
	｜	95	ㄆㄜ		
	｜	92	《ㄢ/《ㄨㄚ”		
	上去音			sàn	散
	｜	35	ㄒㄧˊ		
	｜	86	《ㄧㄠ/ㄋㄞ		
	上平音			sio	燒
	｜	95	ㄆㄜ		
	｜	71	《ㄧㄇ		
	上入音			khip	吸
	｜	54	ㄎㄧˇ/ㄎㄨˇ		
	｜	74	《ㄜ/《ㄠ		
	上上音			só	鎖
	｜	35	ㄒㄧˊ		
	｜	81	《ㄧㄢ		
	上去音			kian	堅
	｜	53	《ㄧㄨˊ		
	｜	14	《ㄧ/《ㄨ		
	下上音			lāi	利
	｜	51	ㄌㄧㄨˋ		
	｜	63	《ㄨㄢ		
	下平音			suan	旋
	｜	35	ㄒㄧˊ		
	｜	82	《ㄥ/《ㄛㄥ		
	上去音			hong	風
	｜	25	ㄏㄧˋ		

符紋	音標	對數	大語音讀	大語讀作	漢字考
（符紋）	（符）	34	ㄍㄨㄩ	hōo	雨
	上上音				
	（符）	59	ㄝㄥ		
（符紋）	（符）	82	ㄍㄥ/ㄍㄛㄥ	hong	轟
	上去音				
	（符）	25	ㄏㄧˋ		
（符紋）	（符）	81	ㄍㄧㄢ	kiat	結
	上入音				
	（符）	53	ㄍㄧㄨˊ		
（符紋）	（符）	66	ㄍㄧㄛㄥ	siok	縮
	上入音				
	（符）	35	ㄒㄧˊ		
（符紋）	（符）	77	ㄍㄧㄤ/ㄍㄧㄛㄥ	jiōng	讓
	下上音				
	（符）	65	ㄖㄧㄣ		

戰神的最後　王爺的最後

本作品大語符紋依本人家傳字譜創作。

注音與羅馬拼音，請參考施福珍《台語瞬間入門辭典》與教育部《臺灣閩南語常用詞辭典》網站。

符紋	音標	對數	大語音讀	大語讀作	漢字考
（符紋）	（符）	72	ㄍㄨㄞ	khuài	快
	上去音				
	（符）	54	ㄎㄧˇ/ㄎㄨˇ		